百部红色经典

今夜有暴风雪

梁晓声 著

北京联合出版公司
Beijing United Publishing Co.,Ltd.

图书在版编目（CIP）数据

今夜有暴风雪 / 梁晓声著. -- 北京：北京联合出版公司, 2021.3（2025.10 重印）
（百部红色经典）
ISBN 978-7-5596-4870-9

Ⅰ. ①今… Ⅱ. ①梁… Ⅲ. ①中篇小说—小说集—中国—当代②短篇小说—小说集—中国—当代 Ⅳ. ① I247.7

中国版本图书馆 CIP 数据核字 (2020) 第 267061 号

今夜有暴风雪

作　　者：梁晓声
出 品 人：赵红仕
责任编辑：徐　鹏
封面设计：吴黛君

北京联合出版公司出版
（北京市西城区德外大街83号楼9层 100088）
北京新华先锋出版科技有限公司发行
三河市宏达印刷有限公司印刷　新华书店经销
字数261千字　787毫米×1092毫米　1/16　17印张
2021年3月第1版　2025年10月第7次印刷
ISBN 978-7-5596-4870-9
定价：49.00元

版权所有，侵权必究
未经书面许可，不得以任何方式转载、复制、翻印本书部分或全部内容。
本书若有质量问题，请与本社图书销售中心联系调换。电话：（010）88876681-8026

出版前言

为庆祝中国共产党成立100周年,全面展现中国共产党成立以来中华民族辉煌的发展历程、取得的伟大成就和宝贵经验,集中体现中华民族的文化创造力和生命力,北京联合出版公司策划了"百部红色经典"系列丛书,希望以文学的形式唱响礼赞新中国、奋斗新时代的昂扬旋律。

本套丛书收录了近一百年来,描绘我国人民在中国共产党的领导下艰苦奋斗、开拓创新、改革开放的壮美画卷,充分展现我国社会全方位变革、反映社会现实和人民主体地位、弘扬社会主义核心价值观、讴歌中华民族伟大复兴中国梦的100部文学经典力作。

本套丛书汇集了知侠、梁晓声、老舍、李心田、李广田、王愿坚、马烽、赵树理、孙犁、冯志、杨朔、刘白羽、浩然、李劼人、高云览、邱勋、靳以、韩少功、周梅森、石钟山等近百位具有代表性的中国现当代著名作家。入选作品中，有国民革命时期探索革命道路的《革命的信仰》《中国向何处去》，有描写抗日战争的《铁道游击队》《敌后武工队》《风云初记》《苦菜花》，有描绘解放战争历史画卷的《红嫂》《走向胜利》《新儿女英雄续传》，有展现新中国建设历程的《三里湾》《沸腾的群山》《激情燃烧的岁月》，有寻找和重建民族文化自信的《四面八方》，也有改革开放后反映中国社会现状、探索中国道路的《中国制造》，同时还收录了展现革命英雄人物光辉事迹的《刘胡兰传》《焦裕禄》《雷锋日记》等。

　　本套丛书讲述了丰富多样的中国故事，塑造了一大批深入人心的中国形象，奏响了昂扬奋进的中国旋律。这些经历了时间检验的文学作品，在艺术表现形式、文学叙述方式和创作技巧等方面都具有开拓性和创造性，作品的质量、品位、风格、内涵等方面都具有很高的水准，都是有筋骨、有道德、有温度的优秀作品，很多作家的作品都曾荣获"五个一工程奖""茅盾文学奖""鲁迅文学奖""国家图书奖"等奖项。

　　为将该套丛书打造成为集思想性、艺术性、时代性为一体，展现新时代文学艺术发展新风貌的精品图书，北京联合出版公司成立了由出版界、文学艺术界的资深专家和学者组成的编辑委员会。他们从文学作品的历史价值、文学价值、学术价值、现实意义等维度对作品进行了深入细致的研读和筛选，吸收并借鉴了广大读者的意见与建议，对入选作品进行深入细致的分析与综合评定，努力将"百部红色经典"系列丛书打造成为政治性、思想性和艺术性和谐统一的优秀读物，向伟大的中国共产党成立100周年这一光荣的日子献礼！

/ 目 录 /

今夜有暴风雪　　　　　　　/001
这是一片神奇的土地　　　　/128
父　亲　　　　　　　　　　/154
母　亲　　　　　　　　　　/181
老　师　　　　　　　　　　/215

今夜有暴风雪

一

公元一九七九年,春节后,东北松嫩平原,仍然寒凝大地,千里冰封,万里雪飘。

一辆从黑河开往嫩江的长途汽车驶入孙吴县境内不久,突然刹住了。一只羊站在公路正中,拦住了汽车。司机不停地按喇叭,它一动也不动,像尊石雕。司机只得跳下车去赶它,走近才发现,它用三条腿站立着。这显然是一只被狼伤害过的羊,它失去了整条后腿,胯上血肉模糊。司机不禁骇然倒退一步。羊,却突然僵硬地倒下了。一位乘客也跳下了车,走到司机身旁,踢了死羊一脚,肯定地说:"是兵团的羊。"

司机愕然地看着他。

乘客抬起手,朝远处一指:"都走光了,放羊的小伙子连羊群都没顾上移交。"

司机朝乘客指的方向望去,雪原上,几排泥草房低矮的轮廓,不见炊烟,不见人影,死寂异常,仿佛一处游牧部落的遗址——那里几天前还是黑龙江生产建设兵团的一个连队。

乘客瞧着那只死羊:"奇怪,狼怎么没把它整个吃掉呢?"看了司机一眼,又说,"不捡白不捡,够吃几顿的,羊皮也小不了,我帮你搬到车上!"

"别，别……"司机皱起了眉，他觉得这不是好预兆，用手势叫乘客把死羊拖到公路边去……

这辆长途汽车又开动了。

它开出不到一个小时，第二次被拦住。

手提包和行李捆连接在一起，在公路上"筑"起两道"路障"。十几个人站在公路边，从衣着一眼就可以看出，是建设兵团的知识青年，有男有女。

司机只得将车缓缓停下。

知青们有的搬开了"路障"，有的围住了汽车。

司机打开驾驶室车门，用商量的口气对他们说："你们人不少，东西又多，先别急着上车，车上已经没有空地方了，等我动员一下乘客，给你们腾出点地方……"

一个男知青感激地说："那你可真是个好人！"

司机砰地关上驾驶室车门，见"路障"已搬开，便呼地将车开过去了。

乘客中有人扭转身，朝后车窗看了一眼，说："何必呢，大家互相挤一点，就可以让他们都上来了！"

"让他们上来，一路准没好事！"司机嘟哝一句，加快了车速。

司机忽然从车镜里看到有人骑马从后面追赶，顿时神色惊慌。骑马的人转眼赶上来，却并没有拦车，超车奔驰而去。

司机暗暗吁了口气。

汽车顺公路刚拐过一个山脚，几乎所有的乘客都和司机同时发现，有三台拖拉机并列在公路上，四个人站在拖拉机前，三个抱着肩膀，一个牵着马，虎视眈眈地从车前窗瞪着司机。

这里附近也有一个生产建设兵团的连队。

"糟了！"司机叫苦一声，刹住车，双手从驾驶盘垂下，无可奈何而又忐忑不安地朝驾驶座上一靠。

一辆马车这时也从后面赶了上来，车上是刚才被甩下的十几个男女知青和他们的行李捆、手提包。

牵马的人走到车前，拉开驾驶室车门，对司机怒吼一声："下来！"

他是那十几个知青中的一个。

司机脸色苍白,十分惧怕,不敢下去。

有一个知青走过来,推开了那个牵马的,对司机说:"别害怕,他吓唬你,我们不会把你怎么样。请你打开车门,让我们上车吧!车上有我们,再碰到拦车的知青,我们保你平安无事,顺利通过!"

羊剪绒的帽子底下,露出两条短辫,一双俊秀的大眼睛恳求地望着司机。是个姑娘。

车门打开了……

汽车又路过了一个被遗弃在雪原上的生产建设兵团的连队。

又路过了一个……

当这辆长途汽车开到嫩江火车站,天黑了。十几个知青拎上手提包和行李捆,跳下汽车,奔到了车站。

那个姑娘临走时还对司机说了声:"谢谢!"

车站内,站台上、候车室里,几百名知青在等待列车。他们随身所带的手提包、行李捆堆积得像小山。焦急、茫然、惆怅、沉思、冷漠、凄凉、庆幸、肃穆、严峻……各种各样的神色和表情,呈现在一张张男女知青疲惫的脸上。他们有的人从连队到这里,需要四五天。和伙伴们失散了的,大声呼喊着,奔来跑去。丢掉了什么东西的,在别人的手提包或行李堆中翻找着,惹起一片片斥责、争吵。

托运处更加混乱,吹毛求疵的手续,认真过分的查看,咒骂、哀求、抗议、威胁……

角落里,在破碎了镜子的立柜旁,一个知青和一个身份不明的旅客正做着一笔买卖:

"三十元……"

"三十元?!我从连队辛辛苦苦折腾到这儿,要不是无法托运我才舍不得……"

"三十五!再多一元也不加!"

"好,好,三十五就三十五!"

卖了立柜的知青,接过钱就走。刚走了几步,又转回来,还给对方钱,大声说:"不卖了!"抬腿一脚,大头鞋将立柜踢了个窟窿。接着又是一脚,又一个窟窿……

一个怀里抱着孩子的女知青跑过来阻拦,用上海口音嚷叫着:"你疯了!好端端的一个立柜,泄啥气!"

"哇!……"孩子哭了……

列车进站了。

几百名知青像狩猎一只庞大的野兽般,包围了每一节车厢的车门、窗口。

手提包、行李捆,纷纷从打开的窗口塞进车厢。

等不及从车门挤上车的,就从窗口爬。

"孩子别从窗口……"

已经塞进去了。

车厢里传出孩子的哭声……

另一个窗口,一场难舍难分的离别!

姑娘在站台上,小伙子在车厢内。小伙子从窗口探出身,姑娘拽住他的胳膊,哭着、喊着:"我不放你走!我不放你走!我不放你……"

小伙子泪流满面。

几个知识青年同情地望着他们。

有人摇着头,轻轻地说:"北大荒姑娘……"

车站上的广播喇叭响了:"各位旅客请注意,本次列车晚点四小时……下面广播天气预报,嫩江地区,零下二十四摄氏度。黑河地区,气温继续下降,受西伯利亚寒流影响,今夜有暴风雪……"

……

这是北大荒四十余万知识青年大返城期间的一个夜晚,在东北最北边陲,在驼峰山上,黑龙江生产建设兵团某师三团工程连战士裴晓芸,今夜第一次在边境哨位上站岗。

"六号坐标"矗立在积雪皑皑的驼峰山顶。它被寒冬包裹了一层霜的外壳,远远望去,通体反射着镀银般的凛冽的光。

月,凝冻在夜空,似一面冰块磨成的圆镜,刚用雪擦过,连蟾宫的虚影也擦去了。夜空澄净，澄净得异常，令人感觉到潜伏着某种不祥，仿佛大自然正暗暗汇集威慑无比的破坏力量。偶尔，纱绢一样的薄云从夜空中疾迅掠过，云影在苍茫的雪原上匆惶地追随着。稀寥的星怯视着大地。大地上的一切都显出畏惧，屏息敛气。没有风，伸出雪面的蒿草的枯叶，树木细弱的秃枝，都是静止的。荒原一片沉寂。驼峰山两峰之间的山沟里，狼嚎声不绝，引起近处村子里阵阵狗吠。狗吠声过后，愈加沉寂。这种凛峻的沉寂，是北大荒暴风雪前虚伪的征兆。

裴晓芸肩枪站在哨位上。她摘下棉手套，借着月光看手表——差七分九点。今天是她的生日，九点是她的诞生时刻。二十五年前，这一天，这一时刻，她从母腹中降生。刚生下来不会哭，护士倒提着她的身子，在她屁股上打两巴掌，她才哇地哭响。在她对这个世界发出第一声啼哭的同时，母亲猝然离开了人间，没来得及看她一眼，也许听到了她那一声哭啼……

是父亲告诉她的，在她的第五个生日，那天，父亲从幼儿园接她回家，她一路哭着闹着向父亲要一个妈妈。幼儿园的孩子们都有妈妈，为什么单只她没有妈妈呢？那是她幼小心灵首次意识到比别的孩子缺少什么，首次感到生活对她不公正，首次向生活提出抗议，用跟父亲哭闹的方式。她不愿比别的孩子缺少什么，她要一个妈妈，正如向父亲要一个布娃娃。回到家里，她哭闹得乏了噘着小嘴生闷气，不吃饭，不睡觉，不理睬父亲。父亲是大学哲学系讲师，在社会科学方面，是辩证唯物主义的忠实宣传者。但在解释自身生活时，又是个带有宿命论色彩的人。

"别哭。"父亲对她说，"从小失去妈妈的孩子，生活中不止你一个。告诉我，你为什么忽然想要一个妈妈呢？"

"小朋友都说，妈妈比爸爸好。"

父亲呆呆地注视着她，许久无言。

"爸爸，我要一个妈妈，就要！"

父亲默默地从床下拖出皮箱，打开来，找到旧相集，把她抱在膝上，一页一页翻给她看。

所有照片，都是一个年轻而美丽的女人的。

父亲合上相集后,说:"她就是妈妈。"

妈妈?妈妈多年轻!妈妈多美丽!每张照片上的妈妈,都面露温柔的婉雅的微笑。那种微笑告诉别人,也告诉自己的女儿——我曾在这个世界上非常幸福地生活过。

"妈妈在哪儿呀?为什么从来不回家?"

"妈妈在另一个世界。"

"我要到那里去,我要去找妈妈!"

父亲苦笑了。

"孩子,我们每一个人迟早都是要到那个世界去的,但我们现在不能去找妈妈。我在这个世界上还有许多没做完的事,而你呢,还没有开始做什么……"

她不明白父亲的话。

"妈妈……死了……"

死——她明白。

她哭了。

"记住,妈妈是为生下你而死的。"父亲轻轻抚摸着她的头,向她讲述了在她出生那一天妈妈所经受的痛苦。

"妈妈是歌唱家,你想听妈妈唱的歌儿吗?"

泪珠从她的小脸蛋上滚落下来,落在花兜兜上,落在父亲手上。

宝贝,你爸爸参加游击队,
　　正在过着那动荡的生活……

唱片缓缓旋转,播放出妈妈唱的动听的歌声。

她觉得唱片就是父亲说的"另一个世界",妈妈就生活在那里,在那里天天都唱歌。

妈妈的歌声冲淡了"死"这个严峻的字在她那颗幼小心灵中造成的阴霾。

父亲收起唱片说:"孩子,挑选一张妈妈的照片吧,由你自己珍藏。"

她凭孩子的意识得出判断，那些照片，不，妈妈，对于她也许还不如对于父亲那么重要。她从中挑选了一张最小的二寸照片。

从那一天开始，她那儿童的心理和情感世界，比一般孩子更早地趋于成熟、趋于丰富了。

以后，她经常在小朋友们面前声明："我也有妈妈。"

"你妈妈在哪儿上班呀？"

"你妈妈怎么从来没到幼儿园接过你呀？"

"你是个撒谎的孩子！撒谎就不是好孩子！"

"骗人！狼来喽！狼来喽……"

被羞辱所包围时，她就从兜里取出妈妈的照片，大声说："喏，你们看，我妈妈！"

大声地说出这句话，她获得一种朦胧的安慰，一种空泛的满足。

渐渐长大，她才愈来愈体会到，母亲对一个人，尤其对一个人的童年和少年时期，何等重要！人，首先是从母亲身上来洞察生活、认识生活的。也首先是从母爱之中体验到自己的存在价值的。父亲往往教会孩子用理智的眼睛去看世界，母亲则往往教会孩子用情感的眼睛去看世界。从小失去母爱的孩子，生活在其短浅的视野中难以展现全貌。仅仅这一点，就意味着不幸。

上体操课，她从平衡木上摔下来，左腿骨折，在家中躺了一个多月。父亲给她洗脸，洗手，洗脚，梳头。甚至给她剪手指甲和脚指甲。有天，父亲给她朗读《海涅诗选》，她突然说："爸爸，给我擦擦身子吧！"父亲怔怔地瞧了她一会儿，没有回答，没有任何表示，合上了诗集。晚上，她的三个女同学来到家里。父亲预先烧好了一大盆热水，备好了毛巾和香皂，找出了她需要换的内衣，而后对三个女同学说："麻烦你们了。"便转身走出她的房间。门，被一个女同学轻轻地从里面插上了。她们开始七手八脚地给她脱衣服，脱得一丝不挂……

同学走后，她无声地哭了。她虽然感谢她们，虽然觉得身体清洁爽适了，但内心却受到一种不能明言的挫伤，萌生了一种复杂的委屈……

父亲走进房间，她用被子蒙上了头。

父亲默默地在她床边站立许久才离去。她听到了父亲离去之前轻微的叹息,不知是为他自己,还是为她……

那一年,她十五岁。

从此,夜晚九点这一时刻,对她来说就变成神圣的时刻了。每到这一时刻,她就凝视着大挂钟。久久地凝视着。她那少女的心灵便超越了时间和空间,与另一个世界中的不曾见过面的母亲的心灵贴近了,融合了,合而为一……

少女的心灵具有特殊功能,愈是感到缺少什么,愈容易靠想象来弥补。想象总是比生活本身更完美更迷人。对母爱的殷殷向往和饥渴,使她对仅有的父爱更加感到不满足。

不久之后,父亲也被从这个世界上夺走了,那是在十年动乱的第二年……

她成了一个情感方面的赤贫者。对于情感的需求极其细腻,内心世界稚嫩而丰富的少女,这种赤贫状态是足以风化灵魂的。

幸而,她熬过来了。

灵魂熬过来了。

灵魂孕育着对生活的一点点的希望,便不会像肝脏一样硬化……

此刻,裴晓芸又看一眼手表——九点。

这大概是她第一百次独自膜拜这一神圣时刻了。她摘下手套,一只手伸进内衣兜,摸出一个小小的塑料夹,里面夹着母亲那张二寸照片。端详着母亲的照片,二十五岁的上海姑娘情不自禁跪下了,月光将她肩枪的身影,清晰地映在雪地上。

她心中有许多许多话要对母亲说,在这个夜晚,在这一时刻。

她想说:"亲爱的妈妈,今夜我是这么高兴!我被批准成为战备分队的战士了!今夜我第一次站岗……"

她想说:"亲爱的妈妈,我肩上这支枪,得来可真不易啊!别人早就发给了枪。而我,在不久前才获得这样的信任……"

她想问:"妈妈,我,是同别人一样离开北大荒,还是留下呢?离开,这里有我感情上难以割舍的东西。留下,我会感到孤独,感到被遗弃……"

她想问:"妈妈,即使我回到上海,谁又是我的亲人呢?上海有我可以得到关怀,可以完全信赖的人吗……"

她想问……

忽然她觉得有什么东西在触碰她——一只狗,一只体大如豹的狗。浑身黑毛,在月光下闪着黑缎般的光。粗颈、方头、大耳、阔嘴,样子十分凶猛。

她没受惊吓,这只狗对她有特殊的感情。它叫"黑豹",名字是工程连的知青们起的。它的母亲一共生下六只小狗崽,连它在内。老母狗一天跟着砍柴的马车上山,被猎人设下的野猪套套住,活活喂了狼。六只小狗崽因断奶饿死五只,"黑豹"被男知青排排长曹铁强抱回宿舍,像哺喂婴儿般,养活了下来。它是男女知青们的宠物。它长大以后,看仓库、守麦场,报答知青们的恩泽。有人带它到哨位来站过一次岗,它便又增加了一项义务,每到深夜,自觉跑来,和站岗的人做伴,直至天明。

"黑豹"认出裴晓芸,两只前爪扑在她身上,伸着脖子要舔她的脸,讨她的喜爱。她拍拍"黑豹"的头,又捧着它的阔嘴巴往自己冻红了的脸颊上贴一下,推开它,缓缓站起来。因刚才跪在雪地上,即使在"黑豹"面前她也难为情了。她心中顿时萌发了哨兵的神圣责任感和战士的英武气概。

"黑豹"耍着活泼劲儿纠缠她。

"'黑豹',不许跟我胡闹!"她严厉地呵斥它,挺直身,肩正枪,目光巡视着冰封的黑龙江江面。"黑豹"听话地卧在她脚边,昂头专注地望着天空中的一颗星。

一会儿,她感到寒冷了。她后悔没穿棉大衣,棉大衣太肥,平时就不爱穿。何况今夜她第一次站岗,臃臃肿肿的,有失一个哨兵英姿!可是毕竟感到寒冷了。又看一次表,过两个小时,就会有人来接岗,坚持得了。她双手都摘下手套,放在嘴边哈了一阵,又搓了一阵,解开一个衣扣,交叉着伸进棉衣里,紧紧地夹在腋下取暖。脚也冻得有些疼了,她轻轻跺踏着。"黑豹"披着毛皮大氅,似乎并不寒冷,卧在雪窝里一动也不动,不再望星星,侧头瞧着她,眼睛流露出对她的嘲意。

"坏东西！"她骂它一句，转身向山下望去。团部机关一片漆黑，一幢幢砖房和机关食堂的高大烟囱，轮廓分明。只有团部会议室的四扇窗子，透射出灯光。

她不禁想到了他，他下午四点就到团部去开紧急会议，显然到现在这个会还没散。不知这是一次什么样的重要会议？为什么开到这样晚？

他，或许在发言吧？

或许，发过言了，正从窗口朝外望，想望到她？

傻瓜！他根本望不到她！

她微笑了……

二

全团各连连长、指导员聚集在团部会议室。室内烟雾缭绕，空气污浊得令人窒息。几个烟灰缸插满烟蒂，像小盆景中的假山石。不少人继续吞云吐雾。

会议从下午四点开到六点，吃过晚饭，接着开到现在。每个人都意识到，这是一次严峻的会议。

团长马崇汉，比任何一个人都更加清楚这次会议的严峻性。知识青年大返城的"飓风"，短短几周内，遍扫黑龙江生产建设兵团。某些师团的知青，已经走了十之八九。四十余万知识青年返城大军，有如钱塘江潮，势不可当。一半师、团、连队，陷于混乱状态。唯独三团，由于地处最北边陲，交通不便，消息阻隔，返城飓风的势头还没有真正席卷到这儿。三团的知识青年们，近几天才刚刚开始从亲友、同学和家书中获得返城信息。各种迹象表明，他们也在暗中骚动起来了。

兵团总部下发了一个紧急文件：为缩短从兵团体制恢复到农场体制的过渡时期，为尽快稳定各师团的混乱局面，组建起各师各团连队新的领导机构，重新形成生产秩序，确保春播。知识青年的返城手续，必须在三天以内办理完毕，逾期冻结，春播后各师团酌情自决。

急件被马崇汉扣压，不向连队传达。

三天，三个二十四小时，只要拖延过三个二十四小时，全团八百余名知识青年，就可能被永久地钉在各连队的花名册上了。他曾同政委孙国泰就这一点交换过看法，却遭到老农场干部孙国泰的坚决反对。

"我们没有权力扣压兵团总部的急件。没有权力。"政委严肃地回答他。

"当然，我一个人是没有权力这样做的，因此才同你商量嘛。你，和我，如果我们两个人的意见统一了，在特殊情况下是可以代表党委的嘛。"马崇汉温良恭俭让地说。

凭着与对方多年共事的经验，孙国泰知道，对方越是在他面前表现得温良恭俭让，越证明根本没把他的意见当成一回事。虽然他是政委。孙国泰也明白，马崇汉之所以要在决定八百余名知青命运的这一严峻大事上"征求"自己的意见，无非是要自己表明一种态度，表明一种"赞同"的态度。有了他这种态度，哪怕是一种含糊"赞同"的态度，不，哪怕是缄口不言，那么，这件严峻的事情，这一首先从马崇汉头脑中产生出来的个人意志，便可以被对方也被别人认为是"党委的决定"了。

"党委也没有权力做出这样的决定。"老政委态度鲜明。

"政委同志！"马崇汉语气强硬起来，"别忘了，你是一位团级领导，是一位思想工作者，在当前这种局面下，为生产建设兵团保留一部分青年力量，是你我的共同责任！"

老政委被激怒了。政委同志？他曾被对方当作同志看待过吗？思想工作者？多么尊重的称谓。可是在这方面,对方曾允许他充分发挥过作用吗？说什么为兵团保留一部分青年力量，说什么共同责任，真是冠冕堂皇！好听的话都叫你马崇汉挑着说了。难道你心里就一点都不感觉对这些知识青年们有愧吗？

他压下怒气，慢言慢语地说："团长同志，你不觉得为生产建设兵团思考得晚了些吗？许多知识青年是怎样来到北大荒的，你应该比我心里更清楚！"

"你……"马崇汉一时说不出话来。

兵团组建的第二年，马崇汉作为兵团代表，乘飞机来往于各大城市之间，做了一场又一场精彩演说式的动员报告：正规部队的性质，不但发军装，还发特别设计的领章帽徽，居住砖瓦化，生活军事化，生产机械化……如此这般天花乱坠，欺骗了多少知识青年啊！

马崇汉立了一功，但他也被多少知青诅咒啊……

此刻，老政委孙国泰盯着团长马崇汉那张刮得发青的五官分散的脸，不禁又想到了十年前就是在这个会议室里，为他召开的"欢迎会"上的情形。那次"欢迎会"也是由团长马崇汉主持的。马崇汉向全团机关工作人员介绍他时，十分钟大摆他的老资格和革命经历，三十分钟大批他在农场时期犯下的种种"路线错误"。

他当时猛然站起来，声音洪亮地说："马团长对我的介绍，等于为我树了一个碑，立了一个传，盖棺定论。千秋功罪，自有历史评说。据我所知，我们共产党没有为活人树碑立传的惯例，马团长这番话，就算是我的悼词吧！既然我还没有死，追悼会现在可以结束了！"

从那一天开始，他就意识到，团长马崇汉是要故意在他们之间造成一种领导地位上的悬殊差异的。但十年之中，在每一个无论大小的原则问题上，他从没有向对方妥协过。虽然，他是一批被罢官撤职了的老农场干部中，幸运地获得"解放"的，时时有从领导地位上再次被打翻下去的可能。

从开会到现在，他还一句话没说，坐在角落里，一支接一支地吸烟。

马团长今天格外沉得住气。参加会议的人们沉默着，他这个主持会议的人也沉默着。他扫视着人们的脸，想从每个人的表情上，窥测他们的内心活动。

公务员小张又一次走了进来，交给他一条"牡丹"烟。他将包烟纸扯开，东甩一盒，西抛一盒，将一条烟顷刻分光，自己仅留下一盒。他抽出一支烟，在桌面上笃笃顿了半天，却没有点燃，而拿起了暖水瓶，往茶杯里倒水，只倒出半杯水。

"小张！"

小张应声而至。

他用下巴朝暖水瓶示意，小张领会地默默拎起几只空暖水瓶去打水。

坐在马团长对面的，是工程连指导员郑亚茹，她看了马团长一眼，说："我表个态吧！"

大家的目光都集中在她身上。

团长马崇汉轻轻咳嗽了一声。

"我认为……目前……对于我是一个考验关头。我……赞同团长……不，赞同团党委……"大家都听得出来，这几句话，她说得并不轻松。

团长的嘴角浮现了一丝不易被人察觉的微笑，向她投去极为满意的一瞥。

她刚抬起头，一接触到团长的目光，立刻又将头低了下去，掏出手绢擦汗。她是出汗了，细密的汗珠沁聚在她那清秀的眉宇间和端正的鼻梁上。

老政委孙国泰站了起来，用纠正的口气缓慢地说："不，不是团党委的决定，团党委没有做出过这样的决定。"

马团长怔了一下，随即大声说："不错，党委是没有来得及做决定。"他用一种特别加以强调的语调说出"没来得及"四个字，之后也站了起来，肩膀一耸，将披在肩上的大衣抖落在椅背上，接着说，"不过，今天在座的，除了我和孙政委，还有几位也是党委委员，其他同志，都是各连队的连长和指导员，我看，这次会议就算是一次党委扩大会议也未尝不可嘛！"他停顿了一下，将脸转向郑亚茹，换了一种亲切的安抚的口吻又说，"你刚才的发言很好，态度很明确嘛，你就算代表工程连党支部第一个表态了。"

"郑指导员只能代表她自己，不能代表我们工程连党支部。"在最后一排座位上，有人说话了。大家的脸一齐转向这个人，说话的是工程连连长曹铁强。

郑亚茹尴尬又不知所措地瞧着他。

马崇汉从桌上拿起刚才想吸而没吸的那支烟，已经划着根火柴，听罢曹铁强的话，脸色沉了下来。燃烧的火柴在手中晃了晃，熄灭了，被狠狠地插在烟灰缸里。

"这么说，你，是反对的喽？如果是这个意思，也算是一种表态嘛！"

他说这话时，并不看曹铁强。说完，紧接着喊，"小张，倒烟缸！"

小张立刻悄无声息地走进会议室，从桌上拿起烟灰缸。

"叫你打开水，你怎么没打来？"马崇汉又一次拿起水杯。

"开水房锁着门。"小张讷讷地回答。

"再去打一趟！"马崇汉口气中流露出愠怒。

曹铁强瞅了团长一眼，又瞅了小张一眼，待小张走出去，才说："是的，我反对。"

郑亚茹的脸红得像要渗出血来。

马崇汉的目光如伤人利器，咄咄地射向工程连连长。对于这个东北小子，他心中耿耿于怀地记着一笔账。此时此刻，这笔账的账簿子又翻开了……

全兵团大搞"公物还家"运动那一年，马崇汉亲自带着工作组，坐镇工程连抓试点。他是个很善于总结各种运动经验的人。在这一点上，能力要比政委孙国泰高一筹。几天内，他就总结出了一套"三字经"——一看，二查，三搜。就是：各家各户的天棚地窖要看看，所有知青的箱子都要查查，凡属公家的东西，一针一线，都要搜回来。"三字经"通过电话线，由马团长亲口传达到全团三十几个连队，指示照办之，推广之。"运动"得全团鸡犬不宁。

一天，马崇汉来到男知青宿舍，发现大火炕炕头一床褥子底下，垫着三块杨木板。他亲自动手将木板抽了出来，木板挨着炕的一面已经烤黄。

"是谁垫在褥子底下的？"中午召开了全连大会，马崇汉指着三块搬到会场的木板，严厉追究。

"团长，是我……"小瓦匠单书文怯怯地站了起来。

"你为什么要把公家的木板垫在褥子底下？"团长瞅定他的脸，字字拖长地问。军大衣很有派头地披在团长高大魁梧的身上，风度如革命样板戏《智取威虎山》中的"二〇三"首长。

"我……我……我怕烤着了褥子……"小瓦匠脑袋耷拉在胸前，不敢正眼看团长。

"抬起头！"

小瓦匠的头沉重地抬了起来,眼睛却盯着自己的衣扣。

"你自己的褥子烤着了,你心痛。公家的木板烤着了,你就不心痛。这叫什么?这就叫损、公、利、己!"团长的大手掌啪地在桌子上拍了一下。

小瓦匠浑身一颤。

"岂有此理!限你明天早饭以前,把检查交到工作组来,不得少于五千字!"

团长声色俱厉。

……

晚上,小瓦匠从炕洞里往外扒炭火,一锨锨端到宿舍外,倒在雪地上。

"哎,你这是干什么?"有人抗议了,"我褥子底下还冰凉呢?"

"将就点吧!"从不跟任何人发生口角的小瓦匠,憋了一肚子的气,都通过这四个字发泄出来。

抗议者二话不说,从炕上蹦下来,往炕洞里塞满了木柴。

出身于封建官僚家庭的小瓦匠由于背着个甩不掉的包袱,甘做人下人,是知青中的弱者,对别人一向逆来顺受,不敢也没有能力维护自己的尊严。他没再从炕洞里往外扒火,默默地卷起自己的褥子,无法睡觉,便将一只小肥皂箱搬到地上,坐着个木墩写检查。

写了撕,撕了写,写写撕撕,撕撕写写,一本信纸转眼扯去了大半本。五千字!自己把自己往高得不能再高的纲上线上联系,搜肠刮肚,抓耳挠腮,却无法写满一页纸!

当年的男知青排排长曹铁强从外面查岗回来,见状问:"你怎么还不睡?"

"你叫我怎么个睡法?"小瓦匠可怜巴巴地反问一句。

曹铁强摸了一下炕面,不再说什么,转身又走出去了。

一会儿,他从外面扛进了那三块杨木板。

"垫上吧!"

"我……不敢……"

"叫你垫上你就垫上,明早再扛回原处去,没人知道。"

"万一……"

"我顶着！"

马团长是一位最讲"认真"二字的共产党员。当男宿舍响起一片鼾声时，他又神不知鬼不觉地来了。

他是为那三块杨木板而来。

拉亮电灯，见三块杨木板又被垫在了小瓦匠的褥子底下，马团长愤慨极了。他不唯最讲"认真"二字，而且最讲"服从"二字。军队使他养成了坚决服从首长一切命令的习惯，他要将这一点作为优良传统灌输到知识青年们的脑袋里去。他最不能容忍对首长的命令阳奉阴违。在他本人即首长，阳奉阴违者又是他的战士的情况下，更不能容忍。

他猛地掀掉小瓦匠的被子，拽着小瓦匠的胳膊，将小瓦匠扯到了地上。

小瓦匠穿着衬衣衬裤，光脚站在地上，揉开蒙眬的睡眼，半睁半闭的，也没看清对方是谁，啪地甩手给了对方一记耳光："开你妈的什么玩笑！"

马团长被这一耳光打愣，呆呆地站在小瓦匠对面。

小瓦匠跳上炕，钻进被窝，又蒙头睡了。

马团长一声未吭，转身就走。

这一幕，被躺在被窝里的排长曹铁强看得分明。马团长一出门，他立刻爬起来，跨过几个人的身子，推醒了小瓦匠。

"你知道你刚才打了谁一记耳光？"

"打谁谁挨着！"

"你打了团长！"

"别……逗了……"

"你看，地上是谁的大衣？"

小瓦匠爬起，探身朝地上一瞧，心中不由暗暗叫苦。地上果然有件军大衣，不是团长的是谁的！

"快起来，把木板拆下！"

曹铁强帮他的忙，二人慌乱地从褥子底下抽木板。其他人被惊醒，一个个翻身趴在被窝里，莫名其妙地瞧着他俩。

"深更半夜的，你们搞什么名堂？"不知哪一个，从地上拎起一只大头鞋，朝他俩扔过去。大头鞋打在小瓦匠的后脑勺上，小瓦匠"哎哟"一声，双手倒捂着后脑勺，仰躺在炕上。

"谁打的？谁？！"曹铁强厉声喝问。

几颗脑袋畏惧地缩进了被窝。

这时，外面进来三个人，都是团警卫排的，是跟马团长一块儿来到工程连的。为首的，是警卫排排长刘迈克。他们，虽不属于工作组成员，但在工程连战士们面前，却显示出一种优越感。这种优越感似乎在时时表明，他们，即使算不得"高级知青"，起码也是"特别知青"。因为他们是"拿枪杆子"的，是经常跟随各级团首长的。他们是半享受职业军人待遇的。

刘迈克一进大宿舍，首先从地上捡起马团长的军大衣，拍拍土，然后踢了踢小瓦匠垂在炕沿的赤脚："起来起来，跟我们走。"

小瓦匠坐起，一见是三个警卫排的，顿时变了脸色，讷讷地问："到哪儿去？"

"连部，马团长有请。"警卫排排长一副闹着玩的样子。

"我……我不去……"小瓦匠往曹铁强身后躲。

"不去？那哪成啊！"小瓦匠的胆怯使警卫排排长开心，他用命令的口气对另外两个警卫排的战士说，"带走。"

那两个便上前去拖小瓦匠。

他们被曹铁强推开了。

曹铁强抢先一步，身子挡在宿舍门口，冷冷地说："你们，简直成了马团长养的狗了，叫你们咬谁就咬谁？"

刘迈克愣了一下，后退一步，眯缝起眼睛，咄咄地盯住曹铁强的脸，一字一句地反问："你说什么？我没听明白。"

曹铁强讥讽地说："你腰间扎条武装带不伦不类，劝你还是解下来的好。"

"你看不惯？"刘迈克真的缓缓解下了武装带，在手中摇晃着。

"别碰着我！"曹铁强又说了一句。

刘迈克唰的一声将武装带朝他抽过去。

曹铁强一偏头，武装带的铁卡子抽在门框上。他朝门框上瞥了一眼，门框上留下了一道痕迹。

"别怕，吓唬吓唬你，闪开吧！"刘迈克的武装带仍在手中摇晃。

曹铁强动也不动。武装带第二次抽了过来。这一次，他躲闪未及，肩头挨了一下，白衬衣绽破，立刻渗出血来。

他捂着肩头，从门旁闪开了。

刘迈克也不看他，悍然往外就走。

曹铁强出其不意，照他下巴猛击一拳！这一拳那么有力，刘迈克跟跄倒退，撞在脸盆架上。一排脸盆翻落，一只漱口缸子滚到红火彤彤的炕洞里。

刘迈克爬起，惯于争凶斗狠的脸扭歪了，扑过来与曹铁强扭打作一团。

小瓦匠吓傻了，瞪大惊骇的眼睛，像只耗子似的缩在墙角。

另外两个警卫排的战士，同时上前，对曹铁强拳打脚踢。

刘迈克的霸悍早已激起工程连知青们的公愤，这时眼见自己的排长要吃亏，哪里还按捺得住！他们发声喊，纷纷从火炕上跳下地，一个个赤腿露胸地投入了恶斗。从地上打到炕上，从炕上滚到地上。战斗结束后，警卫排排长和他的两个战士被结结实实地捆了起来。

刘迈克凶恶地说："曹铁强，你不计后果是不是？"

"啪！"有人给了他一耳光。

连部里，团长马崇汉坐在椅子上吸烟。

他好生恼火！

身为团长，被知青打了一记耳光，简直是奇耻大辱！

对于知识青年，从正规部队到生产建设兵团的那一天起，他就产生了一种敌对情绪。不，也许用敌对心理这个词更准确。

什么生产建设兵团？用他自己的话说，参加革命多年，到头来落了个"七〇（零）八三（散）的装甲（庄稼）部队"的团长当！幸而，没脱掉军装。当上三团团长后，了解到这个团原先不过是个劳改农场，更令他替自己愤愤不平！这么个团长和"草头王"有什么两样？

然而，"草头王"却并不那么好当。知识青年，既不同于"一切行动听指挥"的正规部队的战士，也不同于"向解放军学习，向解放军致敬"的革命群众。他们到底算什么呢？在他眼中，他们简直是"蝗祸"，是"洪水猛兽"，是从城市蔓延到边疆的"瘟疫"！可他们毕竟是成千上万，几万，十几万，几十万，浩浩荡荡的四十多万！一批又一批地涌来了，卷来了。是戴着大红花，敲锣打鼓地被从城市欢送来的。一来就声明："我们要做北大荒的新主人！"不错，"最高指示"说他们是来"接受再教育的"，而且"很有必要"。但实际上，他们的马列主义水平高不可攀。若要问共产主义运动发展史、巴黎公社失败的经验教训、当前中央路线斗争的营垒划分和斗争焦点，他们都能侃侃而谈。在这方面，每一个都有资格当他这位团长的教师！他们不但了解过去，而且仿佛能预知未来，中国革命和世界革命，整个儿装在他们发热的头脑里！他们是经过风雨、见过世面的，根本不把他一个小小的团长放在眼里！连中央首长，他们也敢炮轰，也敢油炸，何况他马崇汉！

他深知自己缺少驾驭他们的能力，恰如一个人，完全没有信心和气魄，但又被命运所捉弄，不得不驾驭一匹难驯的劣马。

多可悲！

有时扪心自问，他承认，他们中的一些人，是被他骗到北大荒的。但他自己不也是被骗来的吗？何况说到四十万的话，那可没他的干系。他马崇汉没这么大本事，那是一场运动的力量。

他所有郁闷在胸，积压在胸的怨气、怒气，准备痛痛快快地发泄在小瓦匠身上。他要好好调教"它"，当成一匹牲畜调教。当然，犯不上用鞭子的。

听到外面的脚步声，他坐得更端正，表情更威严，目光更冷峻，咄咄地盯着连部的门。

门开处，第一个进来的是警卫排排长刘迈克。鼻青脸肿，浑身灰土，双臂被反绑着，衣领被撕掉了，衣扣只剩下了一颗。第二个进来的，是警卫排战士。第三个进来的，是警卫排战士。一个排长两个战士，他派去传带小瓦匠的，都成了狼狈不堪的"俘虏兵"。

他霍地站了起来！

跟在三个"俘虏兵"后面走进连部的，是曹铁强。

"他们，据说奉了你的命令去绑我排战士单书文的，我反对这样做。他们不听我的阻拦，首先动武，我命令我的战士教训了他们一顿。现在我把他们给您带回来了。我自己,明天听从你的发落。"

曹铁强说完就走。已经走出门外,又转过身,对团长点了一下头,那意思好像是说:"祝您晚安!"

……

曹铁强一回到大宿舍,就被他的战士们团团围住。

"我早就瞧着警卫排这三个家伙狐假虎威的样子不顺眼,今天可让他们知道咱们工程连的人不好惹了!"

"刘迈克在'文化大革命'中欠了我一笔账,今天我才出了口恶气!"

"这就叫不是不报,时候未到,时候一到,一切都报……"

七言八语,激昂兴奋。

小瓦匠满面阴云,一言不发,默默叠被子,卷褥子,叠好卷好,用毯子包上,用行李绳捆。

"你这是干什么?"曹铁强问。

"干什么?今天的事,全是我惹起来的。马团长能放过我吗?我今天夜里就扛着行李到团部警卫排去投案自首,当二劳改!"

这话,像一盆冷水,劈头盖脸朝大家泼来。

曹铁强沉默了一会儿,在小瓦匠后脑勺轻轻拍了一下,说:"你犯什么案了,竟要自首去?你别怕,我一人做事一人当。"

男女宿舍是一栋房子,中间被过道分隔开。这时女知青们也都来了,询问刚才发生的事。

有人问、有人答的时候,裴晓芸挤到曹铁强跟前,神色慌张地说:"不好了!马团长给团部警卫排打电话,说咱们工程连的男知青聚众闹事,要警卫排立刻派三十个人来,还说,还说……"

曹铁强追问:"还说什么?"

"还说……全副武装,一级战斗准备……"

"你怎么知道?"

"我今天夜里看麦场,刚才经过连部门口。"

身材瘦弱娇小的裴晓芸,替男知青们担惊受怕得瑟瑟发抖。

沉默。

各种表情在一张张脸上变化着，每个人都预感到面临着威胁。

"你们……快躲起来吧！"裴晓芸比谁都焦急不安。

所有人的目光，同时集中在排长曹铁强身上，那些目光是复杂的。

"躲？！"他被这个字激怒了。这个字从一个姑娘嘴里说出来，而且分明是主要针对他说的，他觉得当众受辱。

"听着。"他对全排战士说，"事态是我扩大的，我还是刚才那句话，一人做事一人当。你们可以预先把我捆起来，等警卫排的人到了，将功赎罪！"

言辞刚烈，语气豪壮。这番话，是从小说里读到过的，还是看了什么电影印象太深记住了，连他自己也闹不清楚。

大家被感动了。由感动而敬佩，由敬佩而义愤，由义愤而激发起一种类似"同仇敌忾"的情绪。这种情绪抵消了年轻人本来就易于丧失的理智。而丧失理智有时是件痛快的事。

"排长你说的算什么话？！把我们都看得胆小如鼠吗？！"

"警卫排有什么了不起？比这严重的事件我们经历得多了！"

"与其在这儿瞎嚷嚷，等着警卫排的人来，像抓犯人似的一个个把我们抓走，莫如跟他们大干一场！"

"对！咱们去打他们的埋伏。"

于是，在"文攻武卫"中培养起来的盲目英雄主义的驱使下，他们匆匆穿好衣服，拥出了大宿舍，各人找到可以当作武器的物件，集合起来，向村外而去。女知青们也不肯错过这一表现英雄主义的机会，纷纷跟了去。只有几个没有去，她们赶紧跑向连长和指导员那儿报信。

离连队十几里远的山坡下，他们埋伏在公路两旁的小树林中。

不久，一辆卡车从山路上缓驶下来，工程连的战士齐声呐喊，冲出树林，包围了卡车。车下，铁锨钢叉，横握竖举；棍棒锄头，左右相逼。车上，警卫排的枪口，也指向了工程连的战士们，双方剑拔弩张。

一触即发的关头，有人策马从山上飞奔而下。

来人是老政委孙国泰。马头几乎碰上了车头。他才猛勒马嚼，勒得那马竖起前蹄，打了个立桩。

"给我把枪都放下,妈妈的!"他两眼闪亮,样子十分可怕。

警卫排的枪纷纷挎到肩上去了,但有人还不服气,说:"我们是奉团长的命令……"

"现在命令你们的是我政委孙国泰!谁再啰唆,我叫他就地挺尸在这里!"老政委从腰间嗖地拔出了枪,用枪筒在卡车驾驶室的铁顶上砸了一下,向司机喝道,"你给老子把车开回团部去!"

司机乖乖地掉转车头,卡车顺原路开回去了。

老政委长长地吁了口气,跳下马,扫视着工程连的战士们,问:"谁带的头?"

"我。"曹铁强低声回答。

老政委走到他跟前,目光死死地盯在他脸上,又问:"你是谁?"

"工程连男知青排排长。"声音更低了。

啪!一记耳光打在他左脸上,他的手刚捂住左脸,右脸又挨了一记耳光!

又有人骑马从连队的方向赶到这里,跳下马,双膝跪在雪地上,说出一句震动人心的话:"你们都是离家千里的孩子,你们要互相动武,就先打死我!"

是指导员,当地剿匪战斗中立过一等功的英雄……

铁锹钢叉,木棍锄头,从一双双手中落地。

一片哭声惊扰了林中的宿鸟。

政委孙国泰一迈进工程连连部,就指着团长马崇汉大吼:"马崇汉!老子毙了你!"

……

这件事虽然发生在知识青年刚到边疆不久,但曹铁强却永远也无法忘记。每每回想起,总还会产生不寒而栗的后怕。那时,自己多么缺少理智,多么鲁莽啊!他曾不止一次半夜三更从噩梦中醒来,浑身冷汗淋漓地想到,如果老政委那天夜里迟一步赶到,自己还会不会躺在这个知青大宿舍的火炕上?还有他们,他排里的战士,是不是也还会躺在火炕上,发出那么安然的鼾声?如果他和他们中的某些人,成了那次"英勇行动"中的不幸者,幸存的人今天将会怎样谈到他,谈到那次"英勇行动"呢?

他们会恨他的。

不幸者的父亲和母亲们也会恨他的。

如果别人成了不幸者而他自己是个幸存者呢?

那更加可怕,对他来说。

每天清晨出早操,他站在全排战士的面前,望着他们的脸,心中便会产生一种对他们的深深的内疚和愧意,恨不得跪在他们面前,请求他们的饶恕。

这种负罪感折磨了他的心灵若干年。虽然,他的任何一个战士都没有在他面前提起过当年那件事。也许大家都忘记了,也许谁也没有忘记,而是有意不提。但他自己却经常想在某一种场合、某一种时机,重提当年那件事。目的只有一个,希望大家痛骂他一顿,甚至暴打他一顿。

理智是年轻人在成熟过程中攻克的最后一个堡垒。攻克了,他们便成为能够掌握自己命运,也能对别人的命运施加影响的生活中的强者。这是要付出代价的。不过有人付出的代价惨重,相比之下有人付出的代价轻微罢了。付出代价的同时,他们也必然会丢掉对他们来说是十分有害的东西——轻举妄动和不计后果。

曹铁强正是从当年那件事中发现了自己危险的弱点,也正是从那件事之后,他成熟起来了。

当年的男知青排长成为今天工程连的连长,从某种意义上讲,"袭击警卫排事件"对他来说是一次"淬火"。经过那次"淬火",他才成为一个具有钢一样的弹性和硬度的人。

但是其中的哲学,是不会从团长马崇汉的头脑中产生的。马崇汉因为当年那件事,受到了党内记大过的处分,而且被通报全兵团。如果将他今天主持召开紧急会议的动机再深剖一层,也是和当年那件事分不开的。

他希望,为兵团保留八百余名青壮年劳动力,能够被上级赞赏,撤销干部档案中的处分。而这关系到,兵团解体之后,他能不能重新回到部队去。档案中带着一次处分,他是没指望重返部队的。不能重返部队,他便只能落到一种无可奈何的境地——由团长变为一个农场场长。这无疑更加可悲。八百余名知识青年一走而光，将他这位团长弃留在北大荒，那岂不等于是命运对他的一种恶意捉弄和冷酷惩罚吗？

他今天的内心活动，可以用八个字概括——瞻念前程，意冷心灰。不过这种内心活动并没在他脸上暴露丝毫。

他此时恍然醒悟，到会者们沉默的原因只有一个——在这么严峻、这么重大的问题上，他们要首先知道政委是什么态度。

他意识到，自己十年来那种在任何事情上都能左右局面，举足轻重的威信，在今天面临了公开的挑战！甚至怀疑他自以为曾有的威信，根本就没存在过！

他感到一种惆怅和悲哀。

而政委孙国泰刚才的发言又是对他那么不利！

工程连连长曹铁强又分明不把他这位团长的意志放在眼里！

他现在毕竟还是团长！纵然八百余人的去留他决定不了，一个连长的命运他还是可以决定的！"交代工作"，只消他一句话，就可以拖住这名哈尔滨知青三天，叫他终身后悔！

难道这些的哈尔滨小子就毫无顾忌吗？他怎么敢？！

马崇汉盯着曹铁强正要说句什么有分量的话，一个女人突然闯进会议室，身后跟着两个女孩。

是他的妻子和女儿。

马崇汉好不惊诧！四天前他打发她们回老家，怎么这会儿又做梦似的出现在他面前了？

"把宿舍钥匙给我。"妻子向他伸出一只手。

"你……车票丢了？"他怔怔地问。

"根本就没买到火车票！"妻子大声嚷嚷，"要不是在黑河碰上个熟人，连长途汽车票也别想买到！我们娘儿仨好不容易挤上一辆长途汽车，开出黑河镇不到两小时就被知识青年给截住了。嫩江县城、火车站，返城知青像逃荒一样，连大车店都住满了！我们娘儿仨……火车站蹲了两天……跟你来到兵团，可倒了八辈子霉！待不下，走不了，亏你还大小是个团长呢！呜呜呜……"

团长妻子放声哭起来。

公务员小张拎着几只暖水瓶走进来。马崇汉心烦意乱，拿起水杯朝小张递过去。好像胸膛内有干柴烈火在燃烧，他觉得口焦舌燥。

"水房锁着，到处也找不见烧开水的人。"小张嘟哝着说明没打来水的原因。

"岂有此理！"马崇汉把手中的水杯高高举起，狠狠摔在地上，啪的一声粉碎了。

小张一反往常对团长的敬畏，大声说："少来这套，我不侍候你了！"说罢，扬长而去。

马崇汉脸色青了。他的目光又瞪向妻子，从衣兜里掏出串钥匙，扔在她脚边。妻子怯怯地瞄他一眼，赶紧弯腰捡起钥匙，扯着两个孩子离开会议室。

电话铃响了。

郑亚茹也瞄了团长一眼，走过去拿起听筒，低声问："找谁？"接着把听筒递给团长。

马崇汉皱着眉头接过听筒。

对方问："你是马团长本人吗？"

"我是马崇汉！"他粗声粗气地回答。

"马崇汉，听着！你召开的这次紧急会议，不必再开下去了！"就这么两句，口气像"最后通牒"，一说完，对方就挂上了电话。

马崇汉拿话筒的手剧烈地抖动。许久，他才扫视着大家，沙哑地说："有人把我们开这次会的内容泄露了。"接着，严厉地问，"谁在会议期间打过电话？或者，接过电话？"

"我接过一次电话。不过，是长途。"曹铁强回答。他这时站了起来。

"长途？"马崇汉根本不相信地追问。

"是长途。"曹铁强很镇定地回答。

尽管他很镇定，尽管大家对召集这样一次会议内心各持己见，但目光还是同时质疑地射向了他。政委孙国泰，也严肃地望着他。

"好像……有什么情况！"郑亚茹突然离开窗口，走到会议室门前，同时推开了两扇门。

一股寒风灌进来,将雪粉扬在人们的脸上。几扇没插上的窗子被这股寒风吹开了。开会的人们,或从窗口向外望,或从门口向外望,但见不计其数的火把,分成几队,从山坡上,从荒原上,从公路上,从四面八方,朝团部会聚而来……

三

裴晓芸站岗两个多小时了,再过一小时,就该下岗了。

但她这会儿就已经快被冻僵了。

"黑豹"也感到了寒冷,它开始在雪地上兜着圈子奔跑。它身上发出的热量结成霜,染白了黑皮毛。

"'黑豹'!"裴晓芸把狗唤到身边,弯下腰对它说,"回去吧,'黑豹',回去吧,回到连队去吧!到大宿舍去,趴在炕洞前,那多舒服、多暖和,何苦陪着我一块儿挨冻呢?"她简直是在哄它,像在哄一个人。

"黑豹"瞪着那双善于和人交流情感的眼睛瞅她,分明听懂了她的话。它的眼睛追随着她的目光,也朝连队的方向望去。

"瞧,最南边那一排灯光,就是大宿舍!"她又低下头对它说了一句。

"黑豹"却一动也不动。它的身子忽然抖了一阵,又开始在雪地上奔跑。

她望着它,拿它毫无办法地摇摇头。

月亮好像挂在原来的地方,一寸也没移动。但月面已不那么明净了,变得朦胧了。夜空的蓝色加深了,深蓝混合着漆黑。夜空似乎被来自宇宙之外的某种自然力量所压低。

起风了。这风是突然刮起的,异常猛烈,而且辨不清方向,朝她迎面横扫过来。她侧转身,弯下了腰。

风过之后,四野顿时迷茫。

"黑豹"在奔跑中突然站住,昂着头,略显不安地瞭望着荒原。

在荒原的尽头,在寒夜神秘而威严的幽远处,一场大暴风雪狰狞地注视着生产建设兵团的女战士和这只狗。

然而她并没有预感到什么威胁，她在瞧着那只狗。

"黑豹"使她又想到了他……

也许因为她和他不是同一个城市的知识青年？也许因为她和他不是同一批来到北大荒的？也许因为她是全连姑娘中最其貌不扬、最沉默寡言的一个？也许因为她是一个政治上有"特嫌"的歌唱家和某个大学里的"反动讲师"的女儿？……他不曾注意过她。而她，也从来不敢主动接近他，主动跟他说一句话。因为，他是威信很高的男知青排排长，是全连最英俊的小伙子。

年轻人们，小伙子也罢，姑娘也罢，总是希望从自己身上发现某种值得自信的东西——高于别人的威望、渊博的知识、受人赞扬的品质、友好相处的人缘、家庭出身优越、政治有前途，甚至，包括俊美的容貌……一点儿值得自信的东西也没有，这样的年轻人便会离群索居，产生自卑感。

裴晓芸在所有人的面前都会产生这种自卑感，她有时甚至自己鄙视自己。

她身上半点值得自信的东西也没有，连一个少女最可自慰、最起码的那点儿自信——容貌方面的自信都没有。

她到北大荒以后，从来也没有像其他的姑娘那样，偷偷拿面小镜子自己端详自己、欣赏自己。她认为自己是个半点可爱之处都没有的丑姑娘，一只丑小鸭。

是啊，她的身材那么瘦弱，小手小脚的，像是发育不良没长开似的。她那张小女孩般的脸上，永远笼罩着悲哀的愁云，一接触到什么人的目光，她便会情不自禁地立刻垂下睫毛，掩住那双怯生生的眼睛。

一方面，她因为自己是那么不引人注意而自卑。另一方面，她又希望任何人在任何场合下都不注意到她的存在。有天中午下暴雨，男女知青跑出大宿舍，遮盖土坯。苫席不够用，她把自己身上披的雨衣也盖到土坯上了。她在暴雨中淋得像一只落汤鸡，衣服裤子紧紧地贴在身上，模样滑稽而可怜。他不禁多看了她几眼，她竟像被一只大猩猩所注视似的，吃惊地呆愣了一刻，转身而逃，令他大感不解。那天他才知道，女知青排还有这么个叫裴晓芸的上海姑娘，才十六岁，在全连知青中年龄最小。但她也并没有从此引起他多注意一点。而她，后来则更加有意地处处回避他。

就在那一年冬季的一天半夜里，全连紧急集合，男女知青都拉出了连队，一气儿跑了十多里路远。演习紧急集合，大宿舍里是不许开灯的，手电筒也不许打亮。

跑步急行军途中，又演习了一次"围山搜敌"。

曹铁强是演习行动的总指挥，在大家都已经搜索到半山腰时，他回头望了一眼，见有人刚跑到山脚下，艰难地踩着没膝的深雪向山上攀登。

"那是谁？快跟上来！"他大声喊。

落伍者摔倒了，而且没有立刻爬起。

他跑到那人跟前才认出，是她。

"跑一段路就受不了啦？别那么娇气！都像你这个样子，打起仗来怎么办？"他有些生气，对她大加训斥。他拉着她的一只手，将她从雪窝里拽起来，也不管她跟得上跟不上，几乎是粗暴地拖着她往山上跑。

她一声不响地被他拖着跑了一段山路，又一个筋斗跌倒在雪中。

"你别装熊，快起来！自己跟上去！"他更加生气了，索性放开她的手，那语气完全像在战斗中，呵斥一个无能的士兵。

"我……我的脚……"

"你的脚怎么了？"

她扒开埋住双脚的厚雪，甩掉手上两只棉手套，双手攥成拳，使劲擂自己的双脚。

借着月光，他这才发现，她穿的竟是一双网球鞋！

他怔住了，半天才说出话："你……怎么穿着这样一双鞋？"

她没有回答，她不再擂自己的脚了。她的双手忽然捂住了脸。她的肩头开始轻轻耸动着，她无声地哭了。

他猛地弯下腰，将她再次拉起，强行背上，朝山下就跑。

"不，不，我不！冻掉双脚，我也要……"她挣扎着，拳头擂着他的背。

他并没有放下她，任她的拳头一下接一下地在自己背上擂打。他背着她深一脚浅一脚地跑下山，接着跨开大步朝连队跑。十几里路，他的脚步毫不减慢，越跑越快，径直背着她跑进女宿舍，将她放在火炕上，拉亮了灯。

她那张小脸哭得如同泪人儿一般，泪水在她脸上结成薄冰，一缕鬓发冻在她的脸颊上。

他呼哧呼哧地大口喘气，汗湿透了衬衣和绒衣。

"别动！"他对她说，摘下帽子，扔在炕上，拿起一只脸盆，转身奔出宿舍。他从外面端进一盆雪，她果然一动未动地垂着双脚坐在炕沿上。网球鞋和她的双脚冻在一块儿了，他无法替她脱下来。

"剪刀！"

她茫然地瞧着他。

"你的嘴巴也冻住了吗？我问你有没有剪刀！"

她默默地朝摆在窗台上的一只小木箱指了指。

从小木箱里取出一把剪刀，他从她脚上剪下了那双网球鞋。接着，小心翼翼地剪下了她的袜子。他将她的双脚按在雪盆中，迅速地用雪搓起来。

他一边搓她的脚，一边抬起头，瞧着她的脸，低声问："疼吗？"

她垂下了睫毛，只吐出一个字："不……"

"不疼才糟糕！"他更快地用雪搓她的脚。

一盆雪搓化了。

"这会儿开始疼了吧？"

"不……"

"还不？有没有……像被火烧一样的感觉？"

"有……一点点……"

"冻掉双脚，在北大荒可不是没有过的事！小时候我的脚也冻过，我妈妈就像这样子给我搓。"他从毛巾绳上扯下条毛巾，要替她擦脚。

"别，那不是我的毛巾。"她用轻微的声音说，这时才怯生生地看了他一眼。

他的目光不禁注视在她脸上，心中实在不可理解，这种时候，她为什么还会对生活中的这般小事如此认真。

"那是我们排长的擦脸巾。"

"那又怎么样？"

"她会生气的。"

"是你自己这样认为吧？"

她摇了摇头："她真会生气的。她对我和对别人不一样。"

"为什么？"

"因为……因为我和别人不一样。"

他不再问她什么了。他心中明白了。他缓缓地将郑亚茹的毛巾搭在毛巾绳上。

"边上第三条毛巾是我自己的。"

他取下了她自己的毛巾。

"让我自己……"她向他伸出一只手要毛巾。

他没给她，他轻轻地替她擦干了双脚，慢慢解开自己的衣扣，撩起绒衣和衬衣，半裸出宽阔的结实的胸膛，将她的双脚暖在自己胸上。

"啊！不，不！……"

她慌乱起来，她骇然了。她欲缩回自己的双脚，他用绒衣将她的双脚包裹住，紧抱在怀里。

"别动！"语气那么严厉，同时瞪了她一眼。

她挣动了几下，没有挣回双脚。他的手那么有力！

她的脸红极了，她一下子用双手捂上了脸。

"当年我妈妈对我也是这样做的。"第二次提到他的妈妈，他的语调中流溢出一种深情。

她还能再有何种表示呢？还能再说什么呢？

她一动也没再动，双手依旧捂着脸。

渐渐地，她感到自己的两只脚恢复了知觉，温暖了，也开始疼了。他胸膛里那颗年轻人的心强有力地跳动，传导到她的心房。她自己那颗少女的稚嫩的心，也仿佛刚从一种冷却状态中复苏，怦怦地激跳。

许久许久，他们之间没有再说一句话。

一滴泪水，从她的指缝中滴落下来，随即，又是一滴，又是一滴……

是因为过分受感动？是的，当然是。但泪水绝不仅仅是因为受感动而倾涌，还因为……他提到了他的母亲，用那样一种深情的语调提到他的母亲。

而她却从未领受过母爱的慈祥和温柔。为了领受一次,她宁肯自己的双脚被冻掉!

同样的做法,这北方的小伙子从他母亲那里学到,施加于她,诚挚之中带有几分强迫。

如果是母亲的话,她起初心理上会产生慌乱和骇然?

区别就在于此。虽然深受感动,但也触碰到了她的隐衷。

她那颗少女的心不但稚嫩,而且那么细腻。所有细腻的情感都被她的双唇封锁在心里。因此,她的内心世界比别的姑娘更加丰富,也更加充满矛盾和变化。

这样的一颗心当然不是他所易于了解的。他发现她在落泪,问:"你怎么又哭起来了?"

这时,外面响起一片纷乱的脚步声,夹杂着吵嚷。紧接着,门开处,女排的姑娘们拥进宿舍。她们一见他在女宿舍中,他和她那种不寻常的样子,都呆呆地站立住,用猜疑的目光望着他们。

在众人的目光之下,她显出无地自容的样子,仿佛自己是个小偷,被当场逮住。她猛地从他怀中收回双脚,窘迫而羞涩。

"用被子包上脚。"他平静地对她说。转过身,问姑娘们,"你们这样看着我干什么?"

没有谁回答他的话。

"简直是拿着弟兄们开玩笑!演习演习,半路上丢了战备演习指挥员!"

"不是丢了,咱们大排长准是叫敌人俘虏啦!"

男宿舍传来发牢骚的怪话和嘻嘻哈哈的笑声。

郑亚茹最后一个走进宿舍,她的目光在曹铁强身上差不多停了半分钟,然后,缓缓地转移到裴晓芸身上。

裴晓芸已经坐到火炕上,用被子包住了双脚。她低着头,不敢瞅姑娘们。

"哼!真丢人!"郑亚茹大声说了一句。

"你说谁?"曹铁强有点恼火了。

"我说谁，你心里明白！"郑亚茹向裴晓芸瞪了一眼。

他的同班同学，当着所有姑娘的面，对他说出这般带有侮辱性的话，使他感到格外不能容忍。他几步跨到她面前，咄咄地盯着她的脸，质问地说："我不明白！你今天非得当着大家的面对我讲清楚不可！"

"讲清楚就讲清楚！我说的不是别人，就是你！还有她！你们俩！趁着大家演习，你们两个跑回来，在宿舍里搞什么见不得人的勾当！"

"你……浑蛋！"曹铁强大吼一声，对郑亚茹扬起了拳头。但他毕竟克制住了自己，拳头并没有落下去。如果不是当着所有姑娘的面，这一拳也许会落下去的。

"裴晓芸穿了一双网球鞋就跑了出去，你们知道不？她的脚冻伤了，如果不是我把她背回来……可你们，都想到什么地方去了！"

郑亚茹怔住了。

曹铁强指着一个姑娘说："你，去把那盆雪水倒了！"又指着另一个姑娘说，"你，去把卫生员找来！"

两个姑娘不知是慑服于他的恼怒，还是出于同志之间的义务感，彼此望了一眼，一个服从地去倒那盆雪水，另一个立刻转身去找卫生员。

其余的姑娘，都向裴晓芸围拢过去。

郑亚茹独自站在原地，显得极尴尬。

"你和我的关系，并不比别人特殊，不过曾经是同班同学，你没有资格像刚才那样对待我！"曹铁强冷冷地对她说完这番话，愤愤地离开了女宿舍。

郑亚茹慢慢走到自己的铺位前，呆立了一会儿，突然扑倒在火炕上，抱着自己叠得四四方方的被子，哇的一声大哭起来。

"排长，都是……都是我不好，就算他刚才的话，是对我说的……"裴晓芸望着排长，心里感到无比内疚。

"你别装好人！"郑亚茹倏地坐起身，对裴晓芸狠狠地嚷了一句，之后又倒下去抱着被子哭。

有几个姑娘赶紧过来劝排长。

从那一天起，女排所有的姑娘都看得出来，排长对裴晓芸更加冷漠了，好像排里从此不存在裴晓芸这个人了似的。她们也看得出来,她们的排长和男排排长之间,以前那种比别人亲近的同学关系中,出现了一道看不见的屏障。

而裴晓芸和曹铁强之间,又恢复到了那种几乎谁都不接触谁的关系。

然而,裴晓芸多想找个时机对曹铁强说句感激的话啊!即使仅仅从情理上讲,这样的话也是应该对他说一句的。可是,每当她和他单独在一起,还没来得及开口,郑亚茹便会忽然出现。能够和他单独在一起的机会又是那么难得!

春节前,连里不知出于何种安排,对每一个请假回城市探家的知青,都毫无例外地批准。也许是出于对知识青年的体贴和关怀吧!知青先后离开连队。最后,男排只剩下了一个人——曹铁强,女排只剩下了两个人——郑亚茹和裴晓芸。裴晓芸知道,排长之所以迟迟没有动身离开连队,一定是想和曹铁强结伴探家,同去同归。可曹铁强为什么迟迟不回城市探家呢?他舍不得他养的那只小狗?也许是的。他那么喜爱那只狗?她哪里知道,出于对她的同情,他决定放弃那次探亲假了。他不忍心将知青中的一个小阿妹,孤独地撇在连队。

裴晓芸和排长两个人住在空荡的宿舍里,却谁也不理睬谁。在排长郑亚茹面前,裴晓芸更自卑。排长是一位军队干部的女儿,正牌的"红五类"。排长是老初三毕业生,在学校成绩优异,据说要不是因为"文化大革命",学校要保送她上重点高中呢。她还是市红代会常委,来到北大荒之后,还被请回城市参加过一次红代会常委会。她在全排姑娘眼中是具有男性威严的,在全团是名声响亮的人物。排长是很美的,高于一般姑娘们的个子,飒爽的身姿,乌黑而浓密的短发,裹着一张椭圆形的五官端正的脸,两条眉毛不但细而长,还很英气,一双丹凤眼,总是投射出自信的矜傲的目光。

女排的姑娘们,谁都知道,她们的排长在暗暗地爱着男排排长曹铁强。天生一对,地产一双,大家都这么认为。但也有姑娘对两位排长之间的关系发表过预言性的看法:"两个自尊心都太强的人,是无法结为生活伴侣的。"这话是背地里谈论过的。

姑娘们都不能理解的是，她们的排长明明爱着人家，又总是随时随地有意无意在她们面前扮演一个无穷烦恼的被追求者的角色，尽管这种角色她扮演得极成功。

裴晓芸在这一点上却自以为是能理解排长的。"不会高傲，就不懂得爱情的艺术。"她忘记了自己过去是从哪一本小说里读到这句话的。排长一定也读过这本小说，因为排长既会高傲，必然也就对爱情的艺术深通谙达了。

她非常希望排长也能理解她，哪怕一点点。非常希望自己能和排长处好关系——一般的战士和排长的关系，对她来说就很知足了。她不敢奢望比这更进一步的友好关系。她觉得自己不配，排长是什么样的人物！

两个人，按照同样的时刻，早、午、晚活动在大宿舍里，却彼此不说一句话，不正视一眼，这是多么别扭！有几次，她想主动张口和排长说话，排长却好像能够猜度到她的心思，每每在这时候走出去了。

其实，她最想对排长说的，无非只有一句话："排长，我是敬佩你的呀！我心甘情愿处处听你的吩咐，服从你的命令！"

就像一粒沙子含在河蚌体内，久经揉磨，变成了珍珠。这句话也是许许多多话在她内心经过无数次筛选的结果，这句话无论从任何意义上都是她的心里话。

排长竟不给她说出这句话的机会。

有天晚上，排长不知到哪里去了。她一个人百无聊赖地坐在火炕上，坐在窗前，把嘴贴在玻璃上，一口接一口地用哈气暖化玻璃上的霜花。

玻璃上渐渐哈出了一个可见夜色的小洞。从这个小洞，她朝外面窥望。有两个人在月辉下向宿舍走来，分明是排长和他——曹铁强。他们走到宿舍门前那棵大杨树下，同时站住了，对望着。

她向他走近了一步。他也向她走近了一步。

他们拥抱在一起了。

他们的嘴唇相吻了。

裴晓芸的脸倏地从窗前侧转开，双手下意识地捂上了那个小小的霜洞。

少女的心狂跳不已。

这是她第一次亲眼看到男女之间的情爱举动。她仿佛看到了自己不应该看到的,愧怍极了,不安极了。虽然是无意中看到的。

她赶紧展开被子,钻进了被窝。用被子蒙上脸。

一会儿,听脚步声,知道排长走进了宿舍。

又过一会儿,灯熄了。

第二天,当她醒来时,见排长在捆行李。

"你醒了吗?"排长说。

她没有回答,一时不能相信排长是在对自己说话。

排长转身看了她一眼,又说:"帮我捆一下行李可以吧?"

不是在对她说话又是在对谁说话呢?她立刻从被窝里爬起来,顾不上穿衣服,也顾不上蹬鞋子,光着脚就跳到了地上。

"你先穿好衣服,别冻着。"

排长这种从来没有施舍给她的关心,令她深深地感动了。

她匆匆忙忙地穿上衣服,趿着鞋走过去帮排长捆行李。一根绳子,一人手里攥一头。

"用不着勒太紧,捆上点就行。"排长一边勒绳子,一边说,"我也要回去探家了,今天就走,和他一起走。"

她知道排长说的"他"是谁。

内心的欢喜反射在排长的脸上和眼睛里。排长的眼睛比以往更明亮,脸上焕发着娇红的光彩,洋溢着少见的柔情。排长的心境一定像早晨的花园一样!

而她自己的内心里,却感到一种空旷和苍凉。

从今天起,两个大宿舍,只剩我一个人了,她心中不禁这么想。

别人都有家可归,她没有家了,也没有亲人。在大上海,连一个亲人也没有。

帮排长捆好行李时,他来到了女宿舍,怀里抱着小狗"黑豹"。

"我们今天也要离开连队了,大宿舍就剩下你一个人了,我把它托付给你。"他像将什么贵重之物至诚相托。

她从他怀里接过"黑豹",抚摸着,一句话也没说,只是值得信任地点点头。

他默默地环视着女宿舍,问:"你怎么不回上海呢?"

"我……回去没意思。"她故意用一种平淡的语调回答他,并且,对他微微笑了一下。

她不愿因自己的凄婉处境破坏他们此刻的良好心境。但她的微笑并没有如她所愿。因为他从她那一现即逝的微笑中,分明细心地观察到了一种苦涩的意味。

"也许,'黑豹'和你在一起,会减少一点你的孤寂。"他对她这么说,目光是怜悯的。

听了他的话,她不禁低下头,将脸贴在小狗身上。

她抱着小狗,站在大宿舍门口,久久地目送他们所坐的马车离开了连队……

从那一天起,大宿舍里就只剩下她一个人和一只小狗。白天,她并不感到特别孤独,因为她还要和老职工们一起劳动。他们对她表示了种种关怀。他们,只有他们,才公正地、平等地把她看作几十万来到北大荒的知识青年中的一个。一个从小生长在城市而如今远离城市的女孩子,到了夜晚,那种孤独之感,才咄咄逼人。当外面呼啸起西北风,小"黑豹"就跃上火炕,往她被窝里钻,它也感到了孤独。

刚过完春节,他就从城市返回连队了,是全连第一个回来的知青。

那天中午,她正在宿舍里独自吃饭,忽听外面有人叫:"'黑豹'!'黑豹'!"接着,是一声口哨。

"黑豹"愣怔了一下,立刻像箭一般蹿到宿舍外面去了。她跟了出去,看见他拎着提包,站在男女宿舍之间的过道里。

"他在叫狗,并没有叫我。"见他将"黑豹"抱起,亲热地抚摸着,她这样想。

他对她笑笑:"我应该感谢你,小狗长大了不少!离开这么几天,我还真想它呢!"

同样是离别,他心中想的只是狗,一句话也没问到她。

她的心被挫伤了。她习惯性地在他面前垂下了睫毛,一声不响地退回宿舍。

一会儿,他来到了女宿舍,送给她一些从家中带回来的糖、花生、瓜子。

"我不要,你自己留着吃吧。"她拒绝收下。她把这些东西视为他给予她的报酬,因为她替他喂养了几天小狗。

"这是我的一点心意。"他把那些东西放在火炕上,转身就走。

那天深夜,外面又刮起了西北风,像是一只怪兽在嘶叫。她躺在被窝里,难以入睡。她心中产生了一种莫名其妙的委屈,仿佛又受到了什么人的欺负。她哭了,开始哭声还很低微,后来哭声渐渐大起来,无法克制。

第二天早晨,她端着脸盆走到宿舍外面倒洗脸水,他跑步回来,拦住她,问:"你昨天夜里为什么哭?"

"我没哭。"她低下头,想从他身边绕过走进宿舍。

他挡在宿舍门口,固执地问:"是不是你一个人在连队的几天里,有谁欺负你了?你不告诉我?我就不让你进去!"

她摇了摇头。

他又说:"你为什么不信任我呢?像信任一个大哥哥似的。你……简直不像一个女知识青年,像一个小女孩。我是很愿意在什么事情上帮助你的,真的!"

她还是默默不语。

"世界上有一样东西,对任何人都是越多越好,那就是友情。"

听了他这句话,她渐渐抬起头,第一次那么勇敢地面对面地正视他的脸。

她的目光中既有信任,也有疑问。

他脸上的表情是真挚而坦率的。

于是,她喃喃地说:"我……怕……"

"怕?……怕什么?"

"怕……夜晚……"

"夜晚有什么可怕的?你不是已经一个人度过好多夜晚吗?"

"那些夜晚,有小狗和我做伴。现在你回来了,连小狗也不肯和我做伴了。"

他的心弦被她低声说出的话语拨动了。对面前这个出于怜悯而想给予一些关照的少女,他是多么缺乏理解啊!

当天,他在男女宿舍的墙上各凿了一个小孔,将一根绳子穿过小孔,抻到女宿舍来。

"你要干什么?"她瞪大眼睛看着他在这样做,很奇怪地发问。

他将绳子引到她的铺位前,绳子的一端交在她手中,说:"我在绳子那头拴了一个小铃铛,向大车老板要的,马铃铛,就吊在我头顶上。你睡时,手里握着绳子,做噩梦也不会感到害怕了,梦中我肯定会像天神一样降临到你的身边,解危救难!"他因为自己竟想出这样一个哄小孩的主意,说完有点不好意思地笑了。

"你……真逗……"她也笑了。

她果然天天晚上手里握着那根绳子睡觉,果然从此不感到孤独,也不怕夜晚,不怕西北风的呼啸了。

知青们陆陆续续地返回连队了。绳子被她收起来了,小铃铛他送给了她。

他依然是男排的排长。

她依然是女知青中最沉默寡言的一个姑娘。

生活又回到了原来的样子。

虽然如此,她还是真实地感觉到生活对自己来说发生了些什么变化。这感觉是朦胧的。正因为是朦胧的,似乎发生了但又似乎并没有发生的变化,才既令她入迷,又令她感到新奇。她是怀着连自己都难以解释清楚的微妙的心理,去细细体验这种新奇的变化的。她战栗地期待着更重要的变化某一天突然发生。她究竟期待的是什么呢?期待着一种什么意义上的变化呢?将会发生什么呢?怎样发生呢……她什么都不能回答自己,然而她又的确体验到了什么,的确在期待着什么,的确被什么诱惑了。也许什么变化都没有发生?也许什么都不存在?也许令她内心骚动的,不过是虚幻缥缈不可捉摸的憧憬……

女排排长郑亚茹最后一个返回连队,她超假半个月。一回到连队,她就立即向党支部补交了一张诊断书,她在探家期间生病了。诊断书上证明这一点，但女排的姑娘们却都看得出来，排长绝没有生过病。并不是从排长外在精神状态得出的结论，而是她处处不自禁地有所流露的内心情绪的真实色彩告诉了她们。一个姑娘若被许多姑娘加以研究，那她内心是难以隐藏住什么秘密的。何况，女排排长早就成为她的战士们的重点"研究项目"了。她们在对她加以诸方面的研究之后，已经积累了不少经验呢！经验告诉她们，排长准是在爱情方面获得了极大成功！不，更准确一点说，是在爱情的"拉锯战"中获得了决定性的胜利。那被征服了的一方，当然是男排排长曹铁强了。她们既替曹铁强惋惜，（未免被攻克得太轻松了些吧！）同时，也不无对郑亚茹的嫉妒。瞧她不论说什么话做什么事时，那种自信劲儿！瞧她那双被内心的爱情之火燃烧得多么明亮的眼睛！瞧她浮现在脸颊上的那种幸福的红晕！瞧她独自呆坐，凝眸出神时那暗暗得意的模样！唉！唉！哈尔滨的小伙子那种刚愎和高傲哪儿去了？怎么就招架不住姑娘的一两个回合呢？在她们面前，他对郑亚茹像块百炼钢，说不定背着人时，就变成了绕指柔呢！小伙子们差不多都是这德行吧！

曹铁强的确是被征服了，被情愿地征服了，在和郑亚茹一块儿探家的短短十几天中被她征服了。有谁会想到，小伙子刚愎高傲的性格的茧衣内，包裹着一颗充满情感矛盾的心呢？又有谁能真正理解小伙子对北大荒的开拓事业那种特殊的崇敬呢？他的父亲和母亲，都是北大荒的第二代创业者。父亲原是东海舰队某舰的轮机班长，母亲原是哈尔滨军事工程学院医务所的护士长。父亲是随着十万转业官兵的行列来到北大荒的，当上了开垦雁窝岛的第一支垦荒队的队长。为了给垦荒队踏勘出一条道路，他牺牲在绵亘的大沼泽里，连遗体也无法寻到。母亲哭了三天。三天后，将刚刚背上小学生书包的儿子寄养在老上级家中，自己也坐上了北去的列车。母亲一到北大荒，就坚决要求到以父亲的名字命名的那支垦荒队去。她不久成为中国最早的几名女拖拉机手之一。她驾驶着父亲生前驾驶的那台拖拉机，追随着垦荒队，驰骋在北大荒。艰苦并没有把这个刚强的女性从男子汉们的队列中甩掉。她终于像父亲一样赢得了他们的敬佩，担任了父亲生前的职务——垦荒队队长。她是中国第一名女垦荒队队长。她曾出国参加世界劳动妇女联欢节。以后，她成为中国第一名女农场场长。曹铁强永远也忘不掉九岁时看过的一部影片——《英雄战胜北大荒》。他当时比看任何电影都更加被吸引、激动。虽然,他没有在银幕上看到爸爸和妈妈,但顶着暴风雪向荒原挺进的垦荒队出现在银幕上时,他相信其中有一台拖拉机一定就是爸爸妈妈驾驶过的。他对北大荒的向往,他对垦荒者们的崇敬,就是从那时开始的。一个五六岁的小女孩,用手绢兜着种子,跟在父亲身后,向肥沃的土地点种……这是影片的一个镜头。他对那小女孩多么羡慕多么嫉妒啊!他在寄给妈妈的信中写上了这样一句话:"妈妈,我要到北大荒去!"妈妈的回信很短:"孩子,你要学好文化知识,你要长大以后再来!妈妈在北大荒等待着你!"他没有因为妈妈的信写得这样短而沮丧。他完全能够理解,刚刚建立起来的农场,需要创业者们做多少事情啊!何况妈妈不但是创业者,而且是农场场长……

他长大了。每天都带着一种迫切希望自己早些长大的心理一年年地长大了。母亲那封信至今他仍保留着,但母亲,却已长眠在地下数载了。

批判会。批判修正主义建场路线,批判"黑劳模",批判中国第一个女农场场长。第一个,这本身就是一种罪过!哥白尼是第一个向全人类大声说"地球是绕着太阳转"的人,结果支持他的布鲁诺被教皇下令烧死了。除了耶和华,教会是不能容忍人类还在其他某方面产生什么"第一个"的。中国人虽然相信上帝的不多,原来却有许多人同样具有不能容忍"第一个"的劣根性。

对中国第一个女农场场长的批判形式是别出心裁的。父亲生前开过的那台英雄的拖拉机被用黑漆画上了"×",母亲被迫驾着这台拖拉机来到批判会场接受批判。拖拉机像坦克一般冲乱了会场,碾过会台。母亲将拖拉机一直开到山崖崖畔,她纵身跳下了山崖……

这就是中国第一位女农场场长的结局!这就是十年动乱中发生在北大荒的一幕悲剧!

刚满十八岁的曹铁强没有哭。他是全校第一个报名要求到北大荒去的,他要见识见识北大荒那一片吞没了他父亲的沼泽!他要知道母亲是从哪一座山崖跳下去的!他要擦掉父亲和母亲都开过的那台拖拉机上的黑"×"!他要告诉每一个北大荒人,他是谁的儿子,他来了!

他的要求竟没有被批准。

他哭了。只因为此。

代替父母像抚养自己的儿子一样抚养了他十年的恩人，母亲生前的老上级，哈尔滨军事工程学院一位当时也遭到政治厄运的副院长，陪同他第二次来到黑龙江生产建设兵团驻哈联络处。

老人大声质问："你们为什么不批准他？"

得到的回答是："因为他母亲的问题……还没有最后作结论，我们政审很严。"

"可他也是他父亲的儿子啊！他父亲的烈士碑还立在北大荒！"老人的手杖使劲捣着地板。

接待人员搓着手说："我们……做不了主啊！"

"烈士的儿子，竟连继承烈士遗志的权利都被剥夺了！"老人叹息一声，突然拉起他的手，愤慨地大声说，"我们走！北大荒不要你，我带你到五七干校去！"

"等等！"那接待人员叫住了他们，走到他跟前，拍着他的肩说，"如果你决心到北大荒去，不批准你也可以去嘛！当年转战北大荒的十万官兵，都知道你的父母，都非常怀念他们……"

得到这种暗示，几天之后，他混在第一批奔赴北大荒的知识青年中间，乘上了开往最北边陲的列车……

虽然他是"混"到北大荒来的，但并没有因此被遣送回城市去。北大荒用沉默的诚意接收了他。只有他，才能体察到这种沉默胜过热情的诚意。一下火车，多少人在那一批知识青年中寻找他，握他的手，对他说"好好干"，或者"别给你爸爸妈妈丢脸"。他们，有的认识他的父母，有的并不认识他的父母。他们都是《英雄战胜北大荒》中的那一代创业者。他们从十几里，甚至几百里地外赶来，只是要在火车站见到他，握一下他的手，对他说一两句话。他一个也不认识他们，连他们之中一个人的名字都没有记住。

他要求把自己分到雁窝岛，他的要求没费口舌便如愿以偿。可是，雁窝岛并不像他在《英雄战胜北大荒》中所见的那么荒凉了。那里已经建立起了农场。荒原已经被征服,吞没了父亲的那片沼泽,已经变成水库。来到雁窝岛的第一天傍晚,他独自伫立在水库闸坝上。赤红的晚霞燃烧着淡蓝色的水面,水面浮现出了父亲的容貌。父亲生前经常用口琴吹奏《水兵之歌》,他耳旁仿佛又听到了这支歌那充满火热激情的欢快节拍。口琴是父亲任何时候都揣在衣兜里的爱物,肯定和父亲一起沉没在当年的沼泽底了。父亲的碑就立在水库闸坝的一端,他沿着闸坝走到碑前,仰望着碑顶那台石雕的翘首的拖拉机,心中默默地说:"爸爸,我来了!"他心中突然产生一种悲哀的遗憾。他但愿眼前没有这水库,而仍是一片狰狞的沼泽!对于吞没了他父亲的那一片沼泽,他心中是有种强烈无比的挑战情绪,甚至可以说是复仇般的征服意志的啊!但它却已经被征服了。不是被他,而是被别人!他扑倒在岩石碑座下,痛哭了一场。附近没有一座山。不必问什么人他也知道,母亲并非是在这里遭到了那次不公正的批判。有人主动带他来到了机车库,告诉了他哪一台是他父母生前开过的拖拉机,它已经旧了,但保养得很精心。在并列的十几台拖拉机中,它最洁净,黑"×"被用汽油认真擦掉了,还看得出被什么东西认真刮过的痕迹。

带他来到机车库的陌生人告诉他:"这台拖拉机仍保持着当年的作业效率。"

此话对他是多么大的宽慰啊!

第二天,他悄悄地告别了雁窝岛。

他要在北大荒做一个像父母那样的创业者,而不甘仅仅做一个继业者!

于是他被重新分配到了最边远的刚刚开始组建的三团……

他也像所有的知识青年一样想念过家吗?想念过的,不唯想念,更其惦念。虽然军事工程学院的老副院长并非他的父亲,虽然老院长的女儿并非他的妹妹。但他们与他有着父子一样的和兄妹一样的感情。多少个不眠之夜,他担虑着那善良而正直的老人将会进一步遭到什么迫害,担虑着那脆弱的、因小儿麻痹而残疾了一条腿的异姓妹妹的处境。

和郑亚茹一块儿探家回到城市后,他才得知老人确诊为肝硬化后期。他不忍离开他们了。假期一天天接近,他烦躁,他彷徨,他不知道自己应该做出怎样的决定才对。一天晚上,在省军区大院郑亚茹的家中,在她的房间里,在她关心而温柔地询问下,他向她讲起了自己的父亲、母亲,讲起了老院长父女,讲起了他对他们的感恩之情,倾吐了他内心的矛盾。他想要留在城市照料老院长父女,但又怕连队里的任何一个人都不会理解他,把他视为北大荒的"逃兵"。

他讲完才发现,她早已泪流满面。她忽然像个小孩子似的哭了。她是深深地被他讲述给她听的这一切所打动了。他第一次向她讲述了这么多,而且讲述的都是内心最真实的思想和感受。她不仅感动,同时感激。同学三年。她那一天才知道,他有那样的父亲、那样的母亲!他能够把这一切都毫无隐瞒地告诉她,这足以证明,她在他心目中的位置,毕竟高于所有那些他所认识的姑娘!

她擦干眼泪,盯着他,问:"今天你对我讲的这些,从没有对任何人讲过吗?"

他发誓般地回答:"没有。"

"如果不是我,换一个人,比如,另外一个你认识的姑娘,你也会把这一切统统告诉她吗?"

他沉默片刻,摇摇头:"不,绝不会……"

她对他的回答非常满意,低下头微笑了。

当她送他走出家门时,说:"你明天有时间的话,我希望能和你一块儿到江畔去走走。"见他犹豫,她又补充了一句,"我有重要的事和你商量。"

第二天,两人徐徐漫步在松花江畔。她默默地和他并肩来回走了许久,才靠着一根栏杆站住,告诉他,省里的几所大学已经开始试行招收工农兵学员,她要尽一切努力为他争取到一个名额。如果争取到了,他就可以有三年的时间,一边在城市学习,一边照料他的恩人父女了。他感激得紧紧握住她的手,不知说什么话才能表达自己的心情。

她听凭他握住自己的手,将脸侧转向松花江,瞭望着冰封的江面,说:"你应该明白,我是因为爱你才这样做的。"

他没有回答她这句话,但他在自己心中暗暗立下了誓言:我今后要开始爱这个姑娘,我再也不能挫伤她对我的爱情!

全连只有他一个人知道,郑亚茹超假半个月,是为他在城市多方奔走。

不久,连里收到了由团部转来的一份哈尔滨医科大学的录取通知书。

曹铁强要离开北大荒,去上大学了!消息在全连传开,所有的知识青年都感到意外。他们从那一天开始用另外一种眼光审视他了。那种目光向他表明,他们怀疑他过去是否值得受到他们那么多的尊敬。

他是怀着一种悲凉的心情离开连队的。

只有一个人为他送行——郑亚茹。

当夜住在团部招待所里,已经十点多了,忽然有人敲门。

他打开门,见门外站着一个陌生的知青。

"你是曹铁强?"

他点点头。

对方走进房间,说:"我想和你谈几句话,你接到了一份哈尔滨医科大学录取通知书吗?"

他迟疑了一下,点点头。他觉得并没有隐瞒的必要。

"你热爱医生这种职业吗?"

……

"你愿意毕业后还回到北大荒吗?"

……

"你能够成为一名北大荒所需要的出色的医生吗?"

他生气了。反问:"你是谁?我根本不认识你,你有什么权利这样质问我?"

对方缓慢地从兜里掏出一盒烟,缓慢地抽出一支,叼在嘴上。缓慢地擦着火柴,缓慢地吸了几口,眯起眼镜后面一双沉静的眼睛瞧着他,用缓慢的语调说:"我叫匡富春,团部的卫生员。谈到权利,我不但认为我有这种权利,而且认为,任何一个北大荒人都有这种权利。北大荒需要医生,需要出色的医生。争取到一个上医科大学的名额是很不易的,如果被一个对医生毫无职业感情的人,或者被一个仅仅想利用上大学的机会离开北大荒,回到城市去的人占有了这个名额,那未免太令人失望和遗憾了!"

对方的表情和语气，都流露出毫不掩饰的嘲讽，甚至侮辱。但对方所说的这番话，又是那么理直气壮。令人丝毫也不能怀疑这番话有任何不光明磊落的企图或动机。

他虽然感到受了难以容忍的嘲讽和侮辱，但他还是容忍了。他第一次觉得在别人面前心中有愧。

对方又开口说："这个名额本是我争取到的。我曾给医科大学写过一封信，向他们反映了北大荒缺少医生的实际情况，并向他们提出请求，允许我去自费学习。我的祖父和父亲都是医生，而且是很出色的医生。我从小热爱医生这一职业。我向他们提出请求，没有任何个人目的，我只是想成为北大荒所需要的一名出色的医生。我相信给我一次学习的机会，我可以成为一名好医生。他们回信答应了我的请求。可是最近他们给我的又一封信中解释，由于某种原因，答应了我的名额，被我们团里的另外一个人顶替了……"

他怔怔地望着对方，一句话都说不出来。

"我并不想责怪你，更不想和你吵架。我只是来对你说，不管你是否已决定将来当一名医生，我希望你能珍惜这一次学习机会，希望你三年后还能回到北大荒来。北大荒需要出色的医生……"对方看了他一眼，缓慢地抬起手，用食指朝鼻梁上推了一下眼镜，没有任何告别的表示，一转身走出了房间……

第二天，他又回到了连队。

可想而知，郑亚茹对他这样做恼怒到何种程度！无论他怎样向她解释，都不能求得她的谅解。

他几乎是把匡富春对他所说的话一字不差地复述给她听，一遍又一遍，但却只能愈加激起她的恼怒。

"你多高尚啊！可我是为了谁？我在城市四处奔波，拉关系，挖路子，走后门，求爷爷告奶奶，就差没给别人下跪了！整整半个月，两条腿都跑细了，舌头都磨短了，为了谁？！团长心里记着你一笔账呢，根本就不同意让你上大学！也是我一次次跑到团部替你说情，装哭、耍赖，连一个姑娘的自尊心都不顾惜了。可你！你倒成了无比高尚的人，我倒成了顶顶卑劣的人了！高尚不过是一种自我表现欲，这一套我也会。我从明天起要每月给这个匡富春寄十元钱，写一封信，要写得情意缠绵，鼓励他为北大荒好好学习！他会比感激你更加感激我……"

她果然说到做到，第二天就给匡富春寄出了一封信和十元钱。不过信中写了些什么，是否情意缠绵，他却不知道了。

他和她又一次闹僵了……

发枪了！

随着边境局势的恶化，全团几个重点连队，包括工程连，组建了"战备分队"。真枪实弹，代替了每天清晨出操训练时的木枪木手榴弹。枪，比镰刀，比锄头，比拖拉机和收割机更使生产建设兵团的知识青年感觉到，他们不同于一般下乡插队知识青年的特殊价值。

这种特殊价值是他们每个人自我意识的支撑点。

他们早已不满足于一年四季仅仅播种和收获了。他们渴望着浴血战场报效国家的机会！

因为他们是生产建设兵团——战士！

当初，他们中许许多多的人，正是为了这两个字，放弃了到离家较近，生活条件较好的农村插队的机会，而千里迢迢奔赴北大荒的。

他们不怕死，只要能做英雄。

他们就怕平凡的生活，艰苦他们已经习惯了。习惯了的就是平凡的，而"平凡"对他们来说是一种软性的挑战。他们没有足够的耐力应付这种挑战。渐渐冷却的政治兴奋在他们身上转化成追求那种惊天地泣鬼神的英雄壮歌的激情。

但，并不是每一个人都有资格获得战斗武器。

枪，只能发给"红五类"。

这是内定的原则，但战备形势报告会上的动员令，却是向每一个知识青年发出的。

于是一份份申请书由班排长递交到连部。连部讨论通过的申请书，附上鉴定和意见，密封后报到团军务股审批。

裴晓芸也写了申请书。

那不是一般的申请书。

那是用指血写成的申请书。

别人，钢笔写的字，尽可表达对党、对祖国、对人民的忠诚和献身精神。但她不可以，她是入了"另册"的，她十分清楚这一点。

只有用血来表达。她想：一腔血都洒在战场上，乃是她心甘情愿的。在烈士队伍中，也许是没有"另册"的吧？她这样相信。

她没有按正常程序将申请书交给排长郑亚茹。

晚上，连部开会，讨论确定"战备分队"的战士名单。

老指导员一份接一份地翻阅申请书，忽然问郑亚茹："裴晓芸没写？"

女排排长点点头。

指导员又问："是不是写了没交？"

能不能被批准为"战备分队"的战士，和有没有这种要求，意义是并不相同的，每一份申请书，都要作为一种忠诚的证物入档案的。

"根本没写，或者写了没交，对她还不是一回事吗？"女排排长不以为然地回答指导员的问话。

"这不一样。"指导员很严肃。

"你有必要去问问她。"曹铁强看着郑亚茹说。

"我认为没有必要。"郑亚茹顶了他一句，坐着不动。

裴晓芸就在这时走进连部，将申请书交给指导员，立刻低着头转身走了出去。

指导员看着她的申请书，脸色肃穆起来。

申请书从指导员手中传到曹铁强手中，又从曹铁强手中传到郑亚茹手中。

"我们就最先来讨论这份血书吧！"指导员说完这句话，开始卷烟。这是他内心不平静时的习惯动作。

郑亚茹许久都没有放下那份申请书。虽然纸上仅写着五个字：我要一支枪。

曹铁强的目光盯着郑亚茹，举起了一只手。

指导员随即举起了手。

郑亚茹仿佛受到迫使,也缓缓地举起了自己的手。

第二天,曹铁强在食堂门口碰见裴晓芸时,对她低声说了一句话:"连队通过了。"

裴晓芸的脸色霎时苍白,连薄薄的嘴唇也哆嗦起来。

她呆呆地望着他,半天才说:"别骗我啊!"

"真的!"曹铁强对她微笑着,肯定地点点头。

然而发枪仪式那天,公布完了战备分队战士的名单——竟没有她的名字。

眼看着别人从指导员手中接过一支支枪,没等发枪仪式举行完结,她悄悄地转身离开了。

她一跑回大宿舍,就哇的一声哭了。

曹铁强也跟在她身后来到女宿舍,他想安慰她,却找不出能够安慰她的话。

一个在伤心地哭,一个呆呆地陪坐在炕沿上。

一会儿,女排的姑娘们都回到宿舍里了。被批准为战备分队的姑娘们,兴奋地哼唱着,说笑着,一个个将枪拉得哗哗响。

郑亚茹拿着两支枪走到曹铁强跟前,说:"给你枪,我替你领了!"

他双手接枪时,她一字一句地说:"我判断得果然不错,那里是庄严的发枪仪式,这里是默默的儿女情长。"

"就算你说得一点不错,那又怎么样?"他瞪着她。

"我能把你怎么样?你就是爱上她了,我也管不着!"

他站了起来,将枪朝肩上一挎,走到裴晓芸面前,说:"打起仗来,我要用这支枪,从敌人手里为你缴获一支枪!"

裴晓芸转身欲朝宿舍外跑,被曹铁强拦住了。他扳住她的双肩,盯着她的眼睛,说:"我爱你,听明白了?我爱你!"说罢,他在她唇上吻了一下,这才放开她,挑衅地扫了郑亚茹一眼,走出女宿舍。

他刚出门,裴晓芸晕倒了……

她接连在床上躺了三天,三天内没吃一口饭。卫生员来看过她几次,认为她没有生病，但心理受到了严重刺激。三天内，她憔悴得像一株枯黄的小草。

第四天，她起来了，吃饭了，和大家一起出工了。但不说一句话，像哑巴了。

曹铁强为此深感不安和懊悔。女宿舍只有她一个人在的时候，他来到女宿舍，内疚地对她说："请你相信，我那天对你并无恶意，半点恶意也没有，我……"

"你当众侮辱了我！"她凌厉地打断他的话，"你并不爱我，你只不过是同情我、怜悯我，仅凭这一点，你就以为自己有权当众吻我了吗？就算你真爱我，你也没有这种权利！你曾问过我，我是否爱你吗？"

他像是在被审讯，狼狈极了。

她又说："虽然你的同情曾使我感激，但从今以后，我不再需要你的同情了，更不需要你的怜悯。"

"我……我……"他情不自禁地握住她的一只手，要进行解释。

"别碰我！"她严厉地叫了一声，从他手中抽出了自己的手。

他默默地注视了她一会儿，退出了女宿舍，郑亚茹站在过道里，显然什么话都听到了，脸上浮现着幸灾乐祸的神情，对他冷笑……

夜里，他翻来覆去，难以入睡。

是啊，我爱她吗？爱这个瘦弱的、阴郁的、内心的自卑和高傲都那么强烈的上海姑娘吗？

同时他想到了郑亚茹。她是爱他的，这一点他毫不怀疑。和许多姑娘比，她身上自然有不少超群压众之处。他曾经以为自己是爱她的，他甚至无数次地迫使自己爱她。然而他却渐渐感觉到这样的爱竟成了一种沉重的负担。他总觉得她身上缺少些什么，也许还是最重要的什么。她并不缺少姑娘的温情。尽管别人如此认为，但那是不公正的。她曾给予过他多少温情啊！天理良心！她也绝不缺少美、缺少魅力。他不能不承认，她是个美丽的姑娘，即使和一百个姑娘站在一起，她也还是会吸引任何一个小伙子的目光。他也不能不承认，她身上具有某种特殊的魅力。更不能不承认，这种魅力常常令他心动。那么她身上究竟缺少的是什么呢？他还思考不清。

她似乎像一幅大写意山水画，只可远瞻，不能近观，更不能细细审看。他与她几次和好，又几次疏远，却仍对她很茫然……

这一夜晚，裴晓芸也同样多思少眠。

她为自己对他说的话而追悔莫及。

她是爱他的呀！

我的话对他是不是太过分了呢？如果我不对他说那些话，这爱情会不会变为可能的呢？如果仅仅因为我已说出口的话，伤了他的自尊心，可能而变为不可能，那我是一个多么愚蠢多么不幸的姑娘啊！他多么可恨！他为什么没有想到我也是有自尊心的呢？仅凭这一点就足以证明，他根本不爱我，绝不会爱我。啊，我太自作多情了，我和他之间根本没有什么可能……

回忆，这是一种特殊的精神享受，如果谁确有值得回忆的经历。内心的痛苦、感情的折磨、不公平的处境、破灭的希望、萌发的希望，种种希望变为种种失望后，心灵受到的极猛烈的冲击，这些经历，便是回忆对人具有的非凡魅力。尤其在谁认为自己获得了幸福之后。

今天，站在哨位上的裴晓芸，充满信心地认为自己是一个获得幸福的人。尽管此刻她正受到寒冷的威胁。

突然，她发现了出现在山林中、荒原上、公路上那几队火把。

"黑豹"竖起了耳朵……

四

最先进入团部区域的，是一辆马车。坐在马车上的人们举着数支火把，火焰被风朝后拉扯成不规则的三角形，仿佛像一面面燃烧的小旗。团部会议室门前宽阔的大道与公路相连。马车从公路拐上大道，马铃哗哗，毫不减速，带股来势汹汹、横冲直撞的劲头，有如驰骋沙场的古战车。它直抵会议室门口，老板子才高喝一声"吁"，猛刹住车，险些闯进了会议室。

二十几个青年跳下马车。火把的光在夜的胶卷上耀映出一张张若明若暗的脸，每一张脸的表情都那么严峻而冷峭，分不清男女。他们与从会议室走出来的人们对峙着。

三匹马，马腹剧烈地起伏着，喘息声短促而厚重，鼻孔喷出团团热气。它们贪婪地舔着雪。

政委孙国泰，走到一匹马跟前，在马身上摸了一下，像洗了把手似的。马身上汗如雨淋。

"你们，是哪个连队的？"他问。

他们谁也不回答。

"把马累成这样，你们于心何忍？"

仍没有人回答。

沉默，既流露出含蓄的敌意，也分明对他显示出客气。

他回头对站在身后的几位连长和指导员说："你们认认，是不是自己连队的马车？"

"是我们三连的马车。"三连的大胡子连长说着走上前来。

"你们会后悔的！你们要对今天的行为所造成的后果负责任！你们每一个人！"他对他的战士们大声吼。

"到了这种关头，我们还考虑什么后果？"

"连长，别吓唬我们，我们不怕。"

"我们什么都不怕，我们豁出去了！"

……

这些话，在另外几位连长和指导员听来，简直等于挑战！等于公开蔑视他们所有人在连队中的威望，而且是当着团政委的面，他们都气愤了。

无论在任何情况之下，当对一个人的放肆，代表对一种领导权力的挑战时，被领导者们就将领导者们的意志统一起来了。

"我提醒你们，你们现在还是兵团战士，我现在还是你们的连长，在你们的返城手续上，还要我签字的！"三连长暴跳如雷。虽然，他不是一个知识青年，可刚才在会议上，他是准备为知识青年，为本连战士的命运大声疾呼地发言的。没想到，他的战士们此刻当众往他脸上抹黑！

"连长，你敢不签字，我们就剁掉你的手！"他的一个战士，慢言慢语地说出这话。说得那么从容镇定，说得那么轻松。但只有白痴才可能会把这样的话当成玩笑。

"住口!"三连指导员也从会议室走了出来,呵斥道,"兵团最高军事法庭还没有解散呢!"

"我把你捆起来!"三连长朝那个扬言剁掉他手的战士怒冲冲地走过去。

"对,把他捆起来!他既然能说出这种话,就能做出这样的事!"另外两个连干部上前欲助三连长一臂之力。

"太不像话!"政委孙国泰突然极其严厉地说。

三连长站住了,转过身看着政委,不明白政委是在说自己,还是在说自己那个浑蛋战士。

"三连长,你把马卸了,牵到团部马号去喂料。"孙国泰低声对三连长吩咐。

三连长和指导员对视一眼,服从地去卸马。

孙国泰又对三连的战士们说:"大家熄灭火把,都进会议室来吧!"

他们互相望着,犹豫着。

"政委,你们不是还在开会吗?"一个细小的声音问,听得出是个姑娘。

"会议室容得下我们二十几个,容得下全团八百余名知识青年吗?"又一个声音紧跟着说,语调中不无嘲讽。

"我们没有必要进会议室!"第三个声音很强硬,口吻中透露着威胁。

政委沉吟着。他意识到,作为一个团领导,他平定眼前这种严峻局面的个人能力,也许比自己估计的还要渺小得多。

又有几路人,坐着马车、拖拉机牵引的木爬犁、卡车和二八型轮胎式拖拉机拖曳的挂斗,顺着团部大道朝这里会聚而来。人嚷声,马嘶声,各种发动机的轰响声,粉碎了夜的暂时的宁静,搅乱了整个团部。

曹铁强发现三连的战士中有一个自己认识,便走上前低声问:"我们工程连也有人来吗?"

"全团知识青年统一行动,你们工程连的人会不来?"对方朝团部大道尽头小桥那里指了指,随后低声问他,"结果如何?"

"什么结果?"

"你们开的会……"

"无可奉告。"他应付了一句，匆匆朝小桥的方向走去。

是谁泄露了会议的内容呢？他边走边想，无论用多么充分的理由解释，这个人也要对今夜这场骚乱负责。可是，他自己却成了最被怀疑的人。开会期间，他接了一次电话。因为是长途，他才违反了会前宣布的纪律。电话是妹妹从哈尔滨打来的。先打到了连队，由连队转到团部电话总机，又由总机转到会议室隔壁的宣传股。是宣传股的小尤把他从会议室叫出去的。妹妹在电话里告诉他，父亲住院，病情严重，很想念他，要他无论如何赶快回家一次，动身晚了，也许老人就见不到他了……虽然是长途，他也听得出，妹妹是一边哭着一边和他通话的。他很后悔，刚才在会上没有向大家作一番解释。在会上错过了解释的机会，便意味着永远错过了解释的机会。明天和后天，生产建设兵团将会在它的最后一页历史上记载些什么呢？

小瓦匠是工程连第一个知道团部紧急会议内容的人。

他当时握着电话听筒呆住了。他立刻想到了家中无人照看的体弱多病的老母亲，半天说不出话来。

"哥哥，你倒是有什么办法没有啊！"

"消息……可靠吗？"

"绝对可靠！"

绝对可靠！他多年来连做梦都实现过无数次的返城希望，完全破灭了。

他……能有什么办法呢？

弟弟向他讨办法，莫如向自己的脚后跟讨办法。

从连部回到大宿舍，他失魂落魄地坐在炕沿上，如痴如呆。

"小瓦匠，你这又是怎么了？想老婆了吧？"

"老婆？他丈母娘还不知道在谁的腿肚子里转筋呢！"

"在我腿肚子里！"

"哈哈哈哈……"

大家拿他逗乐开心。

"你们还笑。我这会儿想哭都哭不出来……"他的眼泪顿时唰唰地落……

生活是一个大舞台，每人都是这舞台上的角色。人与人之间的关系，按照生活的规定情景经常重新排列组合。

小瓦匠如今和刘迈克结下了亲如手足的友情。

当年的团警卫排排长，现在是工程连的事务长了。生活本欲捉弄他一次，却启迪了他对生活的悟性。团长马崇汉因为在工程连耍弄军阀作风受到兵团总部的党纪处分之后，警卫排排长刘迈克也成了被奚落讥消的对象，在团部抬不起头来。团党委会上，政委孙国泰直截了当地提出，刘迈克不适合担任警卫排排长职务，并且严肃批评马崇汉用人不当。马崇汉自己也觉得，刘迈克的确成事不足，败事有余。继续将他留在警卫排，或者安排在团部机关，说不定今后还会给自己招惹什么是非。于是找他谈了一次话，婉言暗示，希望他自己能主动提出到基层连队去"锻炼锻炼"，并且向他保证，"锻炼"一个时期之后，还会把他再调到团部来。刘迈克不是傻瓜，听了团长的话，明白自己受到团长信任和器重的日子结束了。他只说了一句话："团长，您随便安置我好了！"第二天，就同时交了两份报告，一份提出辞职，一份要求下连队。收下两份报告，马崇汉内心很歉疚，他毕竟还是挺赏识挺喜爱自己提拔起来的警卫排排长的。他希望刘迈克参加全团排以上干部军事常识训练班之后，再考虑具体到哪一个连队去，以此表示安抚。这样做，他觉得心头的歉疚轻松一些，面子上也抹得过去。自己提拔起来的警卫排排长这么一个重要角色，岂能悄无声息地就被从团部拨拉到随便哪一个连队去？那也太有损于自己的威望了。作为一个领导者，威望乃是树立自己形象的基础，全部领导艺术的内核。只能不断增强，绝对不能稍有逊减。尤其是在自己刚刚受到处分这一段"非常时期"内。刘迈克清楚团长的良苦用心，也很能体谅团长的处境。他违心地参加了军事常识训练班。训练班结束那一天，马团长作完总结报告后，似乎临时想到地说："有件与训练班无关的事，也在这里向诸位连长指导员们讲一下，警卫排排长刘迈克，主动提出要求下连队去锻炼锻炼。你们哪个连队缺少骨干，当场声明一下。晚了，小刘可就是待嫁的大姑娘，有主了！"他以为自己的话定会造成一种"争夺骨干"的气氛。朝坐在身旁的政委孙国泰瞟了一眼，心中暗想：你不是要把我提拔起来的人撸到连队去，借此机会在团机关拆我的台，不轻不重地整治我一下吗？那么就让你亲眼看到，我提拔起来的人，是很受各连队欢迎的哩！不料他的话说完良久，那些连长和指导员们，竟没有一位应声而起的，刘迈克这个知识青年鲁莽成性，桀骜不驯，他们早有所闻。何况他又无形中成了团长所推荐的人物，要了而不重用，等于扫了团长的面子。委以重任，又肯定会给自己添麻烦。权衡利弊，还是"礼让"了的好。

各连的连长和指导员，都沉默地"礼让"起来，团长马崇汉在台上如坐针毡，尴尬极了。

"李连长，小刘到你们连队去怎么样啊？"马崇汉点起九连连长，慢腾腾地问。

九连连长站起来打着哈哈说："团长，我们连……这个……这个……不是我们不欢迎，实在是这个……这个……"他并没有说出个什么来，就又坐了下去。

马崇汉皱起了眉头。

"许指导员，你们连哪？"马崇汉又点了十四连指导员。

"我们连？团长，我们连的骨干力量还比较强，是不是优先考虑一下其他连队。"十四连指导员姿态很高似的回答，连站都没站起来一下。如果团长"推销"的不是刘迈克这个知青，而是一台拖拉机，哪怕是台破的；或者一匹马，哪怕是匹瘸的，他也准不会有这么高的姿态。

这两个连队干部平时最听马团长的话，此刻却"拒人千里"之外，他坐在台上不能自持了。

"老马，这件事以后考虑吧！"政委孙国泰用商量的口吻对他说，分明在给他垫一块踏脚石，扶他下台阶。

他却不领这个情，他觉得自己不能当众领这个情。如果是别人从尴尬局面中解脱了他，他会很感激的。但对政委孙国泰，他非但不感激，而且产生了误解，认为政委不是在"拯救"他，是在有意刺激他，当众"将"他的"军"。

"小刘，刘迈克，你站起来。你自己说，你想到哪个连队去吧？你说到哪个连队，你今天就是哪个连队的人了，这个主我还是做得了的！"他不理睬政委，却把刘迈克也点了起来。

刘迈克本已处在一种如同当众受辱的地步，这时又不得不站起来。他感到自己像一件卖不出去的什么东西，在被团长"压价拍卖"。明明是"压价"也卖不出去的了，又要拿他强加于人。他紧闭双唇，一句话也不说，脸上红一阵白一阵。自尊心，被当众煎烤着。他过去以为自己是知识青年中一个非凡人物的那种骄矜的自信，在这一刻彻底被从心理上切除了！

曹铁强忽然站起来说："刘迈克，我们工程连欢迎你！"

这句话从曹铁强中口说出，使马团长大出所料，使所有的人都大出所料。连在台上点燃了烟斗的政委，也拿着烟斗忘记了吸，显出愕异的表情。马团长的目光，一会儿落在刘迈克身上，一会儿又落在曹铁强身上，他感到这么一来自己反而难于做主了。

曹铁强站起来说出这句话，也顿时后悔了。第一，他不是连长，也不是指导员，从职位上讲，他无权说这句话。连长指导员就坐在他身后，他说出这句话，既对他们很不尊重，又会使他们很被动。第二，刘迈克会怎样理解呢？所有的人会怎样理解呢？虽然，他绝非出于半点不良动机。作为一个知识青年，他不忍看到另一个知识青年当众受辱。他觉得那也是对他自己的一种侮辱，是对所有知青的一种侮辱。他必须维护知识青年的共同的人格不受亵渎。他是经常用这把尺子度量自己，也度量每一个知识青年的品格高下的。

刘迈克终于开口说话了："团长，我到工程连，其他任何一个连队也不去！"

说完，他离开了会场……

聚餐的饭桌上，刘迈克和工程连的连排干部们坐在了一起。他是心里憋着股劲，偏要和他们坐在一起的，而且偏要坐在曹铁强对面。但他并不看曹铁强一眼，像对面根本没有坐着曹铁强这个人。他的脸冷如冰霜，毫无表情。在聚餐气氛之下，这种毫无表情的表情，恰恰是一种与周围气氛形成反差的异常特殊的表情。这一桌，因为他在座，使每个人都感到很不自在。而这正是他坐到这一桌要达到的意图，给你们制造一点小小的不愉快，他心中暗暗报复地想。我刘迈克到哪儿也是刘迈克，今后领教你们！

当天下午，工程连的马车赶到公路口，有人在路边拦住了车——是刘迈克，身旁放着一只旧木箱，箱子上是行李。他将箱子和行李放到马车上，自己坐在马车最后边，不跟他今后的连长指导员说一句话，更没有理睬曹铁强，呆滞地望着团部渐渐离远……

马车进入连队，首先停在大宿舍门口。指导员对曹铁强说："小曹，你负责在大宿舍给他安排个铺位。"

"不必劳驾。"刘迈克扛着箱子，提着行李，一脚踹开宿舍门，猝然而入。

像从外面闯进来一个强盗，宿舍里的人看见他，立刻停止正做着的事，将目光投射到他身上。他们先是愕然，继而漠然，继而悻悻然、陶陶然。他分明是被"革职发配"，落魄到此。他们看出来了。他们觉得生活的安排真好玩。这令他们满意极了。

刘迈克谁也不看，如入无人之境。他那双蛮性未泯的眼睛，从北炕炕头扫到炕尾，又缓慢地转向南炕，从南炕炕尾扫到炕头。身子，未动一动。

只有南炕，还空二尺宽的位置，在炕头。那是小瓦匠的铺位。小瓦匠挪到炕尾挤了个能铺下半条褥子的地方。

刘迈克先放下箱子，接着把行李放在箱子上。走到那个空铺位前，摸了一下炕面，热得像炭火上的平底锅。炕席，蛛网似的，只剩几条席筋残连。

他犹豫着。

曹铁强走进来，他们默默对视。

"那地方好，预先给你空出来的。"不知是谁冷冷地说了这么一句。

刘迈克下了决心，将行李提起，放在炕上，慢慢解行李绳。曹铁强看他一会儿，转身走出去了。

刘迈克刚铺下褥子，曹铁强又走进来，扛着三块木板。

"把木板垫上。"他低声说。

是小瓦匠单书文在褥子底下垫过的三块杨木板。

刘迈克有点茫然地凝视着曹铁强……

工程连的男知青们,并不像他们的排长那样宽厚地对待"公敌"。晚上,一盆洗脚水从门顶扣下来,扣在刘迈克头上。

"昨晚是谁干的那件事?"第二天出早操,曹铁强向全排战士追究。

大家列队在他面前,没人承认。

"鬼干的?!"他目光咄咄地扫视着他们。

一个个都像聋哑人。

刘迈克从队列中站了出来。

"我,没必要挨冻吧?"他不卑不亢地说。

"你可以回宿舍。"曹铁强平静地回答。

望着刘迈克不慌不忙地朝大宿舍走去,曹铁强皱起了眉头。

"没有人承认,我就不解散你们!"把脸转向他们时,他又说。谁都可以从他的语气中听出来,排长的犟劲儿发作了。

半个小时过去,有人开始搓手、跺脚、捂耳朵。

"立正!"排长高喊一声口令。

大家顿时肃立不动。

"排长……"小瓦匠怯怯地从队列跨出一步。

"你?"

"我……"

"行啊!你也从被人欺负学会欺负人了?"

"我……"

"归队!"

小瓦匠忐忐忑忑地退回到队列中。

"全排听口令,向右转,目标——宿舍,齐步——走!"

人人疑惑,不知排长会怎样惩罚小瓦匠,暗暗替他担心。

全排进入宿舍,南北两列,站立炕前。

刘迈克坐在两列之间火炉前的一块劈柴上烤破毡袜,毡袜散发出了一股难闻的怪味,他连眼皮都不撩一下。

炉盖上放只脸盆,哪个懒汉洗完脸没倒水,一截烟蒂绕着盆边做圆周运行。显然水在由凉渐热。

曹铁强将宿舍门敞开一半，从炉盖上端起那盆水，很悬乎地架在门框上。

刘迈克没抬头，目光从眼角瞥视着曹铁强，仍一动未动。

"你，去开门。"曹铁强盯着小瓦匠说。

小瓦匠朝架在门框顶上的脸盆瞅了一眼，怔怔地瞧着排长。

排长神色无情。

小瓦匠一步一步向门走去，走到门前，站住，缓缓地扭回头，眼中流露出哀求。

曹铁强表情凛然不变。

小瓦匠慢慢伸出一只手推门。

"住手！"曹铁强厉喝一声。

小瓦匠伸出的那只手没立刻收回，他像木偶似的僵立。

"把脸盆端下来！"排长又对他吼了一句。

小瓦匠一声不响地搬个木墩踏着，小心翼翼，双手把脸盆从门框顶上端下来。

"放回原处！"

小瓦匠端着脸盆一步一步走到炉前，轻轻将脸盆放在炉盖上。

"入列！"

小瓦匠看了排长一眼，站到队列中去。

所有的人都舒了口气。

"大家听着，再发生类似的事，我就以其人之道，还治其人之身！"停顿片刻，排长接着说，"我们不是被流放到北大荒的乌合之众，我们是兵团战士！以后，绝不允许谁敌视谁，绝不允许谁欺负谁，绝不允许谁坑害谁！我们应该学会自己管理自己。我们谁的父母不为我们操心？让父母和亲人少为我们操点心吧！解散！"

"哎呀，什么东西烤着了！"几个人同时叫起来。

刘迈克用木棍掀开炉盖，将烤着了的毡袜塞进炉膛……

挨饿……

兵团战士挨饿了。

一评小镰刀战胜机械化。

二评小镰刀战胜机械化。

三评小镰刀战胜机械化。

四评——小镰刀就是能战胜机械化。

第二年麦收时节，正值报纸发表社论——《发扬延安精神》，团麦收指挥部提出响亮口号——靠小镰刀夺丰收！

"靠小镰刀，可以兼收并得，既获粮食丰收，同时也获思想丰收。南泥湾时期有机械化吗？没有。解放区军民靠什么丰衣足食？靠镰刀！南泥湾精神今天过时了吗？没过时！我们就是要发扬光大南泥湾精神，通过劳动，体力劳动，而非机械化，改造我们的世界观！小镰刀和机械化相比，我们每一个兵团战士要付出更多汗水的！流汗是大好事，种种非无产阶级思想，都会和汗水一起从我们体内排出。也许有人认为，这是自讨苦吃。但这种自讨苦吃的精神，是光荣的精神、革命的精神，应该千秋万代永远继承的精神！自讨苦吃的精神万岁……"

在麦收誓师大会上，马团长的动员报告气吞山河。广播线将他充满革命激情、革命信心的高昂而雄浑的声音，传送到各个连队。据说，又是政委孙国泰为首的几名党委委员，坚决反对。因此才产生了"四评"。又据说，文章是团长的秘书起草，团长亲自动笔修改才定稿的。每天天刚亮，《东方红》乐曲结束之后，团部女广播员甜美的声音便开始广播："全团指战员注意，全团指战员注意，下面广播重要文章，一评……"

从"一评"至"四评"，每天一评。以政委孙国泰为首的反对派，就这样被彻底评倒了。小米加步枪，不是战胜了飞机加大炮吗？小镰刀究竟能不能战胜机械化问题上存在的种种"糊涂思想"，就这样被评得人人明白了。机械收割，以手操纵拖拉机，成了很不体面的事。

《小镰刀万岁！》

团宣传队配合麦收下连演出，场场少不了这样一个赶排出来的节目。五男五女，十个宣传队员，手握镰刀，左翻右舞，伴以歌唱：

小镰刀，就是好，就是好，
思想革命化，谁也离不了，
发扬好传统，
它是一个宝，一、个、宝……

麦收战役，在《小镰刀万岁！》的歌舞中揭开了序幕。

喜看稻菽千重浪，
遍地英雄下夕烟……

汗，为播种洒下的汗水、为丰收洒下的汗水、兵团战士的汗水、廉价的汗水，渗透进北大荒的土地里。

这片土地，曾是荒凉的土地。

这片土地，也是肥沃的土地。

这片土地，吸收劳动者的汗如海绵吸水。

这片土地，报答劳动者的汗慷慨无限。

那是怎样的丰收在望的壮丽画卷啊！麦海泛金，一望无边，波翻浪涌，接天铺地。清晨，红日从麦海中跃出。傍晚，夕阳在麦海中沉落。

那是多么喜人的麦子啊！饱满的完全成熟的麦粒，整齐地排列在茁壮的麦秆上。连麦芒，也向收割者们显示出诱惑力。

那是怎样的收割啊！一人一把镰，一人一条"收割带"，用丈量尺划分。宽——一米，长——一百米？一千米？一里？一公里？两公里？……五公里，十里，最大的地块。一个连队的百十号人，分散在这样的麦地里，一到中午，赤日炎炎，前后左右，不见人影，但见麦海无边！谁也接应不了谁。手臂机械地挥运着镰刀，腰，弯酸了，疼了，麻木了。然而，谁也不敢直起腰或者躺下歇一会儿。

都怕"打浪"——成为落在最后的一个。

一旦落在最后，那你就会对丰收产生绝望，甚至产生恐惧。你会觉得被麦海所吞。尽管你不停地割、割、割，尽管一片又一片的麦子在你眼前倒下、倒下、倒下，但麦海仍然是无边无际的，你别指望有人接应你，谁也顾不了你，谁都在拼命地机械地割。即使有人只超你十米，你也休想赶上！劳动在每个人的心理上只造成一种体验——刑罚。劳动只剩下了单一的目的——摆脱这种劳动！你始终在割，你始终在追赶别人，你无论如何追赶不上，你永远是最后一个。你哭也罢，你喊也罢，你怒也罢，你骂娘也罢，你在地上打滚也罢，随你怎么样！分给你的那条"收割带"，你是必须收割完的。它那么长，那么长，你望不到头！仿佛你在不停地割，它在不断地延长！于是你会感到人的渺小、可悲、可叹、可怜，你会诅咒大丰收！你被这种惩罚式的劳动彻底异化了！

小镰刀，它像孩子抻牛皮筋一样，拽扯着人的意志，意志失去了弹性。

工程连也被拉到了麦收第一线，他们第一次参加麦收。他们握惯了锹、镐、钢钎和大锤的手，拿起小镰刀，眺望着无边无际的麦海，简直不知所措。他们割了半个月，连一块麦地的地头还没啃下来！这样的麦地划分给他们四块！

小瓦匠可悲地成为全连"打浪"的一个。第二十几天早晨，全连队都来到麦地边，一个个瘫软地坐在或者躺在麦捆子上，谁也不想第一个走入麦海。

不知哪连机务排的十几个人走过来，其中一个对他们说："小镰刀不是能打败我们的机械化吗？这会儿熊了吧？"

小瓦匠跳起来，破口大骂："放你妈的狗臭屁！是我们提出来小镰刀打败机械化的？"他是在发泄。

而他们，拖拉机手和收割机手们，何尝不更想找个时机发泄一下？他们也是和别人一样手握小镰刀战麦海的呀！他们认为他们更有理由发泄。

"这小子骂人，教训他！"他们围住小瓦匠，七手八脚将他抬起，抛向空中。小瓦匠落在几捆麦堆上，他们又将他抬起，又一次将他抛向空中。

小瓦匠爬起来，紧闭两眼，挥舞镰刀，朝他们乱砍乱劈！他们哄笑着逃走了。

小瓦匠继续发泄，从地上拖起一个个麦捆，东甩西扔，却没人制止他，大家都用呆滞的目光瞧着他。

曹铁强实在看不过眼，喝了一句："你疯了！"

小瓦匠一屁股坐在麦捆上，呼呼地喘粗气。

有几个姑娘哼唱起来：

> 昏暗的油灯下，
> 我们想念着爸和妈，
> 迎着太阳出，
> 顶着月儿归，
> 劳累得像牛马，
> 谁来可怜我们这些城市娃？
> 爸爸和妈妈呀，
> 后悔当初不听你们的阻留，
> 到如今只有沉重地修理地球，
> 命运像苦酒，没有欢乐只有愁，
> 何日是个头？
> 何日是个头……

这支歌，当年曾在北大荒知识青年中怎样地流行过啊！它是知识青年自己谱写的。后来被批判为"反动歌曲"，便没人敢唱了。

所有的姑娘都肆无忌惮地跟着哼唱起来。

只有裴晓芸没跟着唱，但她的嘴唇也分明在动。

一个男知青扯着嗓子仰天怪叫："啊！呀！呀！呀……"

"哈哈哈哈！哈哈哈哈！哈哈……"几个男知青搂抱在一起，狂笑着，在地上打滚，扑滚散了一捆捆麦子。

小瓦匠突然用镰刀往自己手上砍！边砍边发狠地嘟哝："叫你割！叫你割！叫你割……"

曹铁强倏地跳起，一把夺下小瓦匠的镰刀。

鲜血从小瓦匠手上涌出……

"我受不了啦呀！"小瓦匠嘶哑地喊出一句，号啕大哭，像孩子般跺着两脚。

"卫生员！卫生员……"曹铁强寻找着卫生员。

卫生员没来。他"自己解放自己"了。

曹铁强立刻从衬衣上撕下一条布，包扎小瓦匠的手。

他鼻子一阵发酸，眼泪唰地淌下来！

这时，姑娘们慌乱起来。郑亚茹呕吐一阵之后，昏倒了。

她这几天正是"例假"期……

全团耕地面积上的小麦，刚有百分之几收获到各个连队的麦场上，连绵的雨季开始了。实践证明了一条荒谬的"真理"，小镰刀打败了机械化，彻底打败了机械化。几台企图发挥作用的拖拉机，一开进麦地边，就陷入了。像被剁掉了四条腿的蛤蟆，寸步难移。手持镰刀的收割者们，在每一步都深陷到膝盖的麦地里，艰难地跋涉着，抢收着。麦地一片汪洋！割下的泡湿了的麦子，只好用毯子、褥单兜回连队，摊在各家各户和大宿舍的火炕上。

收割者们眼睁睁地看着小麦在麦秆上发芽！

金色的麦海违反季节地变成了绿色的麦海！

放弃小麦！抢收大豆！麦收指挥部不得不改变原定的麦收方案，采纳了政委孙国泰的措施。

就在当天夜里，下雪了。

第二天，全团几百垧大豆被盖在雪被下，白茫茫一片大地好干净……

工程连，从麦收第一线撤下来了。知青们，一个个都折腾垮了，从精神到肉体。休息了两天，他们又接受了修筑战备公路的任务。繁重的体力劳动继续考验着他们的意志。抵御零下三十几摄氏度严寒的体内热量，靠的是每天三个馒头勉强供应着。面粉，是发了芽的潮湿的麦子，在团部加工厂连壳磨的。蒸出的馒头，是黑绿色的。生时揉不成形，熟了拿不成个，而且像切糕一样粘手。掉在泥土中，是不太容易寻找到的。

慰问信从各个兄弟团寄到三团党委，需要援助吗？精白面粉会无偿地从各条公路上运到三团来的。

不。不需要援助。

"我们绝不吃亏心粮!我们不能够靠兄弟团养活!我们要勒紧皮带。"

三团党委,代表它的指战员们,用如此有志气而豪迈的词句回答兄弟团的慰问。

马团长带头勒紧了自己的皮带,他每天都节约一顿饭。他明显地消瘦了,但是,他那革命乐观主义的精神,并没有稍减。

每天清晨,他都准时地来到团部广播室,亲口对着广播器朗读同一条语录:"我们的同志,在困难的时候,要看到成绩,要看到光明,要提高我们的勇气。"接着,播放这首语录歌。怨言,每个人都发过的,骂娘的人也不少。但同甘共苦,这种精神上和心理上的特效稳定剂,抵消掉了人们的抱怨情绪,阻碍了人们大脑的正常思考。

一天,兵团副司令员来到工程连施工工地视察。视察之后,将全连战士集合在一起,做了一次简短讲话。

副司令员说:"同志们,你们修筑的是一条很重要的公路。我亲眼看到,你们的劳动是很繁重很艰苦的。也亲眼看到了,你们吃的是什么。我,钦佩你们。我向你们致以军人的崇高敬意!"白发苍苍的副司令员,庄严地举起右手,向大家长久地敬军礼。

大家被深深地感动了。在那一时刻,大家忽然觉得,他们所受的一切苦和累,都是不值一提的了。

副司令员问:"哪位是刘迈克同志?"

刘迈克局促地站了起来。

"谢谢你,谢谢你向兵团总部反映了情况。"副司令员又向刘迈克敬军礼……

第二天起,各个连队的大喇叭里就不再听得到马团长朗读"最高指示"了。生活中忽然缺少了这种声音,人们也似乎并不觉得怎样寂寞。

第三天,一辆兄弟团的卡车开上山,车上满载一袋袋面粉和蔬菜。

公路中段,半山腰,要开凿出一个山洞,作战备油库。炸药代替了镐头。两人一组,轮番爆破。不知曹铁强是不是有意的,将刘迈克和小瓦匠分在一组。排长这样分了，小瓦匠只好服从，不过心里挺别扭。

下班前最后一次爆炸，点了七炮，响了六炮。两人在山洞外等了许久，第七炮还没响。

"我去看看。"刘迈克钻进了山洞。

山洞里，烟雾刚消散出去，但还弥漫着火药味。刘迈克找到第七个炮眼的位置，见炮眼被炸下的乱石埋住了。

小瓦匠也跟进了山洞，冒冒失失地搬起一块埋住炮眼的大石头。已经燃烧掉一截的导火索，被乱石之间锐利的棱角切压住了，但并没完全死灭。小瓦匠刚搬起那块石头，它又嗤地冒烟了。

"危险！"刘迈克大叫一声。

小瓦匠扔下石头，拔腿就朝洞外跑，被另一块石头绊倒。

他发蒙了，不立刻爬起，反而闭上眼睛，双手捂着耳朵，身子贴地不动。

小瓦匠不知自己在地上趴了多久，却没听到爆炸声。他睁开双目，见刘迈克扑在炮眼上，口中咬着导火索。

小瓦匠赶紧跳起来，小心地抠出雷管，拔下了导火索。

刘迈克额头上沁出一层冷汗，他浑身瘫软，再也没有一点力气站起来了。他脸色苍白，头，一下子抵在乱石堆。

小瓦匠也一屁股坐在地上，怔怔地看着刘迈克。过了许久，他才慢慢站起，去扶刘迈克。

刘迈克从口中吐掉导火索，看了小瓦匠一眼，说："这件事你告诉任何一个人，我就揍你！"

一出山洞，刘迈克的双唇和半边脸肿了起来。小瓦匠扶着他回到帐篷，大家见状围住了他们，七言八语地询问。刘迈克不理睬众人，一步步走到自己的铺位前，将身子沉重地仰面躺倒，扯下枕巾盖上了自己的脸。

小瓦匠呆立了一会儿，转身跑出帐篷去找卫生员。

卫生员跟在小瓦匠身后赶来，从刘迈克脸上掀开枕巾，倒吸了一口冷气。

"被火药烧的？"卫生员的脸转向了小瓦匠，"怎么搞的？怎么……会烧到嘴？"

"我……"小瓦匠不知如何回答是好。

刘迈克瞪着小瓦匠，他脸上冷汗淋漓，眉头拧在一起。

曹铁强走进帐篷，走到刘迈克铺位前，俯下身看着刘迈克。

刘迈克在他的注视下，又用枕巾盖上了自己的脸。

曹铁强抓住小瓦匠的一只手，扯着小瓦匠走到帐篷外。

"说！"

小瓦匠哇的一声哭了。

他心中是多么羞惭啊！扑在炮眼上的应该是他，受伤的应该是他，掩护别人的应该是他，应该是他小瓦匠！他不是对自己那么自信过，在危险的时候，自己肯定会表现得像个英雄人物吗？他不是曾经希望过生活为自己创造一次这样的时刻，让自己有机会表现出英雄的行为吗？他不是曾经对自己说过许多不怕死的话吗？这类豪言壮语不是都工整地写在自己的日记上了吗？他不是曾经那么神往地想象过，假如某一天自己英勇壮烈地牺牲了，他小瓦匠的日记，也会像张勇、金训华等烈士的日记一样，被千百万知识青年满怀敬意地去读吗？这种想象曾给他带来过多少不被人知的安慰！

小瓦匠啊小瓦匠，这个常常受到别人揶揄和奚落的弱者，这个在现实中常常对自身的价值产生悲哀的心灵苦闷孤寂的人儿，仅仅是靠着这样一种对英雄人物和英雄行为的想象，才能够在心理上获得一点点和别人平等的自我意识啊！

可是今天，连这一点点稳定自己心理天平的虚幻而又真实的东西，他都丧失了。

他的整个心理天平倾斜了。

他对自己彻底绝望了。

在危险的时刻，他成了一个可耻的逃生者，做出英雄行为的时机被别人占有了。

他简直觉得无地自容！

他哭得那么悲哀！

那是一种对自己悔恨到极点的大的悲哀。

可是排长并不能理解他的心情。

"别哭！"排长吼了一句。

小瓦匠猛然跑进帐篷，跑到刘迈克跟前，扑在他身上，边哭边说："迈克，迈克，我一辈子也不会忘记，是你救了我的命！从今往后，你，就是我的亲哥哥。我，就是你的亲弟弟。我们俩这一辈子都是亲兄弟，我要是做一件对不起你的事，天打五雷轰！"

刘迈克的双臂，一下子紧紧搂抱住了小瓦匠。

盖在刘迈克脸上的枕巾微微颤动着，他也哭了……

半个月后，刘迈克嘴角带着永不消失的伤疤，从团部医院回到了筑路工地。

小瓦匠对他说的第一句话就是："我把咱俩的铺位连在一起了。"

他会心地笑了。

来到工程连之后，他第一次露出这样的笑容。

曹铁强走进来之后，大家仿佛意识到了什么，纷纷退出帐篷。

帐篷里只剩下曹铁强和刘迈克两个人，他们面对面站着，默默地、长久地注视着对方。

谁也不清楚，是自己脸上的表情首先发生微妙的变化，感染了对方，还是被对方所感染。

他们同时很难为情地笑了。

生活，有时像一位父亲，有时像一位母亲，有时严厉，有时慈祥，有时不免粗暴，有时感情细腻，但它总是不忘自己的责任，开导着它年轻的孩子们。

……

马团长并没有彻底遗忘掉刘迈克。两年前，团里曾调过刘迈克一次，要他当团部招待所所长。他没有离开工程连，他已经和一个老农场职工的女儿组成了工程连的第一个知青家庭……

今天晚上，他怀了孕的妻子秀梅，安闲地靠墙坐在火炕上，一针一线地缝做小衣小裤。他自己，在给未出世的孩子做木马，他的木工手艺很不错呢。

一阵很重的敲门声将这个小家庭的宁静气氛破坏了。刘迈克放下手中的工具，开了门。

在他的小院里，站着全连的男女知识青年。他从他们脸上的表情上判断不出发生了什么事情，一时并没有开口问话，而是等待着他们说明情况。

"事务长，连长和指导员都在团里开会，你是唯一的一个知青连队干部，因此，我们来告诉你，我们现在就要到团里去，都去。我们觉得……不告诉你不对。"

瞅着说话的人，他仍闹不明白到底发生了什么事，问："为什么都要到团里去？"

小瓦匠回答他："迈克，我们大家都正在被蒙骗啊！"

"蒙骗？谁蒙骗我们？"

"团里。再过三天，就停止办理知识青年返城手续了。可是团里要封锁这个消息，不让全团的知识青年知道。连长和指导员在团里开的就是这个会。对我们大家，只有明后两天的时间了！"

刘迈克不禁"哦"了一声，他想了想，又问："团里不太可能这样做吧？"

"迈克……你，这都什么时候了，你还不信！已经有好几个连队给咱们连的知识青年打了电话。今晚，每一个连队的知识青年都会到团部去的，这是一次统一行动。我，今天晚上要代表咱们连队每一个知识青年的意志……"

"你？"刘迈克看着小瓦匠，一时不知自己对这样一件事该表示什么样的态度。

"是的。"小瓦匠点了一下头，"迈克，你知道，我是……非常懦弱的。但团里这样做，对我们知识青年太不公正了。你难道想象不到这意味着什么吗？会有多少像我这样的知青，他们家里正有像我的母亲一样的老母亲，或者老父亲，正在眼巴巴地盼望着他们回到母亲身边，给予父母一些照顾啊！今天，我要代表大家的意志，并非是因为受了大家的怂恿。不，完全不是，我是自愿的。迈克，你能理解我此刻的心情吗？能吗？"小瓦匠很有感情地说出了这番话，他显得有些激动。

"我……理解……"刘迈克的目光，从小瓦匠脸上移开，逐一地注视着站在小瓦匠身后的每一个知青的脸。他们的脸上，也都流露出希望得到他理解的表情。

"你们……需要我怎样做呢？"他终于找到了一句适当的话。

"好迈克，大家预先就猜到了你会说这句话的，我们什么都不需要你做，我们只不过来告诉你，因为你是事务长。而我自己，是希望得到你的理解。你理解我，我……谢谢你！"小瓦匠说完，立刻低下头，转过身，对大家说，"现在咱们走吧！"

他第一个走出了刘迈克家的小院，走得很快，头也不回。好像他怕一回头，就会被刘迈克叫住，加以阻拦似的。

"事务长，我们走了。"

"事务长，天挺冷的，你快进屋去吧！"

"事务长，不管我们到团里去的结果如何，回连队后，我们一定再上山给你家砍一车柴。"

他们一齐走出了他家的小院。

刘迈克呆呆地站在小院里，望着他们走远。

他推开家门，见妻子只穿着袜子站在门旁。

"你下地干什么？你这样子会着凉的！"

妻子退到炕沿前，缓缓地坐下了。目光，却胶着在他脸上，一刻也不离开。他拿起刨子，又放下了，呆呆地看着没有做成的木马。

"他们，都要走吗？"妻子小声问。

他抬头看了一眼妻子，似乎不明白她的话，反问："什么走不走的？"

"我全听到了。"妻的声音更细小了。

他没有回答，将木匠工具一件件归拢起来，塞到桌子底下去了。然后，他走到窗前，出神地朝外面望去。

"我刚才问你话呢，你聋了？"

他仍然一声不响。

妻不再问什么，默默地拿起炕上的小衣小裤，接着做。但只缝了一针，便放下了，轻轻地叹了口气，不安地瞅着他。

他忽然转过身来，从炕上拿起棉衣，匆匆地穿上，衣扣也没扣好，帽子也没戴，就大步往外走。

"你……上哪儿去？"

"你都听到了还问什么？我要到团里去！"他的语气中流露出内心的烦乱。

妻从墙钉上摘下他的帽子，递给他。

他走回到妻身边，无言地接过帽子。妻，又默默地替他将衣扣扣好。

他想说什么，但张了张嘴，却什么话也没说出来。

他戴上帽子，走出了家门。

工程连的知识青年们，刚走出连队不远，刘迈克开着二八型拖拉机挂斗车从后面赶了上来。

"糟糕，事务长要来截我们回去了！"一个男青年对小瓦匠说。

"咱们等他一下，也许他还有什么话。"小瓦匠第一个站住了。

大家也都站住了，众人对他的话这样服从，很出乎他的意料。消息是他第一个知道的，也是他告诉大家的。因此他才无形中成了众人这次行动的组织者。十年来，他第一次体验到，能够代表许多人的意志，每一句话都能够被众人服从，这种感受是多么不一般！

然而，这是一次怎样的带头行动啊！内心充满自信的同时，又是那么空泛，甚至有点苍凉、有点苦涩。

迈克果真会是来阻拦我们的吗？倘若他很坚决地阻拦，我将如何对待他呢？

他这样想，自信动摇，内心开始矛盾着。

挂斗车开到他们身旁，停住了。坐在驾驶座上的刘迈克对他们说："都上车吧，我开车送你们！"

小瓦匠一挥手，大家都爬上了车。

刘迈克将车开出一段路，忽然在野地里兜了个圈子，掉转车头，朝连里开。

"事务长，你开大家的玩笑吗？"车斗里有人嚷起来。

"迈克，你……"和刘迈克并排坐在驾驶座上的小瓦匠，也不免吃惊。

刘迈克一边开车，一边大声说："我得回家一次，跟秀梅说句话。"

"什么话，那么要紧？"小瓦匠很难相信。

"非常要紧的话！"刘迈克将变速杆推到了快挡的位置上。

挂斗车开进连队，直开到刘迈克家的小院外。他跳下驾驶座，几大步就跨进了家门。

妻仍像他临出家门时那样子坐在炕沿上，显然都不曾动过一动，低垂着头，黯然神伤，独自落泪。

"秀梅……"他轻轻叫了妻一声。

妻倏地抬起头，有些意外，赶紧侧转身，掩饰地拭去泪水。

"秀梅，我回来对你说句话。"他走到了妻身边。

"你，你别说了……我知道你要说什么，求求你，别说了。我不怪你就是了，真的。我绝不埋怨你抛弃了我，更不会记恨你的。我不是那样的女人……知青都走了，你留下也会感到孤单的……只是，只是，只是你要……给咱们的孩子起个名……"喃喃的话语变成了伤心的呜咽，妻向墙壁转过身去。

刘迈克用双手扳住了妻的肩头，将妻的身子扳正了过来，盯着妻的眼睛，说："我不走。"

"别骗我。"泪水模糊了妻的眼睛。

刘迈克大声说："我不骗你，我不走。我骗过你一次吗？我就是回来告诉你这句话的，即使所有的知青都走了，我也不走。"

泪水从妻的眼中溢了出来，然而那对眸子，还凝聚着疑惑。

"我不能不和他们一块儿到团里去，我不放心。我是事务长，连长和指导员不在连队的情况之下，我对他们每一个人都负有责任啊！可是，我又无权阻拦他们……"

妻终于相信了他的话，含着泪微笑了。

"去吧，快去吧，别让他们等急了。"妻低声说，轻推着他。

他双手捧着妻的脸，俯下头，在妻挂着一滴泪珠的唇上狠狠地亲起来……

曹铁强来到桥头，见"二八"已经过了桥面，挂斗却脱了钩，栽在公路旁。他的战士们，或蹲或站，围聚一起。

他走上前，分开众人——刘迈克紧闭双眼坐在雪地上。小瓦匠和另一个战士，扳着刘迈克的一条腿。活动着刘迈克的膝关节。活动一下，刘迈克皱一次眉头，吸一口冷气。

"怎么回事？"他尽量用平静的语气问。

众人都不吭声。

小瓦匠抬头看连长一眼，嘟哝："事务长摔伤了。"

刘迈克睁开眼睛，低声骂了句什么话，被小瓦匠扶着站了起来。发现曹铁强，他顿时停止呻吟，默默地瞅着连长，仿佛有意等待对方首先开口。他已不再是多年前的刘迈克了。生活已经把他磨砺成熟了。他今天夜晚格外理智，心机格外慎细。他觉得连长此刻出现在大家面前，对连长是很不利的。倘若自己说出一句不适当的话，都可能无意之中将连长推到极被动的地位上。

不料曹铁强如此问道："是你开车把大家拉来的？"

他点了一下头。

曹铁强紧接着说了一句欠思索的话："你也来凑这份热闹！"语气中不无恼怒。

刘迈克默然良久，才低声回答："我能不来吗？"

从他的表情，从他的语调，曹铁强立刻领悟到，他在违心地扮演着一个多么不轻松的角色！

他惭愧了，于是又低声问："你……伤得重不重？"

刘迈克摇了摇头。

"连长，你……你们……果然开的是那样一个会吗？"

黑暗中，不知是谁大声问了一句。

曹铁强转过身，一一扫视着他的战士们，似乎想寻找那个问话的人。但他实际上，是在心中暗暗点了一次名。全连三十二名知识青年，此刻站在周围的是三十一个人，只有一人没来。虽然，月色朦胧，辨不清这三十一人的脸面，但他知道，没来的那个人一定是她——裴晓芸。他抬起手腕，仔细看了一下表——她该下岗了。可是这沉默的一分钟，就等于他对刚才的问话做了回答。而这种形式的回答,当然不令大家满意。

有人愤怒地大声说:"我们还在这儿浪费时间干什么?去砸了军务股,各人拿走各人的档案!"

"对!一不做,二不休!"

"走呀!"

"谁打退堂鼓,就他妈的是知青叛徒!"

在互相怂恿和互相鼓动下,大家一哄而走。

"站住!"曹铁强猛然喝了一声。

大家,都站住了。一个个,缓慢地回转过身。一双双眼睛,在月辉下闪烁着不驯的,甚至是敌意的目光。这一双双咄咄地盯着自己的目光,使曹铁强意识到,今天夜晚,他,和他们——自己朝夕相处的战士们之间的关系,是异乎寻常的。他们随时都可能将他——他们每一个人平时都很信任、很敬重的连长,视为共同的敌人。正是由于清醒地意识到了这一点,他瞬忽间觉得,内心产生了一种奇异的自信力。他仿佛觉得,自己的身体倏然高大了许多,高大得完全有足够的力量担负今夜可能面临的无论多么严峻的事件。

"这里是生产建设兵团的团部,不是夹皮沟,你们,也不是土匪。我更不是土匪头子,而是你们的连长,我绝不允许你们每一个人胡作非为。"这番话他说得很镇定,镇定中显示出凛然的刚勇,语势中暗示出明显的潜台词——今夜我是怎样说就要怎样做的!

"今夜不服从连长命令的人,绝没有好下场!"刘迈克冷冷地说出了这句话。

曹铁强向刘迈克投去感激的一瞥,接着改换一种缓和了的语气说:"也许,今天夜晚,就是兵团历史上的最后一页。兵团的历史,就是我们兵团战士的历史。我们每一个人,都应该尊重这段历史。不论今后社会将要对生产建设兵团的历史做出怎样的评价,但我们兵团战士这个称号,是附加着功绩的,是不应受到侮辱的!"

他不能准确地判断自己的话是否打动了他的战士们,但没有人反驳。这便使他对自己的话增强了自信。他受到这种自信心的鼓舞,大声说:"听我的口令，整队集合！"

大家在犹豫状态之下迟缓地排成了并不整齐的队形。

他走到队形前，面对面地望着他们，问："你们每一个人，是不是都已经做出了决定，要离开北大荒？"

"连长，这还用问吗？"是小瓦匠说出了这句话。大家用沉默表示，这句话代表他们作了回答。

"既然如此，你们到团部来，就只有一个目的，办理返城手续。我相信，团里是会做出正确的决定的。现在，全体向右转，齐步走。"

工程连的战士们，在其他各个连队的混乱人群和车辆之间，列队向团部机关区走去。

曹铁强走在大家后面，刘迈克一拐一拐地紧随在他身旁。许久，两人之间没说一句话。只听无数双脚踩着积雪，发出沙沙的响声。

刘迈克首先打破沉默："团里怎么能够召开这样的会呢？"

曹铁强没有回答。

刘迈克又问："连长，你……也要走的吧？"

曹铁强这才回答："留下来就真的那么可怕？"

刘迈克理解了连长的话，他感到慰藉地说："连长，咱俩今后就是伴儿了。"

这句话，使曹铁强的心感到异常温暖。他情不自禁地伸出一只手，轻轻搀扶着刘迈克。

一辆马车从他们身旁飞奔过去……

全团八百余名知识青年，从各个连队来到了团部。远的，几十里；近的，十几里。他们围聚在团部会议室外面，数百支火把，将团部机关区映照得如同白昼。没有叫嚷声，没有示威声，他们默默地静立在凛冽的严寒中。

团长马崇汉披着军大衣出现在八百余名知识青年面前。

"知青同志们！"他用做报告时那种洪亮的嗓音说，但却不知道接下去该说什么，于是又重复了一遍，"知青同志们，我保证……"却同样不知道自己应该保证什么。

"滚你妈的！"

一个声音从八百余名知青中突然地迸发出来。

"我们不听！我们不受你的骗了！"数百人几乎是异口同声地说。

马团长愣怔了一秒钟，仅仅一秒钟，便低下头，转身走进了会议室。在这一秒钟里，他意识到，自己被知识青年们视为团长的历史，过去了。永远。他心中产生了一种悲哀，一种大悲大哀。但仅仅是悲哀，绝不是悔悟。悔悟是反思的结果。任何虔诚的反思，都是在一秒钟内不会萌发的。

从会议室外走入会议室内，几步路，他却觉得脚下无根，步步艰难。他感到自己仿佛像一棵大树，骤然被雷电击倒了。

他若有所失地走到政委孙国泰面前，第一次用真正恳切的语调说："孙国泰同志，我……请求你……以一个共产党员的……"他无法用语言明确地将自己的意思表达清楚。

政委孙国泰伸出一只手，像是要把对方轻轻推开去。他用这样的手势告诉对方，他完全理解了对方的话。请求他站出来扭转眼前的局面，对方要说的无非就是这句话。请求？他感到这个词对他带有一种侮辱性，尽管他相信对方是恳切的。难道不用这样的词，他会袖手旁观，幸灾乐祸吗？那他还算是一个老共产党员吗？不，连一个北大荒人都算不上了。至于能否扭转这种局面，怎样扭转，他并无把握，更缺少自信。不错，在知识青年当中，他深知自己有着比团长马崇汉牢固的根基。十年来，他的足迹遍布全团二十几个连队。他熟悉他们，爱护他们，关心他们，甚至，还很有些同情他们。他骂过他们，也挨过他们的骂。他的耳膜曾被他们的牢骚怪话几度磨起茧子，他也时时将自己胸中的郁闷烦愁借机朝他们发泄过。这种正常而又畸形的沟通，在他和他们之间架起了理解和谅解的桥梁。可是今天夜晚……

他犹豫片刻，稳步走出了会议室，目光深沉地望着知青们，良久，终于开口说出三个字："孩子们……"

他是情不自禁地说出这三个字的。

没有用"知识青年们"，没有用"同志们"或"兵团战士们"这样的称谓，而对他们说"孩子们……"，使他们被深深地感动了。

他们极安静地望着老政委。

"孩子们，"老政委说，"你们，在北大荒度过了整整十年，你们是当之无愧的一代北大荒人。我，以一个老北大荒人的资格对你们说，我感谢你们！因为，你们将青春贡献给了北大荒！……"停了一刻，他接着说，"如果来得及，我要为你们开隆重的欢送会，欢送你们……离开北大荒……你们相信我的话吗？"

经久的鸦雀无声之后，有人大声说："政委，我们相信你，但我们不相信团党委！"

"对，我们不相信！"

"我们相信你又有什么用？"

"……"

老政委被震撼了！相信一个共产党员，但不相信党的一级组织！这是多么可悲的现实，这是怎样的错误啊！

他略加思索，转身走入会议室内，对团长马崇汉和各连的连长指导员们说："我要求给我代表团党委的权力！"

连长指导员们的目光，都集中在马崇汉身上。

马崇汉的腮帮子抽动了一下，用记录速度的缓慢语调说："一切都听政委的……"

老政委第二次走出会议室，对知青们大声说："现在，我代表团党委宣布，为了尽快办理每一个人的返城手续，各连队选派两名代表，组成一个临时小组，我任组长……"

这时，暴风雪开始从荒原上向团部区域猛烈袭击了……

五

像台风在海洋上掀起狂涛巨浪一般，荒原上的暴风雪的来势是惊心动魄的。人们最先只能听到它可怕的喘息，从荒原黑暗的遥远处传来。那不是吼声，是尖厉的呼啸，类似疯女人发出的嘶喊。在惨淡的月光下，潮头般的雪的高墙，从荒原上疾速地推移过来，碾压过来。狂风像一双无形的巨手,将厚厚的雪被粗暴地从荒原上掀了起来,搓成雪粉,扬撒到空中。仿佛有千万把扫帚,在天地间狂挥乱舞。大地上的树木,在暴风雪迫近之前,就都预先妥协地尽量弯下了腰。不甘妥协的,便被暴风雪的无形巨手折断。暴风雪无情地嘲弄着人们对大地母亲的崇拜,而大地,则在暴风雪的淫威之下,变得那么乖驯,那么怯懦……

八百余名知识青年被突如其来的暴风雪震慑住了。许多人从连队匆匆出发,穿戴得并不暖和。一路上,差不多已经冻透了。而现在,暴风雪的无形的触手只从他们身上一抚而过,就带走了他们身体内的最后一丁点儿热量。火把,顿时熄灭了半数。

人群骚乱起来。

"别让火把都灭了啊!"

"快将没灭的火把扔到一起!"

"点火堆!"

……

几条具有号召力的粗犷嗓门儿疾呼大喊。

火把,一支,两支,三支……纷纷投聚到一起。

篝火,一堆,两堆,三堆……熊熊燃烧起来了。

有人不知从哪儿拎来一桶柴油,浇在火堆上。光焰升腾着,蹿跃着,在暴风雪中"垂死"挣扎着。

人群分散开,围向十几堆篝火旁。

一阵折裂声,一棵大树"扑通"倒下。又一棵,又一棵……有人在锯团部大道两旁的杨树——也许就是他们当年亲手栽下的杨树。

劈砍声。砰……砰……砰……听声音,不像是用的利斧,而像是用的大锤。也许根本不是大锤,而是别的什么铁器。一截截树骸连枝带杈被拖向火堆。

篝火旺烈起来。

小瓦匠见大家围在火堆旁,一个个也还是寒冷得瑟瑟发抖,忽然说:"跳舞吧!"

"跳舞?哪有这份闲情逸致!"

"大家跳吧！跳什么舞都行，比如，'忠字舞'……"

小瓦匠在火堆旁跳起了"忠字舞"，跳得极其认真，像是在台上"献忠心"。

也许是受到他的蛊惑，也许是由于抵抗不住寒冷了，大家先后跟着小瓦匠跳起舞来。起先跳的还算是'忠字舞'，后来跳的便什么舞都谈不上了。

围在其他火堆旁的人们，也跳起来。

所有火堆旁的人们，都跳起来。

在这个暴风雪夜，在严寒和篝火的环形夹缝之间，动作古怪地跳动着八百余名被冻得半僵的躯体。生产建设兵团团部笼罩着一种中世纪非洲土人部落的野蛮、原始而神秘的气氛。

"他妈的！这些代表们，怎么还没研究出个结果来？"有人开始咒骂。

"关系到八百余名知识青年命运的大事，总得给他们点时间啊！跳吧！不要停下来……"小瓦匠像一个消防队员，谁刚刚冒出点怒火，他就立刻说一句息事宁人的话。

哐……哗啦！

是玻璃破碎的脆响。

接着，是一阵门窗的木框被劈砍的声音。

"听！"小瓦匠停止了"跳舞"。

大家都伫立住了。

又是一阵玻璃破碎的脆响。

"有人在砸机关食堂的门框和窗框。"一个男知青判断地说。

"准是为了往火堆里烧！"一个女青年说，"这也太过分了！"

"我们去看看！"小瓦匠朝机关食堂跑去。

"这是什么时候，还管闲事！"一个小伙子嘟哝了一句，却第一个跟在小瓦匠身后，也朝机关食堂跑去。

"他俩别吃亏啊！"到底是一个连队的，有人担心了。

"男的都去，女的留下，继续跳你们的舞吧！"

于是工程连的男知青们，都离开火堆，朝机关食堂跑去。

机关食堂的门被撬开了。知青们在食堂里翻找吃的东西。有人掀开蒸笼,叫起来:"包子!"大家同时围了上去。几十双手在黑暗中抢夺着。

"生的!"

"呸!呸!呸……"

"点火!蒸熟它!"

"别费那事,连蒸笼一块儿抬到火堆去,吃烤包子!"

"好主意,抬!"

几个人将蒸笼抬出了食堂。

"咸菜要不要?"

"要!凡是能吃的,都要!"

于是有人捧起咸菜坛子往外走,被门槛绊倒,坛子掉在地上,碎了,咸菜疙瘩滚了一地。

后来的几个人,什么吃的都没翻找到,狠狠地骂:"这伙自私的强盗,扫荡了个一干二净。"

"嘿!发面缸里还有发的面!"

"有发面也不错,火堆上烤酸面包吃!"

他们把发面团也用衣襟兜走了。

小瓦匠跑到食堂,果然看见有几个人在砸食堂的门窗。

小瓦匠跑到他们跟前,大喊一声:"住手!"

他们中的一个,身材高大魁梧,半截黑塔似的,不屑地扫了小瓦匠一眼,高高举起手中的大斧,继续劈砍窗框。

"你们这是搞破坏!土匪!"小瓦匠扑了过去。

对方一拳,就将他打得倒退数步,一屁股坐在雪地上。

小瓦匠呼地跳起,骂道:"你妈妈的!这机关食堂是我们工程连一砖一瓦盖起来的,老子今天就是不许你们破坏!"他被激怒了,又毫不畏惧地朝对方扑了过去。

他胸前又挨了狠狠一拳,又跌倒了。

"这小子找不自在,揍他!"他们团团围住了他。

工程连的男知青们赶到,一见小瓦匠果然吃亏了,纷纷动起手来。

正打得难解难分,老政委孙国泰走到了这里,喝止住了他们。

两伙知识青年虽然不再厮打，却虎视眈眈。老政委横身在他们之间，厉声问："怎么回事？"

　　小瓦匠一指机关食堂的窗子，狠狠地说："你问他们。"

　　老政委这才发现被砸毁的门窗，心中立刻明白了，问那几个破坏者："你们是哪个连队的？"

　　"我们，我们……"为首那个彪悍魁梧的，嘴里讷讷着，一转身想跑。

　　其余的几个也想跟着跑。

　　"都给我站住！"老政委猛喝一声。

　　都乖乖地站定了。

　　"说！哪个连队的？"

　　"木材加工厂的。"声音低得勉强能听见。

　　老政委从地上捡起一节被砸散的窗框木，盯着为首的那个破坏者，问："要投进火堆？"

　　对方畏怯地点了一下头。

　　"这不是你们木材加工厂做的吗？"

　　"是……"

　　"亲手破坏自己的劳动成果？要离开北大荒了，就一点值得北大荒人怀念的都不留下？"

　　"……"

　　"我本有权将你们一个个当作破坏分子逮起来……可是我不想这样做。拿去吧，烧吧，烧你们自己的劳动成果吧！当它燃烧的时候，你们好好想想你们的行为吧……"

　　"……"

　　"拿去，拿去烧吧！今天夜晚别让我再看见你们可耻的几个，滚！"

　　他们一个个默默地转过身，渐渐地走开。

　　"站住！"

　　他们站住了。

　　"把它拿走！"

　　他们犹犹豫豫地互相望着，终于有一个人扛起了那扇砸毁的窗架子。

他们走远了，消失在黑夜之中了。老政委将注视着他们的目光收回，望着身旁的这一伙知识青年，问："你们是哪个连队的？"

小瓦匠回答："我们是工程连的。"

老政委"哦"了一声，又问："你叫什么名字？"

"我……单书文……"

"小瓦匠……我知道你！想不到我们会在这样的一天认识……"他伸出一只手。

小瓦匠迟疑了一下，握住了老政委那只大手，他感到了那只手的劲力和厚厚的茧子。

"让我说一句俗话吧，后会有期！"

老政委苦笑了一下，放开了小瓦匠的手，对其他人点点头，说："多谢了！"大步走开。

暴风雪以更加猛烈的来势扫荡着团部区域，几堆篝火一下子就熄灭了。受到严寒威胁的人们立刻分散开，围聚到仍在燃烧的火堆旁。他们像羊群似的，互相紧紧靠拢着。与其说火堆的存在才不致使他们冻僵，莫如说他们是用身体组成围墙，守护着火堆不被暴风雪扑灭。而暴风雪是那么嚣张！它嘶叫着，想将八百余名知识青年们从大地上扫荡起来，扬到空中。

聚在篝火旁的人的围墙渐渐缩小着，缩小着。

最里层的人喊："别挤了！要把我们挤倒在火堆上了！"

"我的衣服烧着了！让我挤出去！让我挤出去！"

最外层的人，却呻吟着，蜷缩着，蹲下去了，卧倒下去了。

又一堆篝火熄灭了，引起一片恐惧的骚乱。

"有人昏倒了！"

"快！快背到火堆旁来！"

昏倒的是个女知青。

"她都快被冻僵了！得把她背到谁家里去！"

于是有人背起她朝附近的一幢房子跑去。

砸门声，狗叫声，呼喊声……

团军务股长就是当年工程连的老指导员，他和老连长调到团部后，曹铁强和郑亚茹才被任命为工程连的连长和指导员。他家住在靠山坡的最后一排干部宿舍。

他没有睡，站在家中窗前，一支接一支地吸着卷烟。卷了一支，吸上几口，就扔在地上，踏灭，再卷一支。他出神地望着外面一堆堆篝火的光焰。

他老婆也没睡，坐在炕沿上，陪伴着他。

"你，睡吧！"他说，并没有对女人转过身。

女人被烟呛得咳了起来，边咳边说："我看，你……今晚还是找个地方躲躲吧！"

军务股长一动也不动。

"你不听我的，要是有个三长两短，叫我和孩子们……"女人抽泣起来。

"别来这个！"股长不耐烦地吼了一声，仍不转身。

女人止住了抽泣。她从墙上摘下股长的手枪，走到股长身边，轻轻推了股长一下："要不你身上带着这个……"

股长这才看了女人一眼，见她递给他的是枪，顿时火了，一掌将女人推了开去："你叫我拿枪对付知识青年？！"

"你……他们来找你的时候，你也好吓唬吓唬他们呀……"

"胡说！你给我把枪挂到墙上！"

"别的团里，知识青年不是割掉过一个军务股长的两只耳朵吗？"

"谣言！"

"你亲口对我讲过的！"女人也火了。

"我……我……我揍你！"股长凶狠地对女人挥起了拳头。

"你，你打吧！给你打！用枪打！打死我！"女人委屈地哭起来，往股长跟前凑，将手枪塞在股长怀中。

股长不得不接住了枪。

"你开枪呀！你先打死我呀！别让我亲眼看见你叫知识青年们……"女人的声音越来越高。

啪！股长打了女人一记耳光。

女人哇地放声大哭。

炕上的孩子被惊醒了，也"爸爸""妈妈"地喊叫着哭起来。

就在这时，门开了。刘迈克首先一步跨进屋来，后面跟着两名知青，三人肩上都背着步枪。

他们出现得这么突然！而且连门也不敲一下。

女人马上不哭了，从炕上拖过孩子，紧紧搂抱在怀里，目瞪口呆，神色惊恐地瞅着三个不速之客。

股长也愣了一下，随即镇定，若无其事地将枪挂到墙上，之后，从容而端正地坐在一把椅子上。

"股长，对不起，我们没敲门就……"刘迈克开口道歉。

股长看着他，问："什么事？"

"请你立刻就去打开档案柜，为知识青年办理返城手续。"

"是你们请我？"

"不，是政委。"

"政委？他为什么不亲自来？"

"这……我有政委亲笔写给你的命令。"刘迈克从兜里掏出折叠着的纸条，递给股长。

股长接过纸条，看了一眼，慢慢从椅子上站了起来。刚站起，又坐下去，问："你们是靠枪从政委那里得来的这张纸条吗？"

刘迈克赶紧解释："股长，枪，是政委同意发给我们十几个人的。今天夜晚情况特殊，我们十几个人组成了一支纠察小队。"

股长摇摇头："刘迈克，我不相信你。"

刘迈克急了："股长，你……你这是跟政委过不去呀！你不跟我们走，我们可要……"

"要怎么样？"股长瞪起了眼睛，"要用枪逼着我跟你们走？"

广播喇叭忽然响了。

"全团机关工作人员注意，我是政委孙国泰，我现在代表党委讲话，我命令你们，将知识青年接到你们各家各户去。机关食堂、礼堂、招待所，所有办公室，今夜都要容纳他们。我同时命令你们，立即担负起各自的职责，做好明晨七点开始办理知青返城手续的种种准备，不得有误。全团机关工作人员注意，我是政委孙国泰，我现在代表党委……"

股长注意聆听着政委的每一句话，从政委的声音里，没有听出违心或被胁迫的屈服语调，他暗暗吁了口气。

"我们走吧？"股长第二次从椅子上站起，披上大衣之后，想了想，从墙上摘下手枪，对刘迈克说，"我也算你们那十几个人中的一个。"

股长跟着刘迈克他们出了门，股长女人抱着孩子跟到门外，不安地目送他们。

四人从宿舍区往机关区大步匆匆地走。刘迈克走在最后，和股长三个人相隔十几步远。他的左腿开始疼痛了。从挂斗车上摔下来时受的伤并不轻，流了不少血，棉裤和伤处被血粘在一起，每迈一步，都撕扯着伤处，他都吸一口冷气。

他忽然想到了秀梅，她准是还没睡，在等待着他从团部回去。也想到了自己还未出世的孩子，别人都说她怀的是个男孩，他也希望是个男孩。男孩才似乎更对得起"北大荒人"这四个字。他，一个城市知识青年，将要在北大荒的土地上扎下自己生活的根，并且为北大荒增添了一个小北大荒人，这不是一件寻常的事情。他这么认为，不管别人对这件事如何看待。别人都离开了，他要留下来。他在城市里的所有亲友都会替他惋惜，甚至责骂他。随他们去吧！反正他不能将妻和孩子抛弃在北大荒，只身回到城市去。他刘迈克生来就不是这样的人，做不出这样的事。

何况她对他那么好，婚后两人还没有红过一次脸呢！他不能想象，没有了她，生活还有幸福可言。他留恋北大荒，他崇拜北大荒，崇拜它的荒凉和广袤，崇拜它的严峻和粗犷，崇拜它春天的朴素、夏天的烂漫、秋天的实惠、冬天的气魄。而她，就像是整个北大荒的化身，当他拥抱她的时候，亲吻她的时候，心中也会肃然起敬，对她产生崇拜之情。她并不漂亮，但她健壮，充满了青春气息，充满了生命力，充满了对他和对生活的爱情。她又是那么温柔，那么善于体贴人，那么能吃苦、能劳动……

他，一个矿工的儿子，能够找到这样一位妻子，还有什么不称心如意的呢？

而更主要的是，在他最孤独的时候，在他被许多人视为"公敌"的时候，她是第一个同他接近的人。她，用北大荒姑娘纯朴而富有同情的心，融化了他对工程连每个人都怀有的敌意。她重新设计了他。她像给小孩子洗脸一样，洗去了他个性上的种种劣质，使他懂得了如何尊重自己和尊重别人，使他获得了人们的信任……

不但是爱情，而且是恩情啊！

这样的妻子怎能遗弃？怎能舍得遗弃？

当……当……当！

物资仓库方向，突然响起急促的钟声。

刘迈克抬头望去，见库房升腾起一股浓烟和火焰。股长三人，已经迈开大步朝那里跑去了。他追在他们后边跑了几步，左腿的伤处一阵剧烈疼痛，使他不由得站住了。他跪下右腿，双手紧紧按住左腿膝盖，想借此减轻一点疼痛。被血痂粘住的棉裤里子和伤处扯开了，他感觉到血又涌了出来，顺着小腿往下淌。

"妈的！"他咬紧牙关，站了起来。

忽然，他发现一幢房子里有光亮在漆黑的窗上一掠，分明是手电筒的光亮。

那幢房子是团部银行，他警觉起来。他顿时忘记了疼痛，朝银行走去。走到门前，轻轻推了一下门，门虚掩着，被无声地推开了。

他一步跨进屋去，大声喝问："谁在这里？"

他头上猛然挨了重重的一击！但他并没立刻倒下去，他的身子摇晃了一下，靠在墙上。同时，他的一只手下意识地抓住了步枪枪带。他没来得及从肩上取下步枪，匕首的寒光在他眼前一晃，刺进了他的胸膛。接着，又刺进了他的腹部。

他缓缓地贴着墙滑倒下去了。

然而，意识并没有从他头脑中消失，他心中十分清楚，自己遇到了什么事情。他看见了一个人影从自己身上跨过，蹿出门去。他双手扶着墙壁，从地上跪了起来。又挂着枪，挣扎着站了起来。一步，两步，三步，他艰难地走到了门外。月光下，银白的雪地上，一个人影慌慌张张向后山跑，拎着一只大手提包。

"妈的，跑不掉你！"他靠着门框，举起了步枪。步枪变得很沉重，手臂颤抖着，瞄不准。他遗憾地放下步枪，托枪的那只手，在衣服上擦了一下，擦到了一种温热的黏糊糊的东西。他知道，那是自己的血。

血，自己的血，令他愤怒了。愤怒使他倏然产生了一种力量。他第二次举起步枪，手臂不再颤抖了。人影被步枪的准星牢牢地咬住了。

他很有把握地勾了一下扳机。

砰！枪声很脆。

那家伙一跟头栽倒了，手提包落在雪地上。

一丝冷冷的微笑，浮现在他嘴角上。

他瞄的是后脑勺。

"妈的……老子打发你……"他嘟哝着，拄着步枪，像老人拄着拐杖一样，每一步都很吃力地朝那个倒在雪地上的家伙走去。

走近被击毙者身边，他首先看到的，是一双眼睛，一双瞪大的眼睛，目光已经凝滞，但全部地摄录了一颗灵魂的最后欲念——贪婪。月辉反射在这双眼睛里，使它们发出幽冷的光。接着，他看清了一张和自己差不多年龄的脸，咧着嘴，仿佛在临死前要喊叫出什么。

羊剪绒的棉帽子，拆洗过的黄棉袄，崭新的大头鞋……

他不禁倒退一步。

他打死了一名知识青年。

拄在手中的步枪，失落在雪地上。

他愣了片刻，转过身去寻找手提包。手提包离他仅有几步远，但他已走不过去了。他扑倒在雪地上，一寸寸地爬了过去，张开双臂，紧紧搂抱住了手提包。他曾听人说过，临死前抱住不放的东西，死后也不会放开。

"抱紧，抱紧，抱紧……我要抱得紧紧的……"对自己的生命下达了最后一次命令，他的头，蓦然地垂了下去，垂在手提包上……

六

暴风雪最初的淫威发作过了，天地间从混沌状态澄清下来，四野暂时恢复了寂静。严寒，则愈加肆虐地折磨着大地上的生命。

站在哨位上的裴晓芸被冻僵了。她感觉不出身体仍是属于自己的，只有大脑还能按照神经信号进行思想。

此刻，她想到了那著名的童话——《卖火柴的小女孩》。她真希望衣兜里装着一盒火柴，不，哪怕仅仅是一根火柴！她明知这是自己的幻觉，但意志受这种幻觉的诱惑，迫使她那戴手套的被冻得硬邦邦的手，在衣兜外面碰了一下。衣兜里什么也没有。她苦笑了。她以为自己苦笑了，其实并没有任何一丝表情呈现在她脸上。

严寒"凝结"了这张脸。

要进行思考，不论想什么都可以，但一定要进行思考。要保持住意识的清醒，千万千万不要让意志也被严寒所"催眠"！这是此刻她整个人的唯一生命火种了。她一遍遍地这样警告和命令着自己。

为什么还没有人来换岗啊！

她想转过身朝团部的方向望一眼，但她的双脚像被和大地焊住了一样，无法转动。

火，团部那里有火。有熊熊的篝火。到团部去，到篝火旁去，或者，回到连队去，回到大宿舍去……有一个人的声音，像是她自己的声音，又像是别的什么人的声音，在她耳畔催促着、劝说着。

不，不能够。我是哨兵。我站在边境哨位上。今夜是我第一次站岗。

她冷酷无情地答复了自己生命的求存的呼叫。

"今夜是你第一次站岗，你会感到害怕吗？"

"不，不怕。我很兴奋。"

"等你下岗，我来接你，在白桦林旁……"

"不……你不是要到团里去开会吗？"

"我从团部来。我有话对你说……"

"什么话呢？现在不能对我说？"

"好多话，现在……来不及了……"

她回想着上岗之前曹铁强和她的对话。

她知道他要对自己说什么。他要说的话早该对她说了。可他却非等到今夜来接她的时候才说。为什么当时不对她说呢？好多话？不，不，她只要听一句话就够了。

他要说的话,不是应该在两年前就对她说的吗?不是应该在驼峰山上那顶帐篷里就对她说的吗?

她真恨他!

哦,那是一个多么美好的夜晚啊!那烧得彤红的大火炉!棉帐篷里,只有他和她。整个驼峰山上,只有他和她。整个世界……仿佛也只有他和她。

那条战备公路上,洒下了工程连队的多少劳动汗水啊!

为他掌钎,那是她最愉快的劳动。他抡着十八磅的大锤,一下接一下砸在钢钎上,声音那么有力,那么有节奏。在她听来,那简直是一种音乐。虎口都被震裂了,手都被震麻木了,手指从早到晚紧握钢钎,放下钢钎,都伸不直了。吃饭的时候,都端不住碗,拿不住筷子了。然而劳动中的心情是多么欢畅啊!她真希望那条公路无止境地向前伸延,他天天抡大锤,她天天为他掌钎。双手磨起了多少血泡?一点水也不敢沾。洗脸的时候,只能叫别人替拧一把湿毛巾,胡乱地擦擦脸了事。可是她和他一块儿采下了多少路石啊?十几吨?几十吨?上百吨?从秋季一直到第二年夏季,绝不会比女娲补天的石头少!虽然没有计算过。

那一次她是多么……神经过敏啊!

当他挂着锤柄,撩起肮脏的衣襟擦汗时,她放下了钢钎,抬头望着他。一块巨石就悬在他头顶上,瞬间就要塌落下来。她尖叫一声,朝他猛扑过去,一下子将他扑倒,搂抱住他,在刚刚铺好石头的路面上滚出十几米远。大家都被她这一迅猛的举动惊得目瞪口呆!当她和他从地上爬起,巨石并没有塌落下来。这时她才看清,巨石是不会塌落下来的,它连着半面山壁,除非用十公斤以上的炸药炸。险情不过是她的幻觉。人们哄然大笑。她尴尬极了,狼狈极了。

他哭笑不得地对她说了一句:"神经过敏!"

"我……"在周围的哄然大笑中,她觉得自己像是一只耍了什么可笑把戏的猴子。她一扭身跑开了。一直盲目地跑到山背后,蹲下身,双手捂脸,哭了。

她觉得自己心底里对他的最隐秘的情感,滑稽地暴露给众人了。

而这正是她最最不愿被人所知的啊!

他竟也不能够理解她！

大家的哄笑对她是多么不公平啊！

姑娘的心受到了多么严重的羞辱啊！

虽然大家的笑声里并没有恶意，也没有嘲弄的成分，不过是劳动休息时一种驱除疲累的无谓的大笑而已……

公路一直修到第二年冬季才竣工。

最后一天，大家都从山上撤回连队去了。只剩下了一顶帐篷，没吃完的粮食、蔬菜，没用光的炸药、工具。

她没有和大家一块儿下山，主动要求留下来看守东西。她内心里有一个小小的个人打算，她要一个人留在山上，将帐篷烧得暖暖的，痛痛快快地洗一个澡。她预先就物色好了一个大油桶，用雪刷干净，在里面是可以洗得很舒服的。从第一年秋季到第二年冬季，全连哪一个人也没有洗过澡。山中有一口小泉眼，但那是炊事班做饭用水的"井"。洗脸水是按供给制限量的，每人每天一盆。在炎热的夏季也不放宽供给。冬季，大家都是用雪来擦脸的。

她，却已经整整七年都没有洗过一次澡了。知识青年返城探家，最大的享受是什么？洗澡。谁也不会放过多在城市的浴塘里洗一次澡的机会。到家的第一天，往往最迫切要实现的愿望，便是洗澡。离开城市的那一天，最愿意再获得一次享受的，也是洗澡。

她七年内没有探过一次家……

可是，在她那一天晚上将帐篷里的温度烧暖了，并将那只大铁桶费尽气力从外面挪进帐篷，认真仔细地刷干净，和大铁炉并靠在一起后，他却回到山上来了。

那天，他清早就搭一辆顺路的汽车到团里去汇报筑路工程。她以为他会住在团里一天，或者直接赶回连队去的。所以当他走进帐篷，出现在她面前，她意外得有些沮丧。

"你……怎么又回到山上来了？"

"我以为大家不会都回连队的呢，怎么就你一个人留下来？"

"我……看守东西。"

"山上又不会有贼，真是多此一举。"

"排长……排长说……需要留下一个人。"

他在大铁炉旁坐下了，看她一眼，然后摘下棉手套，一边烘烤，一边问："于是她就指定你留下来？"

她从他的语调中分明听出对排长郑亚茹的某种积压已久的不满，赶紧解释："不，不是，是我自己主动要求留下的。"

他沉默了。一会儿，朝她的铺位瞅了一眼，用商量的口气问："可不可以……把你褥子底下的草分一半给我？"

"当然，当然可以……"她走到铺位前，掀起了褥子。

"我自己来吧。"他立刻站起，走到她身边，抱起一抱麦秸草，似乎觉得抱得过多了，又放下一些，说，"足够了，这就足够了。"

他抱着草转过身，目光在整个帐篷里扫视一遍，走到帐篷口旁堆放劈柴的一个角落，将草铺在地上，满意地点点头，扭头对她问道："我就睡这儿，不……妨碍你吧？"

她没有立刻回答，也从自己的铺位上抱起一大抱草，铺在离火炉不远的地方，然后说："你该睡在这儿，帐篷口很冷。"

"不，我就睡这儿。"他在自己铺好的草上坐了下去，身子靠着柴堆，摆出一副舒适的样子。

"随你的便。"她一转身走到自己的铺位前，放下褥子，背朝着他坐在褥子上，从枕头下摸出笔记本和钢笔，开始写什么。

"你还写日记吗？"

听见他问，她抬起头来，侧转过身，发现他已将帐篷口那抱草抱到了火炉旁铺下，正坐在上面吸烟。

"我从来不写日记，没事儿在纸上随便画……你别乱扔烟头，烧了帐篷我可要负责任的。"她合上了笔记本，重又压在枕头下。

她和他差不多是面对面地坐着，之间距离不到三步远。她却一时找不到什么话对他说，连自己也感觉得出，自己的一举一动都极不自然。

"有什么吃的没有？"他终于又问了一句。

"有……"她从枕头旁拿起书包，从书包里掏出两个馒头，接着从兜里掏出小刀，将馒头细心地切成片，走到火炉前，放在炉盖上烤。

他显然是没吃晚饭，已经饿极了，几片馒头被他狼吞虎咽了下去。吃罢，脱了棉袄，往草上侧身一躺，将棉袄蒙头往身上一盖，似乎就要这么睡了。

忽然，他猛地掀掉棉袄，坐了起来对她问道："有毯子吗？"

她一声不响地从自己的褥子底下抽出毯子，递给他。

他站起来，将毯子展开，搭在毛巾绳上。

毯子成为一道"墙"，将他和她分隔开了。

她站在"墙"这边，问："有这种必要吗？"

他站在"墙"那边，回答："这样不是对你……方便些吗？"

她将毯子拉下来，抛给他："你盖在身上不是更好吗？"

他似乎想说什么，但只张了张嘴，并没有说出一个字。他又躺下了，将毯子盖在身上。

她，将马灯的光亮拧暗，退回自己的铺位，缓缓地坐下，从枕头底下再次摸出笔记本，可是并没有打开，拿在手中一会儿，又塞在枕头底下了。她深长地叹了口气，双手捧着腮，郁郁的目光呆滞地凝视着炉膛内闪烁的火亮，脸上呈现出淡淡的忧情苦绪。

他朝她看了一眼，欠起身，盯着她的脸，低声问："你想什么呢？"

"我……真想洗次澡啊！"她回答，声音同样很低微。这句话是情不自禁地说出来的，话一脱口，她觉得自己的脸倏地火热起来。什么话呀！她追悔莫及。

他又缓缓地坐起来了。

她窘迫地避开他的目光，垂下了头。

他随即站起身，走到炉前，拨弄炉火，将炉火拨得又红又旺。他又走到柴堆前，抱了一抱劈柴，轻放在火炉旁，一块接一块地往炉膛里塞。塞满炉膛之后，他拿起脸盆，一声不响地走出了帐篷。一会儿，他从外面端进来一盆雪，倒进她刷干净了的那个大铁桶里。

"你……这是做什么？"她明知故问。

"雪很快就会化。"他这样回答，拿着脸盆又走出了帐篷。

他第二次从外面端进一盆雪倒进铁桶里时，她又问："为我？……"

他点点头。

"我不会……"她本想说，"我不会当着你的面跳进桶里去的。"但出口的话却是："我不过随便说了那么一句，你别当真。"

"你不洗，我自己洗。"他大步走了出去。

他一次又一次出出进进终于将铁桶里倒满了雪。

雪在桶内渐渐融化着。

他们都保持着沉默，仿佛各自想着心事，谁也不愿主动开口似的，目光也都尽量不去注意对方。

不知过了多久，桶内发出了水热时的响声。终于，热雾弥漫，帐篷里的空气由干燥而潮湿了。

他走到大铁桶跟前，一只手伸进桶内，试了一下水温，弯腰从铺地草上拎起棉袄，转身向帐篷外走。

她倏地站起来，抢先几步走到帐篷口，回转身，面对面地拦住他，说："既然是你自己想洗，那么应该出去的是我。"

他不回答，默默地盯住她的脸，分明地用目光对她说："你心里是知道的，我并不是为自己，而是为你。别这样对待我真诚的好意吧！"

在他这种目光的注视下，她不忍再与他僵持了，从帐篷口闪开了身子。

于是他脸上浮现出一种战胜者颇得意的表情，一步跨到帐篷外面去了。

她呆呆地站立着，心中忽然竟有些生他的气。他在强迫我。他！分明是的。我为什么要对他妥协呢？我这傻瓜！

然而要痛痛快快地洗一次热水澡的欲念竟那么强烈！她简直无法抗拒桶内冒着蒸汽的热水的诱惑。她情不自禁地走到桶前去，一个手指伸进水里泡了一会儿。水，热度正好。她挽起衣袖，整只手都伸进热水里了。泡了一会儿，她感到自己的那只手，似乎溶解在水中了似的。

她忽然从桶内收回手，走到铺位前，开始急迫地脱衣服。衣服一件一件地从身上脱下来，外衣、绒衣、内衣……胡乱地被扔在褥子上。

当她光着双脚，全身赤裸地站在地上之后，她一时间对自己产生了一种莫名的惊惧。马灯的昏黄的光亮，将她的身体涂上了一层橘黄色。她那线条优美的裸体的身影,被清晰地投射在帐篷的帆布墙上。看到自己的身影,她仿佛看到了可怕的魔怪,几乎失声惊叫,下意识地从褥子上扯起一件衣服,围罩在身上。同时,她那恐惧的目光,迅速朝帐篷口一瞥。

只有清冷的月光从外面洒进帐篷。

仿佛只在这时她才发觉,周围的世界是多么宁静,一种神秘的宁静。帐篷里是多么暖和!炉火烘烤着她的身体,像夏日的阳光照耀着她。

围罩着身体的衣服无声地落在地上了,像跳舞似的,她用脚尖走到铁桶前……

啊!

在这个夜晚,在这座山林中,在这顶棉帐篷里,在一只铁桶内,颗粒状的陈雪融化、加热的水,浸泡了她七年没有洗过一次澡的身体。

她瘫软在水中了。

水没过她的肩部,头枕在桶边上,下面垫着毛巾——一次真正的"盆浴"!

她娴静地闭着眼睛,微微张开着嘴唇,双手交替地,动作极轻缓地搓洗着身体。好像生怕将水搅浑,生怕将一滴水溅到桶外似的。她从容地、不断地朝肩上、脸上、头上撩泼着水。

她真实地体验到人的一种似乎是极端快乐的享受。

她快乐得想唱歌,想欢叫。

"啊……"

但是从她口中只发出了一种类似叹息,类似轻微的呻吟般的声音。

她突然深吸了一口气,两臂抱着双膝,将头也沉没到水中了。她在水中潜了足有半分钟才冒出头来。身体贴着桶壁喘息了一阵,开始漂洗自己的黑发……

她洗了好久好久才恋恋不舍地出水。穿好衣服,在火炉边烤干头发,往褥子上仰面一躺,展放开四肢,她就一动也不想动了。她产生了一种奇特的感觉,好像自己的身体失去了重量,在空中飘浮着,比一根羽毛还轻……

她竟那样渐渐地睡着了。

她睡了将近一个小时，身体感到冷了，才猛然醒来。

哦！天啊！他……

她一下子跳了起来，跑到帐篷外。月光之下，她看见他站在离帐篷挺远的地方，没有戴帽子，双手捂着耳朵，不停地跺踏着两脚。

她呆住了。

两人一同走进帐篷后，他首先走到炉前，将落架了的炭火拨旺，塞进炉膛几块劈柴，这才站起身，瞧着她的脸，问："洗得还好吗？"

她很难为情地回答："好极了！"

他，微笑了。

那是非常亲近的微笑。

他第一次对她流露出这样的微笑。

她感激地望着他，说："如果今天夜里这件事，让连里其他任何一个人知道，不知会对我……和你，作何想法？"

他那双也在瞧着她的眼睛里，有某种奇特的亮光闪过。

他用平静的语调说："如果有第三个人知道，那么一定是你自己告诉这个人的。"停顿片刻，他又说，"生活中有些事情，还是永远只有两个人知道的好。"

他这句话使她的脸红了。

他走到马灯前，要拨亮灯芯。

"别……就这样，挺好。"她轻声制止他。说完这句话，她觉得脸上更加火热了。心，也无缘无故地急跳起来。她掩饰地拿起脸盆，走到铁桶边去了。

"还是我来吧！"他走到她身旁，从她手中轻轻夺下了脸盆，说，"你刚洗完澡，冷风一吹，会感冒的。"

"不，不，这……太过分了！"她要把脸盆从他手中夺回来。

他伸出一只胳膊挡住了她的手。

"难道都不给我一次报答你的机会吗？你曾救过我的命。"

她知道他提起的是哪件事，低下了头，讷讷地说："可是，那一次……并没有危险……"

"难道那块石头果然塌落下来，我才应该对你说感激的话吗？"

"……"

"有些事情，只有过后思考，才会理解究竟意味着什么。"

她慢慢抬起头，可一接触到他的目光，又立刻将头低下了，许久没有勇气再抬起头正视他一眼。

他的眼睛在那一个夜晚好明亮！

他不再和她说什么，开始一盆接一盆地往外倒水。

当她坐在自己的铺位，他坐在草上，默默相对时，炉火旺起来了。

她毫无困意。他分明躺下也是睡不着。

外面起风了，帐篷帘被吹得啪啪响。

"我们谈点什么不好吗？"他终于主动开口说，语调中带着恳求，仿佛此时此刻的沉默对他是一种难以忍受的折磨。

她用勉强能令他听到的细小声音问："谈……什么呢？"

"你觉得，你们排长是个怎样的人？"

"这……你应该比我更了解她。"

"你为什么会这样认为呢？"

"大家……都是这样认为的。"

"大家？"

"我们女排的姑娘们……"

他忽然生起气来，大声说："可是我并不了解她。我曾想努力去了解她，却很难做得到。如果她是你，我相信自己早就了解她了……"

她抬起头，吃惊地瞪着他："你……"

他不容她打断自己的话，继续说："我是一个烈士的儿子，我父亲是在这块土地上牺牲的，我在生活中处处受到另眼相看，就是犯了错误也会得到庇护，即便做了蠢事也会得到原谅，但我厌烦这个！我是我自己，我要走我自己的生活道路。我不是烈士，我不过是烈士的儿子。可是她却经常对我说这样的话：'你太不会利用你的政治资本了。你是一个政治上的浪费者！'而且摆出一副苦口婆心、谆谆教诲的样子，我不能忍受这种教诲……"

她突然叫起来:"你不要再说下去了!"

他顿时哑然了。

"求求你,不要说了,不要对我说这些话,不要对我说到她,我不想听,我今天什么也没有听到……"她忽然双手捂住脸,侧转身,低声哭了起来。

他不能理解自己说的这些话为什么伤害了她,他怔怔地注视了她一会儿,站起来,慢慢走到她身边,握住她的双手,将她的双手从脸上移开。

她不肯仰起脸来,满怀苦衷地摇着头。

他不放开她的双手,将她拉了起来。

"不,不……"她仍在摇着头,想从他手中抽出自己的双手,但他将她的双手握得那么紧,那么紧。

"我……我……我……"他的呼吸那么急促。她甚至清楚地听到了他的心在胸膛内怦怦地跳。

"放开……我……"她呻吟般喃喃地说。她全身都失去了力量,她几乎要昏倒了。

他终于放开了她的手,扶住她,使她慢慢坐下去。

"我……我……也许,我是不该对你说……这些话……"他的语调中带有几分歉疚。

她将头垂得很低很低,交换地轻轻地抚摸着自己的手背。双手被他握得很疼,手背上留下了他的浅浅的指印。一滴眼泪落在她的手上,接着,又是一滴……自己的泪。

她感到内心里委屈极了。虽然他并没有伤害她。她紧咬着嘴唇,控制住自己没有放声哭出来。

"我并没欺负你呀!"他的话显出急躁来。

"别理我。我也不知道自己这是怎么了,过一会儿就好了。"她轻声说,抬起头看了他一眼,凄婉地一笑。

他一动不动地在她面前站了片刻,猛然转身走开了,并随手拧灭了马灯。

帐篷内黑暗了。黑暗中,她听到他在草上躺下去的声音。

一声粗重的叹息之后,黑暗邀请来了寂静。

她，也轻轻地躺下了。然而，她无法入睡。

一阵窸窣之声告诉她，他又爬了起来。炉中闪耀的火光，映照出了他的身影。他在拨火、加柴。他站起身，他呆立了一会儿。他向她走来，在她的铺位前站定了。他，小心翼翼地替她盖上了被子，大概以为她睡着了。他……双膝跪了下去。她立刻闭上了眼睛，一动不动。凭直觉，她判断他正在俯视着自己。她的脸上感到了他的呼吸，男性的缓重的呼吸。这呼吸扑到她脸上，使她心慌意乱。然而她屏息静气，仍然一动也不动。她的双唇，却微微张开了，本能地要求承受某种接触……

竟什么事情也没有发生。她感觉到他慢慢地站起来了，轻轻地离开了她。

又是一阵他重新躺在草上的窸窣声……

当她从沉睡中睁开眼睛，天已经亮了。炉火还在燃烧着，帐篷里依旧很暖和。她的毯子，盖在她的被子上面。

他已经不在帐篷内了。

她匆匆地穿好衣服，走出帐篷。昨夜下了一场大雪，松软的雪地上，留下了一行朝山下而去的脚印……

排长郑亚茹和另外两个女知青跟车到山上来拉载最后一批物品。

排长见了她的面，没跟她打招呼。她和她们共同往车上搬东西。她并非由于过分敏感才觉察到，排长异常的目光不止一次地在她身上扫来扫去。

"你昨天夜晚一个人留在山上怕不怕？"

"睡得踏实吗？"

另外两个姑娘在排长不注意她的时候，一人一句，几乎是同时问她。问过之后，似乎并不想得到她的回答，相互交换着含意玄妙的微笑。

她什么话都没有回答她们，只是默默地一件接一件地往卡车上搬装东西。

装完车，两个姑娘钻进了驾驶室，她爬上了卡车车厢。

"排长，你坐驾驶室吧？我坐车厢。"一个姑娘见郑亚茹还站在车下，打开驾驶室的门，对排长讨好，但又空卖人情，并未跳下来。

"不，我要坐车厢上。"郑亚茹说着，爬上了车厢，坐在她对面的一捆麻绳上。

汽车开动了。她和排长虽然面对面地坐着，却谁也不瞧谁一眼。

当汽车在下坡的山路上减慢了速度，排长忽然开口问："他昨天夜晚和你一块儿在山上？"犀利的目光冷冷地盯在她脸上。

不待她回答，排长又说："雪地上留下了他的脚印。"和这句话同时说出的潜台词是："你无法否认的。"

她以同样的目光迎视着排长，只简短地回答了两个字："是的。"也附带着一句潜台词："那又怎样？"

"他……和你……睡一顶帐篷里？"完全是逼问的口气，但吞吞吐吐。

"山上不就剩一顶帐篷了吗？"她故用反问的语气回答，并为自己做出这样的回答感到满意。

"这一夜……你们是……怎么度过的？"

"审讯吗？"

"回答我，我有权利问你！你知道我和他是怎样的关系！虽然现在不像我们刚到北大荒的头几年那样……约束严格了，但对道德败坏的事连里还是要追查的！"排长羞恼了，语势中含着威胁。

"无耻！"她冷冷地吐出了两个字。

"你！"排长那张好看的脸扭歪了。

她也被自己的胆量所震慑了，立刻将目光从排长脸上移开，茫然地瞭望着冬天的荒野和远山的银色轮廓。

她内心里却感到一种从来没有过的畅快。

汽车在公路上飞快地疾驰，她们时时被颠起来，碰撞在一起，彼此却再没说一句话……

回到连队，他几次迎面碰到她，都侧脸而过，不理睬她，严重地伤了她的心。

一天，全连都在大食堂看电影，只有他一个人坐在连部守着电话机，记录电话会议。

她突然闯进了连部。

他手里拿着电话机，吃惊地瞪着她。

"我……我有话和你说。"

"我在记录。"他生硬地回答。

她扑到他跟前，一下子从他手中夺下电话听筒，使劲摔在桌上，大声嚷："你……我恨你！"

"岂有此理！"他霍地站了起来。

她呆呆地站在他面前，胸脯剧烈地起伏着，嘴唇抖动着，目光盯着他，两只眼睛里渐渐盈满了泪水。

那是从心底的感情之泉涌出的泪水。

他不知如何是好了，张了几次嘴，才低低叫出她的名字："晓芸……"

他第一次在称呼她的时候将她的姓省略了。

她猛地扑在他怀里，像一个受尽了委屈的孩子，放声大哭。

"别，别这样……"他拥抱着她、抚摸着她。

她却止不住自己的哭声。

他冲动地用双手捧住她的脸，疯狂般地吻她。吻她的嘴唇，吻她的眼睛，吻她的额头……

他的双唇封住了她心中的泪泉。

桌上的电话铃嘟嘟地响着。

他冷静下来了，朝电话机看一眼，替她拭干眼泪，轻轻将她推开。

她，也理智了，难为情地背转过身。

"喂，是我。我守着电话机呢！刚才……一个家属和丈夫吵架了，对，两口子吵架。我已经把他们劝走了……"他已经坐在椅子上，又拿起了听筒。

她转过身来看了他一眼，扑哧笑了。

他对她眨了眨眼睛。

她凝视了他一刻，悄悄地退出了连部。

……

第三天，他带着一队人到师部参加水利大会战去了。她，则留在了连队。一次长久的分离——两年半。通信是保持的，但仅仅几封，几封很短的信，他告知她水利会战的工程情况，她在信上对他讲述连队发生的种种事情……

再后来呢？再后来，再后来，再后来……

站在哨位上的裴晓芸，什么也不能够再回忆起来了。

水……

多热的水啊！

炉火……

熊熊的炉火！

她觉得自己此刻身在两年前大山林中那顶帐篷里，泡在那只大铁桶里，又潜没到雪化的热水中去了……

突然，她的两只眼睛异常明亮起来，她清清楚楚地看见他站在面前。不是别人，正是他！她的他！

啊！他到哨位来接她了。

她向他扑过去，紧紧地搂抱住了他。

"啊！亲爱的，亲爱的，亲爱的……水太热了，真烫啊！不，冷……我真寒冷啊！我眼看就要冻僵了！抱紧我，抚摸我，吻我……我觉得我的双唇好像两块冰一样冻在一起了，用你的嘴唇融化了它吧！吻我，吻我，吻……"

其实，她一个单音也没有发出来。

然而她感觉到了他的拥抱、他的抚摸、他的亲吻……听到了他的声音，就像是在她的耳畔喃喃絮语，又像是从相当遥远处，从太空对她呼唤："晓芸，亲爱的姑娘……"

她挺立在哨位上，像"六号坐标"一样。月光将她的黑色身影，投映在边疆大地银白色的底片上。

她面对黑龙江，大睁双眼，枪上的刺刀闪耀着寒光……

她脸上浮现着微笑……

"黑豹"像跑马场上进入亢奋状态的一匹赛马，以疯狂的速度跑回了连队，直奔知青大宿舍。它如猛兽般，撞开男宿舍的门，冲了进去。空无一人……它木立了一刻，腾跃起来，在空中返身，又蹿了出去，扑进女宿舍。女宿舍也空无一人……它在男女宿舍间蹿来蹿去，往返数次，发出呜呜的低吠。它彻底失望了，焦急地摇动着尾巴，站在大宿舍的过道走廊里，怒吼了两声。它发现了团部方向的火光，一动也不动了。突然，它箭一般向团部奔去……

在团部，在八百余名知识青年中，在十几堆篝火间，在物资库的救火现场，在每一处有人群的地方，这只狗横冲直撞，寻找着工程连的知识青年。

"嘿！这狗真肥，捉住它，捉住它！烤狗肉吃。"围聚在一堆篝火旁的几个男知青，四面围住了它。有的握着刀子，有的持着木棍，有的拿着石头。他们要结果它的性命，要剥下它的皮，要肢解它肌腱发达的身体，放在火上烤熟，吃掉。

他们是又冷又饿。

不知哪一个首先朝它扔出了石头，击打在它头上。它嗷地叫了一声，向后退，而后胯上又挨了狠狠一棍。它摇摆了一下身栽倒了。他们立刻围上去，一个绳套套住了它的脖子，勒紧了，把它拖拽到一棵树下，吊了起来。求生的本能和兽性在这只驯良的狗身上勃发了。它侧头一口咬住了绳子，用锐利的牙齿将绳子咬断，从半空掉在雪地上。

他们又朝它围上去。它像一头豹子一般跃起，扑向离它最近的一个人，它扑倒了他，朝他的脖子咬下去。他用手一挡，它咬住了他的手。一声惨叫，它觉得自己从那只手上咬下了什么。它口中含着咬下的东西，龇着白森森的利牙，呜呜低吠，竖起了脖颈上的长毛，伺机再扑。

在痛叫声中，他们惧怕了，退缩了。

两根手指从它嘴里吐在雪地上。

它突破包围，向救火现场奔去。

在那里，它在纷乱的救火人群中，第一个发现它的是它的主人。他扛着一箱手榴弹从火海中冲出来，刚刚放在安全的地方，它立刻蹿过去咬住了他的裤角不肯松口。他低头看见是它，骂了一声："滚开！"用另一只脚将它踢得翻了个身。

"工程连，跟我来，赶快扛手榴弹箱！"他大喊着，又冲进了火海。

十几条人影跟随在他身后，也冲进了火海。

"黑豹"又发现了小瓦匠，蹿上去咬住了小瓦匠的裤角。

小瓦匠蹲下身，拍着它的头说："黑豹，你到这里来干什么？你帮不了一点忙，去吧，去吧，回连队去吧！"

它迷惑地松了一下口，小瓦匠挣脱裤角，也冲进火海去了。

"工程连的，组成人墙！"

火海中，它辨听出了主人的大喊声。

一道人墙隔立在火海之中。他们手挽着手，靠得那样紧密，火舌舔着他们的后背。更多的人在他们的掩护下去扛手榴弹箱。

"黑豹"也想冲进火海去，但大火的烈焰令它害怕。它在大火外围来来回回地奔跑着，奔跑之中俯下头啃了几口雪。

它突然又朝驼峰山上的哨位奔去……

刘迈克怀孕的妻子在家中期待着他。她安静地坐在炕上，一针接一针给未出世的孩子缝做小衣服。

孩子不会见不着父亲了。这将在北大荒出生的小生命，在她腹中轻轻地动弹呢！她为孩子而庆幸，也为自己感到了幸福。她那颗将要做母亲的心，此刻踏实极了。她内心充满了对生活的信赖和深情，也充满了感激。

听到狗叫声和狗爪子的扒门声，她愣了一下，放下手中的小衣服，下地开了门。门刚打开一条缝，"黑豹"就挤了进来，口中叼着一只棉手套。

"'黑豹'？"她从它口中取下手套，立刻认出，是裴晓芸的。在全连的女知青中，她和裴晓芸最要好。她是连队后勤班班长，裴晓芸曾是后勤班的唯一一个知识青年。缺少友谊的上海姑娘，把她当姐姐一样看待。

裴晓芸上岗之前，还背着枪来到她家里，笑盈盈地问她："秀梅姐，你看我像一个哨兵吗？"

这只手套破了个洞，是她当时给补好的。

"黑豹"围着她转，咬住她的衣服，将她向外面扯拽。

一种不祥的预感立刻遍布她的全身。

她慌忙地穿上大衣，扎上围巾，跟着"黑豹"走出家门。

她跑到马房，拉出一匹马，跨上马背，还没坐稳，就喝马朝驼峰山飞驰。

来到哨位上，她跳下马，见裴晓芸朝她伸着双手，似乎在迎接她。

她几步跨到裴晓芸身前，握住了她的双手，但立刻又缩回了自己的手。

裴晓芸那只失去手套的手，像岩石一般硬！

她呆住了。

"晓芸，晓芸，晓芸……"她喃喃着。

微笑依然呈现在裴晓芸脸上。

"裴晓芸……"她嘶声大喊。

泪水顿时蒙住了她的两只眼睛。

她又向裴晓芸扑过去。

可是……女哨兵颓然地、僵直地朝后倒了下去，倒在铺雪的大地上，恋恋地瞪视着夜空。

"裴晓芸……"她扑在女友身上，泣不成声地呼唤着。

"黑豹"发出一声悲怆的哀吠……

七

黎明的曙色从驼峰山顶显现出来了。隔夜间，驼峰山耀眼的银铠甲不知被暴风雪卷到这世界的哪一个角落去了，裸露出灰色的岩质的嶙峋峰体。北面半山坡，被暴风雪推到一起的积雪，顺坡呈现着波浪般的层次明显的叠状，像一位巨人缠在腰间的衣裾。"六号坐标"仍然竖立得那么笔直，这大地的立体指南，被无数次的暴风雪和暴风雨挥发尽了体内代表生命的水分，由一棵树成为一根枯干。荒原上，鬼使神差地出现了一堆堆的雪堆，小则如坟，大则如丘。太阳也从驼峰山后面庄严而矜持地升起来了，在驼峰山巅滞停了片刻，仿佛有弹性似的，轻轻一跃，便悬在半空中了。灿烂的霞光普照大地，白雪闪耀着宝石一样的红色的柔和的光芒。

团部区域，一堆堆篝火已熄灭，但仍冒着袅袅的青烟。冬晨清新而充满冷意的空气中，飘漫着燃烧后松脂产生的特殊气味。十几辆马车、挂斗车、拖拉机，随心所欲地停在各处。昨夜没有卸套的马，身上披着霜，像古战场上的银甲马，舔着雪，猪一样地拱食着雪下的枯草。

在一片平坦的雪地上，苫布蒙盖着从火中抢搬出来的物资。桶、扁担、锹、镐，分类整齐地堆放着。

知识青年们，此刻都聚集在干部股、组织股、财物股……有纪律地办理返城手续。只有会议室空无一人，门敞开着，对流风横穿室内，将烟灰、烟头、烟盒、报纸刮落满地。小公务员在独自打扫着。他在履行自己最后的职务，他办理完了返城手续。

礼堂里，舞台上，并放着两张桌子，一摞摞的档案，将要在这里改变它们过去十年中的人格化的价值。今后它们记载些什么，那要由知识青年返城后的命运所决定了。

军务股长，郑重地坐在一张桌子后面。知识青年们在此办理最后一道返城手续——领取各自的档案。他要在他们的密封的档案袋上和准迁卡上盖章，这是他最后一次为他们履行职务。

他见人到得不少了，站起来，大声说："现在，我开始办公，首先，你们必须按照我的要求，分成两排。"说罢，他从侧梯上走下来，走到他们之中，指点着他们说："你，站到左边。你，站到右边。你，左边。你，左边。你……也左边去。你，右边。左边，左边，右边……"

他们很快被他分成两排，一排人多，一排人少。

他环视着两排人，说："左排优先办理。"他把"优先"两字说得很重。说罢，一转身大步朝台上走去。

"你这是什么意思？有没有个先来后到了？我早就在这里等候你办公了。"右排中，有谁嚷叫起来。

"对！说清楚。"

"别以为公章在你手里握着，就可以独断专行！"

……

右排的人附和着、抗议着，甚至威胁着。

军务股长在舞台侧梯上站住了，缓缓地转过身，目光盯向右排，用冷峻的语气说："你们睁大眼睛，看看左排的每一个人，然后再互相看看你们自己！"

右排的人，将狐疑的愤愤不平的目光投向左排——他们的脸，一个个都是黑的，肮脏的。还有带着伤痕的。他们的裤筒、鞋上，挂着水湿后冻结的冰。他们的衣服上，这里那里尽是烧破的洞……他们的样子都是那么狼狈不堪。

右排的人，一个个显得比左排的人更加狼狈起来，他们互相一看就明白，他们昨夜没有救火。

这是一种对比明显的排列组合。弟兄、姐妹、好朋友、同班同排同连队的，彼此有着各种关系的知识青年，被这种排列组合分隔开了。右排的人不得站到左排去，左排的人绝不会愿意站到右排去，他们只能面对面地望着。

在这种默默的持续的对望中，股长站在台上又大声说："我要求你们保持肃静。如果有谁大叫大嚷，我提议你们，就将他轰出去！"

他在办公位置坐下了，拿起一张卡，一字一字地念道："一连……李庆丰……"

右排的人，谁都无法经受等待的寂寞和左排的注视，他们先后退出了礼堂。退出时，每个人都低垂着头，脸上不无惭愧。

左排的人，他们保持着一种持久的，近似庄严的肃静。连咳嗽声，都是控制着的，没人交谈。熟悉的也罢，陌生的也罢，他们用目光彼此表达着淡微的敬意和庆幸。此时此刻，他们昨夜自发的救火行动，受到这种特殊形式的重视，他们怎能不感到莫大的欣慰？一有人走入礼堂，他们便纷纷将目光投射到那个人身上。如果他或她身上，和他们有相似之处，他们便点头致意，打手势叫他或她排到队列中来。如果他或她的脸不是黑的，衣服是完好无损的，他们的目光，便是他或她怯于正视、难以承受的。那种目光是极其复杂的，内含着质询、谴责、惋叹，甚至包含着同情。

他或她如果不是反应迟滞的，就会意识到什么，愧然退出。

站在队列中的小瓦匠，瞧着那些领到准迁卡和档案的人欢天喜地的样子，心中产生了一种淡淡的忧郁和不满。他认为他们不应是这种样子离开，应是怎样呢？……他自己也不知道。

他觉得需要和别人交谈一下，随便交谈些什么，心情才会轻松点。于是，他问身旁的一个小伙子："你是哪个连的？"

"三连的。"对方好像也和他有同样的需要。

"你们连……也都走光了？"

对方肯定地点点头："文书、会计、卫生员、小学教员……三十几名知识青年，一锅端。"

"哪年来的？"

"我？六八年。六月十八日，正是'六一八'指示那一天到的北大荒。我们问带队的，毛主席对兵团的指示才传达下来，你们怎么会提前一个多月在对我们宣传动员时，就打出了兵团的旗号呢？带队的回答：'宣传是为了目的嘛！'他居然不怕落个编造主席指示的罪名！"

"那你是第一批到北大荒的了？"

"当然。我们那一批是北大荒的知青元老！我们都是自愿报名的。我报名后一直瞒着父母，到临走的前一天才告诉他们。母亲哭闹得天昏地暗，可我还是走了……我是独生子。后来想返城也回不去了。你呢？哪一年？"

"七一年。"

"'一片红'那一年？"

"是的，当时我母亲正瘫痪在床上，街道上山下乡动员组的人，有天敲锣打鼓将光荣花送到我们家。我和弟弟说：'我们没报名呀！'他们说：'没报名也批准了！'"

"'一片红''一片红'，从城市走得干净，也从北大荒走得干净……四十多万啊！不知道留下来的会有多少？"

"想不到，我们会是这么离开的。别的都不讲，就拿我们团来说，全团百分之九十的农机具手都是知识青年，都走了，怕是今年开春连小麦大豆都播种不下去……仔细想想也真有点觉得对不起北大荒！"

"是啊，政委还说要给我们开欢送会呢，我看还是不要开的好。"

小瓦匠忽然看见弟弟走进了礼堂，弟弟身穿一件军大衣，军大衣过肥过长，弟弟穿着太不合适。脸，弟弟的脸——是清洁的。为什么是清洁的？！为什么不是肮脏的？！

他自己，他们所有这些脸上肮脏的人的目光，都投射到弟弟身上。

小瓦匠心中替弟弟难受极了！他将身子转过去了。

可是弟弟已经发现了他。弟弟不理会投射到身上的那些目光。弟弟向他走过来，走到他身边站住，轻轻叫了声："哥……"

大家默默地注视着他们兄弟二人。

小瓦匠猛地转过身，吼道："别叫我哥！"

弟弟吃惊地不解地瞪着他。

"你……你不是我的弟弟，你给我滚出去！"

"我……"

"我揍你！"小瓦匠猛地抓住了穿在弟弟身上的军大衣的领口。刚才和他交谈的那个小伙子，用胳膊架住了他挥起的拳头。他使劲一推，弟弟跌倒在地上。

那小伙子上前扶起了弟弟，看了当哥哥的一眼，对弟弟说："现在办理手续的，都是昨天夜里救过火的。你……过会儿再来吧。"

弟弟的眼睛呆望着哥哥，一只手，一颗一颗地解开了军大衣的衣扣。肥大的军大衣，从弟弟瘦而窄的肩头落到地上。弟弟完全变成了另一副样子，棉袄面和棉花差不多烧光了，穿在身上的不过是破棉袄里子。裤子，膝盖以上烧得和棉袄一样，一条包皮电线穿着裤里，勉强将棉裤吊在皮带上……

小瓦匠怔住了。

所有的人都怔住了。

弟弟那双瞪着哥哥的眼睛，渐渐充满了委屈的泪水。

军务股长不知何时停止办公，从台上走下来，走到了弟弟身边。他捡起军大衣，拍去灰土，轻轻披在弟弟肩上，说："这是马团长的大衣吧？"

弟弟点了一下头，嘟哝："他命令我穿的。"

"快穿好，别冻着。"军务股长的手搭在弟弟肩上，目光却责备地看着当哥哥的。

小瓦匠走到弟弟跟前，像给小孩子穿衣服一样，将军大衣穿好在弟弟身上，替弟弟扣上了纽扣。

"跟我来，我现在就给你办理手续。"股长拉住弟弟的一只手，和弟弟一块走上了舞台……

党委办公室里，政委孙国泰背对着曹铁强和郑亚茹，用极低极沉重的语调说："你们可以走了……"

隔夜之间，他苍老了那么多！两眼布满了血丝，脸上的每一条皱纹都加深了。

悲痛像一双无形的大手，挤压着他那颗在战争年代、在艰苦的农垦创业时期，锻炼得非常刚强的退伍老战士的心。

有不少人为开发和建设北大荒献出了生命。这些人的名字有的他还铭记着，有的他已经忘却了。将身躯埋葬在北大荒土地上的知识青年，也绝不止两个。但昨夜两个知识青年的死，在他心灵中造成的却是一种混合着负罪感的悲痛。

他们死了。一个上海姑娘和一个哈尔滨市的小伙子。一个二十五岁。一个三十一岁。一个，还没有结婚，没有来得及成为妻子，甚至也许——还没有来得及爱过。他这样猜想。另一个，撇下了年轻的妻子和妻子腹中还没有出世的儿子，也许是女儿。一个，刚被连队团支部讨论通过为共青团员不久。但不知为什么，团里还没有正式批准下来。这些共青团团委的干部们！在他们看来，批准一个共青团员，似乎比批准一位中央委员还要严格！而另一个，迫切要求加入党组织而生前并没有成为一名中国共产党党员，却仅仅是由于他自己随口说出的一句话："对于像刘迈克这样的知识青年的入党问题，审查要严，考验要久。"一句话使工程连党支部三次呈送到团里的发展党员的报告，都被团组织股长长久地压了下来……对于当年的团警卫排排长，他的成见是那么深！在今天以前是那么难于改变……

对于他们的死，谁来承担责任呢？是暴风雪？还是昨夜的混乱？是团长马崇汉？还是他们的连长和指导员？或者是……他自己。作为政委，他觉得自己有推卸不掉的责任。责任……即使每一个活着的人都愿意承担什么责任，甚至处罚，他们……也还是丧失了生命。

一个死得……悲惨，一个死得……庄严。一个死得……英烈，一个死得……神圣。一个的死，换得了可见的代价。一个的死，升华了兵团战士的称号……

曹铁强和郑亚茹一齐走进党委办公室，便一言未发。刘迈克和裴晓芸的死，使他的心由悲痛而麻木了。是郑亚茹回答了政委提出的一切问题。政委问一句，她回答一句。

郑亚茹见政委不再问什么，缓慢地站起身，朝外面走。她走到门口，站住了，忽然扑在门框上，哇的一声大哭起来。

老政委走到她身边，低声说："坚强些。"

郑亚茹突然扑到曹铁强跟前，双膝跪地，痛哭着说："我有罪啊！会议的内容是我泄露的，混乱是我造成的。刘迈克的死，是我造成的。裴晓芸的死，也是我造成的！我……我没有指定人换她的岗……我……"

她突然跳起来，疯了一般冲出党委办公室。曹铁强一下子伏在桌上，额头抵着桌面，双拳不停地狠狠地擂着桌子。不久，一声呻吟才伴随着他的哭声爆发出来。

"我……我为什么不早一天明明确确地告诉她……我……是爱她的……"

这句话像是从他破裂了的心灵中迸发出来的，带着心灵伤口的血。

老政委这才真正理解，知识青年连长的悲痛，远比自己预想的要巨大得多！

可是，他却找不出一句话来安慰这年轻人，让这年轻人痛痛快快地大哭一场吧！

他走出了党委办公室，站立在门外。泪水这时才从他眼眶中淌出来，溢满了脸上深深的皱纹。见两名团委的干部远远朝他走来，他掏出手绢擦了擦眼睛。

"政委，你派人找过我们？"他们走到他跟前，低声问，表示出他们以往对他的尊敬并未丧失的样子。

他问："你们的返城手续办理完了？"

"办完了！"他们仍然低声回答，就像他所问的是某件工作。

他眯起眼睛，注视了他们一会儿，极平静地说："既然你们的返城手续办完了，那么，我现在就有理由宣布，解除你们共青团组织者的一切职务。"

他们互相看了一眼，以为政委派人把他们找来，就是为了当面向他们宣布这一点。他们缓缓转过身，各自怀着复杂的心情要离去。

"等一下。"政委叫住他们。

老政委又说："我以团党委的名义命令你们，在正式移交共青团组织工作之前，批准工程连上海知识青年裴晓芸为中国共产主义青年团团员。"

两位共青团的干部又互相看了一眼，同时点点头。

"我的话还没完。"当他们第二次要离去时，老政委又把他们叫住了，接着说，"所有本连队团支部已经通过的知识青年的入团志愿书，我都要求你们在移交工作之前，全部批准，并代他们办理好组织关系，交给他们本人，不许有任何差错！"

……

办理完了最后一道返城手续的知青们，有些一拿到档案和准迁卡，就迫不及待地赶回连队去了。他们需要筹划种种返城的准备。更多的人没有回到连队去，仍留在团部，他们要等待开欢送会，因为这是老政委说过的。他们并不希望为他们召开多么隆重多么有场面的欢送会，他们只是希望在离开北大荒之前，有人能够代表北大荒对他们说些什么。他们每个人都很想通过一种仪式，哪怕是最简单的仪式，集体向北大荒告别。有没有这样的仪式，对他们来说，并不是无所谓的。

此时此刻，他们对北大荒是怀着一种由衷的留恋之情的。或者换一种说法，他们是对他们的青春，对他们当年的热情，对他们付出的汗水和劳动，对他们已经永远逝去的一段最可宝贵的生命，怀着由衷的留恋之情。

留恋，但却要离开，多么矛盾啊！

但这是时代的矛盾在一代人身上、思想上和心理上的折射。

谁不能客观分析我们过去了的那个时代的矛盾，不能得出正确的结论，便无法理解他们将要离开北大荒时的复杂心情，无法理解他们对北大荒那种眷眷的留恋。

除了工程连的少数几个人之外，他们都还不知道，就在昨天夜里，有两个知识青年长眠了……

九点整，团部的广播喇叭传出了集合号声。各个连队，在礼堂外的广场上排好了队列。

礼堂的门,从里面缓缓打开了。

他们一进入礼堂,都惊诧得呆住了。首先映入他们眼中的,是一条横幅挽幛——

  知识青年刘迈克、裴晓芸千古

老政委臂戴黑纱,肃穆地站立在舞台上。他望着大家,用流溢着感情的目光望着大家,许久才开口说道:"兵团战士们,这是我最后一次这样称呼你们了!我相信,今后,在许多年内,在许多场合,这个称呼,将被你们自己,也被别人,多次提到。这是值得你们感到自豪的称呼,也是值得和你们没有共同经历的同代人、下几代人充满敬意的称呼。虽然,你们就要离开北大荒了,生产建设兵团的历史,结束了,但开发和建设边疆的业绩并没有结束,也是不会结束的!我代表北大荒,要大声对你们说,感谢你们——兵团战士们!因为你们,在北大荒的土地上,留下了垦荒者的足迹!因为你们,十年内打下过何止千百万吨的粮食!因为你们,今天是要回到城市去,而不是,要跑到黑龙江的那一边去!我相信,今后在全国各个大城市,当社会评论到你们这一代人中最优秀的青年时,会说到这样一句话:'他们曾在北大荒生活过!'"

无数双眼睛,一眨不眨地注视着老政委。

老政委那般激动!

他接着说:"我昨天答应你们,要为你们开欢送会。我真心实意地想到,要像你们当年被欢迎来北大荒一样,敲锣打鼓地欢送你们离开北大荒。你们是有功绩的,虽然,这功绩不见得会被书写在历史上,但它是会被历史所公正地承认的!十年中,有不少知识青年,为北大荒献出了生命。就在昨天夜里,你们之中的两位知识青年,你们的两位兵团战友……你们要永远铭记他们的名字!他们叫……刘迈克……裴晓芸……北大荒将永远怀念他们……"

老政委垂下了白发苍苍的头。

所有的人，都垂下了头。

广播喇叭里传出了哀乐声。

曹铁强、小瓦匠和工程连的两名战士，抬着用白布罩起的自己兵团战友的遗体，从外面缓缓地走入礼堂，走上舞台，将战友的遗体，轻轻地平放在桌子上。放得那么轻，像怕惊醒了他们的睡眠。

"大家，向烈士告别吧！"

老政委的话音刚落，立刻有人失声哭了起来。哭声响成一片！

这些知识青年们，在近几年中，为领袖，为敬爱的周总理，为朱委员长，为许许多多老一辈革命家的逝世，如此痛哭过。今天，为两个知识青年，为两位兵团战友，他们又一次痛哭了……

数百人组成的送葬队伍，没有戴黑纱，没有戴白花，连一只花圈也没有抬着，从礼堂出发，沿着团部大道，缓慢地走向驼峰山。

镐头刨开了冰冻得铁一般硬的土层，一把铁锹，在数百人的手中传递着。北大荒的土，掩埋了两个知识青年。北大荒的土地上，又堆起了，也遗留下了，两个知识青年的新坟。

排枪响了三次。

这是工程连的战士们，遵照连长曹铁强的话做的安葬仪式。裴晓芸这个刚刚被批准为战备分队战士的上海姑娘，生前还没有机会放过一枪。排枪声震动了穹空，三次回音在驼峰山谷之间回鸣，绕着山峰，长久不断地延续。

像一支黑色的箭从半山腰的哨位上朝这里射来——是"黑豹"……

郑亚茹没参加安葬，她没有勇气。她独自一人来到石锦河边，坐在一棵树干曲扭的大柳树下。她的头脑很乱。准迁卡和档案袋放在书包里，书包背在身上。但回到城市去，还是留下在北大荒，她内心充满了矛盾，犹豫不决。而容许她进行选择的时间，竟是那么短、那么紧迫。

这里静悄悄的。每次到团里来开会或参加干部集训学习班，她一有空就喜欢独自到这里来，消磨一点余暇，无论冬夏春秋。老柳树昨夜之前缀满树挂，像一株巨大的银珊瑚。冰冻的河在暴风雪前如镜子一般光洁。这里曾令人勾留忘返。然而暴风雪一夜间将这里的美好彻底破坏了。老柳树的枝条光秃得像丑怪的豪猪，河面被苍凉的厚雪所覆盖。望着驼峰山蜕了一层皮似的山峰，她对自己今后要走的人生道路那么茫然。

她明白，自己站在一个十字路口。

在昨夜之前，她对自己的生活之途充满信心。她是全团仅有的三个女知识青年提拔起来的正连职干部的一个，是唯一的一个知识青年团党委委员。在全团培养团一级青年干部的名单中，她是名列第一的。虽然，她也同许多知识青年一样，对城市，对城市生活，时时产生情不自禁的眷恋。但更多的时候，她是压制着这种眷恋，不像别人那样随时随地流露出来。她不，她从没如此过，她不允许自己那样。在对种种离开兵团的途径和去向都思考过、对比过、暗中尝试过之后，她曾放弃返城的念头。只要默默耕种，总会有收获，她相信这一点。谁知再过十年之后，她不会成为生产建设兵团的女团政委，甚至女师政委呢？那时，她也不过才人到中年。那么再过十年呢？她五十岁的时候呢？生产建设兵团总部的领导们，是部长级，是大军区级。一切都非梦想，一切都不是不可能。一切都只有留在兵团，留在北大荒才会实现。在任何一座城市里，都不会为一个二十九岁的女青年创造这样的条件，提供这样的机遇。可是突然她和所有知识青年一样，被推到了走与留的十字路口。她根本没有来得及思考，就做了后一种选择，甚至可以说，不能算是一种选择，而只是一种身不由己的盲目的附随。后悔了吗？也许是的，的确是的。返回城市之后，她和全团八百余名知识青年，和几千、几万、几十万、几百万、全国几千万知识青年的命运，还会有什么不同？城市会像久别的情人一样张开双臂拥抱她吗？待业、临时工……她能够心平气和地忍受这些吗？不错，父母会尽快为她安排一份较理想的工作，在这一点上，她可能会比别的知识青年幸运些。以后呢？结婚，生孩子，贤妻良母加先进生产者。在北大荒的种种荣誉和资本，都将是过了时的记录。一切都得从新的起跑线上再次开始。对于这种人生途程上的竞赛，她已经感到疲倦了。她已经竞赛了整整十年啊！何况，她已经二十九岁了，一个老姑娘。城市对于一个二十九岁的返城的姑娘，绝不会是含情脉脉的。她不由得想到了曹铁强，想到了十年来她和他之间的关系。她是爱他的，现在仍爱，可以对天盟誓！可是，他究竟为什么不爱她呢？她至今不明白。他一度曾想把爱情双手奉献给她，在这一点上他并没有欺骗她。她自己也不是一个容易感情迷乱，容易被装虚作假的人所欺骗的姑娘。不，不，他不是一个玩弄姑娘感情的人！尽管她永远不可能获得他的爱情了，她却不能够允许自己诋毁他，不能够允许自己诽谤她和他之间过去的，那种似爱情然而又被什么东西与爱情所分割的关系。

爱情曾经环绕在她身边，她却没有捕捉住。她那么希望和企图获得，但终于还是失去了。

他把爱情给予了别人，给予了一个在自己看来完全没有可能得到的姑娘，却真实地甚至可以说慷慨地给予了！

是生活本身犯了错误？是他错了？还是她自己错了呢？错在哪里呢？

大前年探家的时候，她就开始意识到，她和他的关系中出现了最严重的一次"危机"。可是，他们并没有发生争吵啊！应该说，那一次探家还是很有收获的。她温柔地哄劝他，恳求他，甚至耍了一些小小的计谋，编造了种种借口，领着他一家又一家地登门拜访自己父亲的老战友、老领导、老下级，从省军区司令员到某某副市长，从某某局长到某某区长。不错，都是纯礼节性的拜访。但这种纯礼节性的拜访，难道不是可以积累成亲近的感情吗？难道与这些人物之间缔结下的感情韧带，可以被愚蠢地认为是没有必要，没有意义，没有价值的吗？白痴才会那么认为。不论任何一个人，要生活得比别人更充满自信，要实现比别人更大的作为，要在同代人中出类拔萃，都必须在生活中借助别人的力量。谁的生活能摆脱得了在社会上的傍依性？谁？即使非凡的人物。何况，她仅仅只是为了她自己吗？难道不也是为了他吗？不是为了她和他共同的将来吗？

如果是在这一点上他不理解她，轻蔑她，鄙视她，他是公正的吗？将来总有一天她要寻找机会质问他的，她要和他辩论明白的。他可以不爱她，但她有权要求他回答。她不能既失去了，又糊涂着啊！

她又想到了团部卫生院的主治医生匡富春，收到他从哈尔滨医科大学寄给她的第一封回信，她当时多么惶然！从那封信的字里行间，她看得出来，他被她深深地感动了，他对她充满由衷的感激之情。感激一个不相识的姑娘对他的经济资助和真诚勉励。而她给他写信，寄给他十元钱，不过是出于和曹铁强赌气！而且，过后她就把这件事忘了。既然收到了回信，就不能不认真对待了。那太卑劣了！几经犹豫和思考，下个月她又给他寄出了一封信和十元钱。当然，她又收到了回信。复信，寄钱，复信，寄钱……感激之词和"希望你刻苦学习"一类话语在来往书信中渐渐被剔除了。她觉得寻找到了一个可能向对方倾吐自己内心许多忧烦苦闷的人。她也体验到了被别人信任，由信任而得到一种友情，同时给予别人信任、给予别人友情是生活中一件多么美好的事！他在信中表示，盼望和她早日相见一面了。

在又一次探家期间，他们相见了。

假期结束，他送她上火车时，郑重地交给她一封信，他向她求爱了。

那正是她和曹铁强之间的关系令她最苦恼、最绝望的一段时期。

她站在列车两节车厢的过道，背着陌生的人们哭了一场。

一返回连队，她就给匡富春写信。在信中告诉他，他上医科大学的机会，当初差点是被她所断送。并告诉他，她曾热烈地爱过另一个小伙子……

她是怎样地盼望着他的回信啊！不久便收到了回信。信纸上只写了一行字：因为你是一个如此坦率的姑娘，所以你便值得我爱。

……

今天，她不禁向自己发问：我爱他吗？究竟爱他到什么程度呢？他是卫生院受人普遍尊敬的医生，长得也不错。和曹铁强比较，一个英俊，一个文秀。他爱自己的职业不亚于爱她。他比曹铁强能够理解她，虽然不见得事事赞同她。

只有他，才能医治曹铁强在她心灵上造成的爱情伤痕。只有他，才能在她心目中和曹铁强并列。也只有能够和曹铁强并列的人，才能在她心目中取代曹铁强，才能最后占据她的整个心！她心目中是有一种被别人整个占据的愿望的啊！

我为什么要想到爱情？在这里，在这个时候？

她又抬起头向驼峰山看去。那里，在进行安葬，而我坐在这里……多么可鄙啊！

"留下，还是离开？我必须在半个小时内做出最后的决定。"

她看了一眼手表，从雪地上抓起一把雪。雪的冰冷的刺激，使她打了个寒战，也使她的心绪稳定了些。

"在半小时内，如果我手中的雪还没有融化，我将离开……如果融化了，我将留下……"

一滴雪水顺着她的指缝慢慢淌着，终于滴落在雪地上，在雪壳表面冻结成一颗小珍珠。

不到十分钟，她手中的雪便融化尽了。

手，太热了。

留下？八百余名都走了，四十几万都走了，自己留下来？选择和大多数人背道而驰的生活之路，别人的经验告诉她，那是太冒险了！一个孤独的女知识青年，难道还要在北大荒经历无数次像昨夜那么猛烈的暴风雪？！不，不，不！那太可怕了。何况，此后她的双脚踏在这块土地上，心灵会感到时时不安宁的。因为，这里埋下了刘迈克和裴晓芸，在今天。

一想到这一点，她的心像是被放在炭火上烧烤着。

她同时想到了不久前的一件事：

连里有天突然收到了兵团总部的公函，上面用打字机打着十几行字——所谓裴晓芸的母亲是外国特务的疑案，纯属"四人帮"对爱国归侨的政治迫害。她父亲的政治问题，也获得彻底的平反昭雪。她在国外的姨父母，要求批准她到国外去继承遗产。如本人同意出国，连队要举行欢送会。欢送会作为一项政治任务，必须举行……

当把公函给裴晓芸看时，裴晓芸哭了。

"我在国内一个亲近的人都没有了，我需要亲人！"

凭裴晓芸的这句话，郑亚茹主持召开了欢送会。

她是这样说开场白的："今天，我们为裴晓芸女士，召开出国欢送会。我们希望，裴晓芸女士到了国外，能够做一个红色资本家。这就算我代表全连对裴女士的临别赠言……"

这开场白是用笔起过草，背过的。为什么要用"女士"这样的称呼？话中有没有讥刺和嘲讽？她无法否认这一点。

她讲完话之后，裴晓芸站起来说："我需要亲人，需要关心我、爱我的人，但我不愿离开祖国，不愿离开北大荒！我相信在北大荒我会寻找到关心我、爱我的人……"说完，便离开了会场。

欢送会没开成，人们纷纷散去，最后只剩下了她和曹铁强。曹铁强瞧着她，想说什么，却什么话都没说，只是摇了摇头，也撇下她走了。就是从那一天，她意识到，不但失去了爱情，同时，也失去了友情。他对她责备的话都不愿说了。

想到这件事，郑亚茹站了起来，匆匆朝团部走去。她要去找匡富春。

她下了走的决心。

"没有十字路口，"她在心里对自己说，"对于我，只剩一种选择，离开北大荒。"她明白，曹铁强是不会离开北大荒的了。在昨夜以前，她和他既是领导着一个连队的两个合作者，又是生活道路上的两个竞争者。就像运动场上的两个竞走运动员，比的是在北大荒坚持下去的耐力和毅力。只有爱情才能改变他们之间这种关系，而爱情早已在他们之间死亡了。剩下的，只是怨恨，也许更甚，是仇恨。难道有谁可以原谅导致他所爱的姑娘死亡的人吗？即使他亲口对她说出原谅的话，她也不能相信。即使她相信了他，她也不能饶恕自己。

离开，离开……绝不留下……要和匡富春一同离开，和匡富春一同。

走到半路，她忽然放慢了脚步。她终于……站住了。她终于……转变了方向，她朝驼峰山走去。

她来到了埋葬刘迈克和裴晓芸的地方。她久久地站立在两座新坟前。她在雪地上跪了下去。她用双手扒开积雪的硬壳，扒得露出了地面，十指在地面上使劲抠着。扒开的雪照到阳光，化了。坚硬的地面潮湿了一点儿。她终于抠起了极小的一捧土。指甲裂了，十指鲜血淋淋，她却并不觉得疼。她双手捧起这一小捧土，缓缓地站了起来，虔诚地将土分撒在两座坟头上。

她在心中乞求："刘迈克，裴晓芸，你们饶恕我……"

团部紧急会议的内容，是她透露的。会前，马团长找她单独谈了一次话，指示她开会时要首先发言，表明态度，并答应她，如果想离开北大荒，全部手续包在他身上。趁团长出去了一会儿，她急忙抓起电话，将关系到知青命运的这一重要情况，告诉了在水利连当文书的表姐，敦促对方赶紧采取对策……

当她转过身准备离开时,发现曹铁强站在几步远处,正望着她。

两人默默地对峙了片刻,她迎视着他的目光,向他一步步走去,走到他面前,说:"你惩罚我吧,我请求你……"

他摇摇头:"不,我的拳头从来也没有落在悔过的人身上……"

"打我吧,打吧,打呀!我求你……"泪水从她眼中流了出来。

"不,我不能够……我知道,你是要离开的了。希望你,今后在回想起,在同任何人谈起我们兵团战士在北大荒的十年历史时,不要抱怨,不要诅咒,不要自嘲和嘲笑,更不要……诋毁……我们付出和丧失了许多许多,可我们得到的,还是要比失去的多,比失去的有分量。这也是我对你的……请求……"他说完这番话,注视了她良久,一转身大步走了。

她望着他的背影,又回头望着两座新坟,双手缓慢地抬起来,捂住了脸……

老北大荒人的女儿躺在团部卫生院的病床上,面如白纸。昨夜,她骑马驮着裴晓芸狂奔到团部,半途便在鞍上流产了。马到卫生院门前,她便昏了过去,滚落地上……

她在流泪,为失去了没出生的孩子和女友而流泪。在情感和心理方面,她都已具有了细微悱恻的母性的特征。而此种从未承受过的悲痛,像轰击宇宙的大雷电,猛烈地横扫着她的内心世界。

工程连的知青们来到了卫生院里。他们在走廊里被医生匡富春拦住,不许他们进入病房。

"我只能允许两个人进入病房。"他双手插在白大褂的衣兜里,用没有商量余地的口吻说,"其他的人,都请自觉到外面去。"仿佛他是一位国王,而这里是他的宫殿。

"连站在病房门外看看也不行吗?"有谁嘟哝了一句。

他没有回答,朝贴在墙上的"病房秩序"翘翘下巴。

小瓦匠大声说:"这是什么时候,还来这一套?"

他看了小瓦匠一眼,回答:"现在正是我值班的时候,我是医生,我在尽着我的责任履行我的职权。"

大家都无可奈何地望着曹铁强。曹铁强说："那么请允许我进入病房。"

匡富春上下打量着曹铁强，认出了他。

小瓦匠赶紧从旁说："他是我们连长。"又对曹铁强说，"连长我和你一块儿进去吧？"

曹铁强点了一下头。

匡富春闪开了，对两人说："十分钟。我看着表。提醒你们，不要谈到那个对她很不幸的事件。"

"大家，就都……这么走了吗？"当曹铁强和小瓦匠走入病房，走到秀梅的病床前，她这样问，含泪的两眼望着他们。

"不，不是都走。我留下，我不走。"曹铁强说，"大家都要来看你，被医生拦住了。"

"连长，我谢谢你。迈克有个知青做伴了。"秀梅说，又问，"他为什么不来看我？他在哪里？我多么需要他来看看我……"

曹铁强情不自禁地握住她的一只手："他在做着很重要的事情……他要我对你说，别因此生他的气。"

秀梅微微地笑了一下，将脸转向小瓦匠，友好地说："小瓦匠，回到城市里，别忘了给我和事务长写信，要经常写信，不然他一定会对我骂你的。他对你像对亲弟弟一样……"

小瓦匠紧紧地咬住嘴唇，点了点头。

……

卫生院的值班室里，郑亚茹和匡富春之间，也在进行着一场谈话。

他问："你的返城手续全办好了？"

她点了一下头，反问："你呢？"

他摇摇头。

"为什么？为什么还不去办理？"

"我……当初的决定，在今天，也还是没有改变。"

"你……别跟我开这样的玩笑，我怕，我怕从你口中听到这样的话！"她望着他的那双眼睛瞪大了，眸子里闪现出恐惧。

他摇着头："不，不是玩笑。"

"你……你怎么仍不改变你当初的决定？你不能这样，这太轻率了，你将后悔一辈子的！"她扑到他跟前，双手死死地揪住了他白大褂的衣襟。

他理智地分开她的手，退后一步，抚平白大褂，说："也许会的，但那肯定是将来的事。可现在我还没有后悔，所以我还不能动摇我的决定。是兵团送我上了医科大学，是兵团为我创造了从事医生这一职业的条件。毕业的时候，我本来有可能留在大学。只因为我想到了这一点，我才回到北大荒。回来之后，我多么希望在我所生活的北大荒的这一片土地上，会盖起一所很像样子的医院。现在，这样一所医院盖起来了，我对这里的条件感到满意。我时常因为意识到自己是这所医院里很重要的一名医生而感到自豪。更重要的是，我对这所医院里的一切都产生了感情……"

"不，不，我不听！我不听这些！"她绝望地叫起来，双手捂上了耳朵。

看了她一眼，他接着说："你不要捂上耳朵，你应该听，否则，你无法理解我……昨天夜里到今天上午，我一直在值班。当我巡视病房的时候，我从病人们的眼中看出，他们都希望用那种默默的目光挽留住我，我被他们感动了。我忽然问自己，我究竟为什么要离开这里，离开我的病人们回到城市去？一个医生不是应该在最需要医生的地方起作用吗？难道北大荒不是全中国最需要医生的地方之一吗？在我向自己提出这样的问题之后，我决心永远留在北大荒了。你刚到北大荒的时候，难道没有听说过女人因为一般性难产，男人因为患阑尾炎就发生死亡的事吗？……我不能承认我的决定是轻率的……"

她慢慢地放下了捂住耳朵的双手。她怔怔地望着他，一动不动，完全呆住了，像雕塑一般。她的双眸顿时变得异常灰暗了。

"我知道，我这样决定，会令你非常难过的。我……很内疚，觉得对不起你。我希望，能够得到你的原谅……"她那副样子，使他心里很难受。他向她跨近一步，握住她的双手，直视着她的眼睛，低声但充满感情地说："原谅我吧！"

她忽然紧紧抱住了他，仰起脸，怀着最后一线希望哀求道："别让我伤心，别叫我绝望！我需要你和我一起离开北大荒！我不能失去你，我爱你！我不能什么都遗失在北大荒啊！我在北大荒付出了那么多，失去了那么多，我一定要带着什么离开这里！我要带着你，我要带着爱情回到城市……"她的声音颤抖不已，她的话说得那么急切，她眼睛里那种哀求的目光令他不忍迎视。

但他还是轻轻推开了她，摇摇头，说："你们连队的人都在外面……"他忽然想起了什么，看了一眼手表，又说，"你等我一会儿，我就回来。"说罢便撇下她走了出去。

他从秀梅的病房有礼貌地"请"走了曹铁强和小瓦匠，立即匆匆回到值班室。

她，却已经不在了。

他在门口呆立了一刻，慢慢地走到桌子前，慢慢地坐了下去，慢慢地用一只手撑住了额头……

他极轻微而又极痛苦地说出了两个字："亚茹！"

中午，一辆小吉普车从团部开出，开向公路。车内坐的是团长马崇汉、他的爱人和两个女儿。车开到公路口，司机首先看见政委孙国泰站在公路边上，减慢了速度，扭回头问："团长，要跟政委告别一声吗？"

马团长像没有听见司机的话，阴郁的脸上毫无反应。

司机也不再说什么，加快车速，吉普车从政委身旁驰过。

马团长忽然在司机肩上拍了一下："停……"

吉普车偏向路边，停住了。马团长打开车门，跳下车，朝政委大步走去。

老政委刚刚送走一批团部直属连队的知识青年，他们是乘长途公共汽车走的，有的连铺盖和箱子都丢弃不要了。行程长达九个小时，当今夜的定更星出现之后，他们便会从此脱离了北大荒的土地。

他心中涌起了一种对他们无限依恋的眷情和一种失落感。

北大荒毕竟是多么需要他们啊！

马团长走到他身旁，叫了一声："老孙……"

他转过身，见是团长，有些意外。团长那身崭新的草绿色军装上，也留下了昨夜救火时被烧的处处破绽。

马团长向他伸出一只手："我也决定要走了。已经向师部发出了转业申请报告，要求回地方老家……今天先送家属走。"

老政委没有说什么，默默地握住了他的手。

马团长苦笑了一下，又说："我的错误，我不会推卸给别人的。我接受组织给我的任何处分……我的检查已经写好了，放在我的办公桌上……"

老政委还是没有说话。

"老孙，十年来，我们之间在工作上配合得很不好……反思许多往事，我很惭愧。我……有些事情，积十年的教训，往往还不能一下子使人认识到自己的错误。但一次严峻的事态发生之后，便会使人猛醒。昨夜的混乱没有到不堪设想的地步，我……感谢你！"他将政委的手使劲握了一下，放开后，转身就走。

老政委完全相信，对方的这番话，是由衷的，是诚恳的。可是他却不知道自己在此时此刻应该向对方说些什么。当团长走回到吉普车前，他才叫了一声："老马！"大步赶过去。

"老马，我有句话对你说，并且希望你能够记住。"他走到团长身边，用深沉的目光注视着对方。"无论在总结经验方面，还是在总结教训方面，我们都不能把个人的作用估计得太重，结合时代的错误来认识我们个人的错误，这也许才更客观一些。"

马团长沉重地叹了口气。

老政委又说："知识青年的返城浪潮，绝不是我们个人的意愿所能遏止的。无论我们的意愿是良好的……还是……你，我，每一个兵团干部的最后义务和责任，不应该是想方设法阻拦知识青年返城，而应该是，认真总结各方面各种因素的经验和教训，把它记载到边疆的农垦发展史上。"他沉默了一会儿，似乎觉得还应该说几句道别的话，但又觉得最重要的话已经说了，道别的话在此刻反而会显得很不相宜，便缄口不语了。

马团长掏出烟盒，取出一支烟，递到老政委面前。

老政委本不想接，他口中仿佛刚嚼过苦艾，苦涩得很，但见对方脸上是一种"临别敬赠"的庄重表情，意识到了这支烟在此刻有非同寻常的价值，便接在手中。

马团长自己也叼上了一支，随后掏出打火机，首先给老政委点燃了烟。不知为什么，团长自己却不想吸了，取下叼在嘴上的烟，放进了烟盒。他那沉思着的缓慢的动作，使老政委觉得，似乎他这一次合上烟盒，有可能永远不再打开了。

口唇不但苦涩，而且干燥。老政委只吸了两口烟，便将烟掐灭了。

老政委替团长打开车门，马团长的目光在老政委脸上最后凝视了一秒钟，高大魁梧的身材很不灵便地钻进了小吉普车。

老政委发现，坐在车内的女人和两个女孩的脸上，流露着微微的不安。他对女人笑了笑，在小女孩的头上抚摸了一下。见小女孩没戴头巾，摘下自己的围巾，围在了小女孩颈上。

老政委轻轻地替这一家人关上了车门。他久久地站在公路边上望着小吉普车疾驰而去，拐弯后消失在驼峰山脚下……

他转过身，面对团部的方向，从这里直通往团部区域的大道上，留下了混乱后的残迹：雪地上纷杂的脚印和交叉的各种车辙、道旁被砍倒并劈烂的杨树，显然是从车上甩下或丢弃不要的知识青年们的种种用物……

他顿觉心中那么惆怅、那么空荡！

老政委回到团部，刚走进办公室，军务股长也走了进来，双手捧着一摞档案。

军务股长说："政委，这是三十九份档案，他们从我手中领走，又交回到我手中……"见政委一时没有明白他的话，又说，"三十九名知青表示要留在北大荒。"

老政委双手接过这三十九份档案袋，像双手接过一锭世界上最大的金块，觉得此刻无论有一杆什么样的秤，都无法称出这三十九份档案袋的宝贵的重量。

他，落泪了。

他说："不是三十九名，是四十一名，是四十一名知识青年，留在了北大荒的这一片土地上。我要重新盖起我们农场的场史馆，那两份知识青年的档案，要放在场史馆，和为了开发北大荒而献身的烈士们的遗物摆放在一起。"沉默了一刻，他继续说，"我还要建议，为两名知识青年修建一座碑，碑上要饰有石雕的象征，交叉的麦穗和枪，托举着一台拖拉机。这是四十余万知识青年希望实现而始终没能实现的兵团战士服的帽徽设计，也是当初兵团曾向四十余万知青许下的诺言。过去的十年中，曾有许多向知识青年们许下的诺言成为空话，我要为两名知识青年，实现其中的一个诺言。"

军务股长说："政委，我第一个赞同你的建议。"

"你，替我深深地感谢这三十九名知识青年。"

"他们，也要我转告你，他们感谢你，感谢你给予他们的评价……"

这时，电话铃响了。

"是我，我是政委孙国泰。我……是，我服从组织决定……"老政委缓慢地放下电话听筒，转过身，注视着军务股长。

"哪儿打来的电话？"

"兵团总部。"

"什么事？"

"调我到三师去任师长职务，他们的师长……回部队了。"

"那……那么我们团……"

"现在不同平常，我任命你为代理团长兼政委。"

"我？"

"现在不是推辞的时候。从今天起，你就接替我和马团长的工作吧！不久，兵团就要恢复到农场的体制了。你，大概和我一样，是要把骨头埋在北大荒的吧？"

股长默默地点了一下头。

两位北大荒的第一代创业者，彼此用目光说出了要向对方说的许多话……

工程连的"二八"型拖拉机挂斗车，最后才离开团部。离开之前，他们将团部区域的混乱残迹清除得干干净净。

小瓦匠的弟弟找到了他，问他何时动身返城。

他回答："为什么要跟我一起走？你不能自己先走吗？你又不是三岁

的小孩子，路上需要我照顾你。"

当弟弟的，无法理解哥哥为什么发火。

曹铁强将小瓦匠的弟弟拉到一旁，说："我请求你一件事，我的养父现在病情很严重，正住在市立第一医院，我妹妹看护着他老人家。他们虽然不是我的亲父亲、亲妹妹，但他们非常爱我，我也非常爱他们。你一下火车，先不要回自己家，先要赶到医院去，告诉他老人家，就说我请求他老人家，千万要坚持住，几天内我就会回到他老人家身边。可是我现在不能离开连队，我是连长……"

"需要我告诉他们，你决定留在北大荒吗？"

他摇了摇头："不，只有我自己告诉他们，他们才会理解。"

……

"二八"型拖拉机挂斗车行驶在荒原上，像一艘驳船行驶在夜的海面上。

每一个人，都无语地沉思着。

不知是谁问了一句："咦，咱们指导员呢？"

没有人回答。

郑亚茹，这时坐在长途汽车上。她不要铺在连队大宿舍里的被褥和那只伴随她十年的木箱子了。

她临登上长途汽车，从北大荒的土地上装了一牙具缸雪。雪，已经化成了水，可她双手仍捧着牙具缸。

哦，北大荒的雪呀，这表现在北大荒版画上是那么美那么迷人的雪，但一离开北大荒的土地，竟是这么迅速地融化了！汽车里的温度不是和外面一样寒冷吗？她不明白，是她的手温将雪融化了。

难道我连一捧雪都带不走吗？既然带不走，就归还给北大荒的土地吧！让这雪水再冻结成冰，让这冰在春天再融化，渗进北大荒的土地吧！

她轻轻摇下一半车窗，将那半牙具缸雪水洒到了窗外，连同她落进雪水中的几滴泪水……

"驳船"仍在夜的荒原上行驶。北大荒的荒原啊！如果你也有思想，也有语言，你将对十年和两个不平静的夜晚，作怎样的评说呢？

荒原的夜"海"是那么沉寂！

坐在车上的小瓦匠，从兜里掏出什么，背着人悄悄撕碎了。

几片白色的纸片从他手中飘落在雪地上。

驼峰上，又传来一声苍凉的狗吠——那是"黑豹"的声音。

荒原是那么沉寂，那么沉寂，那么沉寂……

这是一片神奇的土地

一

那是一片死寂的无边的大泽,积年累月覆盖着枯枝、败叶、有毒的藻类。暗褐色的凝滞的水面,呈现着虚伪的平静。水面下淤泥的深渊,沤烂了熊的骨骸、猎人的枪、垦荒队的拖拉机……它在百里之内散发着死亡的气息。人们叫它"鬼沼"。

我到北大荒后,听了许多关于"鬼沼"的传说:没有月亮也没有星星的深夜,荒原在静谧的黑暗中沉睡的时候,可以看见那里有绿莹莹的忽闪的"鬼火"飘动,可以听到当年被"鬼沼"吞陷的熊的巨吼,猎人求救的枪声和其他不幸遇难者们绝望悲惨的哀呼……还可以听到一种怪异的鸟叫声,那声音仿佛一个女人在凄凉地哭号着:"多可怜、多可怜……"然而谁也没有见过这种鸟什么样子。鄂伦春人把这种鸟叫作"收魂鸟",说它们是大地之神变化的精灵,在深夜招收并抚慰那些丧命于"鬼沼"的人和动物的幽魂。"鬼火"是它们打的灯笼。

"鬼沼"像希腊神话传说中令人恐怖的九头恶龙,霸占着它身后的万顷沃土一马平川,只要春天播下种子,秋天便能收回千万吨粮食。然而没有人敢涉过"鬼沼",去播下一粒种子。据说当年日本关东军的一个大佐,对那片沃土发生了兴趣,幻想在那里创建个农场,将来做个大农场主。他曾亲自率领一个勘查小队在冬季越过了"鬼沼"。他们如泥牛入海,一去未返。北大荒的老人们,有说他们被狼群吃掉了的,有说他们被零下四十多摄氏度的严寒冻死了的,有说他们给养不足饿死了的,有说他们被鄂伦春部落消灭了的,也有的说他们春天返回时,连人带车陷没在沼底……鄂伦春人把那万顷沃土叫作"满盖荒原"。"满盖"是鄂伦春语魔王的意思。冬季他们偶尔也出现在那荒原上,但绝不猎杀那里任何一只动物,惧怕受到"满盖"的惩罚。

恐怖的"鬼沼"!神秘的"满盖荒原"!

我到北大荒的第三年冬季,我们连队由十几个知识青年组成了一支垦荒先遣小队,向那里进发了!

我们这个连队,由于当初选点错误,耕地有限,低洼,麦收时一碰上雨季,收割机就陷在麦地里,像一只只瘫痪的大蛤蟆,无法作业。因此,连年歉收。那一年更惨,连种子都没有收回来。团里决定解散我们这个连队。全连二百多朝夕相处的知识青年,将被分插到各个兄弟连队去,这意味着,我们不但不能向国家贡献粮食,而且也养活不了自己了!我们刚到北大荒三年呀!许多人还要在战天斗地中大有作为呢!屯垦戍边的信念还没有动摇呢!艰苦创业的精神和热情还没有泯灭呢!

还有什么能比团里这个决定更令我们感到耻辱?!许多人听老连长羞惭地宣布了决定后,当场哭了。副指导员李晓燕,首先站起来激烈地坚决地反对接受这个耻辱的"解散令"。

她说:"连队绝不能解散!我们可以去开垦'满盖荒原'!我们离它最近,早就应该想到开垦它了!我们要把连队重新建在那里!要在'满盖荒原'上留下第一行垦荒者的足迹!要向团里提出保证,当年开荒!当年打粮!第二年建新点!我们立军令状!"

我们听惯了甚至听厌了副指导员在任何场合说出的豪言壮语。可她说出的这番话,是怎样地激动了我们鼓舞了我们啊!我觉得那是她说出的最豪迈最有力量的话!许多人和我有同样的看法。

团里收回了已经下达的决定,接受了我们的军令状。

几天之后,我们连队的两台最新的五十四马力的拖拉机,披红戴花,拽着赶制的木爬犁,在全连人的列队送行下,驶向茫茫雪原。

希望、信赖、寄托、无言的叮嘱,从一双双默默注视着我们的眼睛里表达出来。我们每一个垦荒队员都从这些眼睛里体验到了责任感。我们每一个人都哭了。

哦!我们这些年轻人!

我们是多么珍重责任感啊!

我们是多么容易激动和被感动啊!

第一辆爬犁装载着粮食和行李。第二辆爬犁上搭着帐篷。我们十几个垦荒队员,一个紧挨一个地挤在帐篷里。我坐在扣着的破脸盆上,用膝盖夹着一本翻开的《虹南作战史》。我猜想,它是我们这一行人唯一的精神食粮。不过我并不靠它充塞头脑和思想。我两眼注视着书页上的铅字,却在回忆我所读过的《战争与和平》《约翰·克利斯朵夫》《悲惨世界》《红与黑》……内心深处被书中人物的命运暗暗感动。

身旁坐着我妹妹,她怀里抱着一个柳条编的小笼子,笼子里关着一只小松鼠。一路上,她一句话都没有说,像个哑巴。她的脸色那么苍白,表情那么呆滞,眼神那么凄凉!我没有兄弟也没有姐姐。就只有这一个妹妹,我从小爱她,可是我当时可怜她又恨她,不久前她败坏了自己的名誉,令我丢尽了脸。

对面坐着副指导员李晓燕,她身旁坐着铁匠王志刚。他黑,健壮魁梧,有一张线条粗犷的脸,给人一种意志坚定、力大无穷的堂堂男子汉的印象。他使人联想到莎士比亚悲剧中的人物奥赛罗,因此获得了一个"摩尔人"的绰号。他性格孤僻,为人正直,敢于主持公道,不喜欢出风头,但一言一行都在知青中具有潜在的影响力。我嫉妒他在我们知青中那种无形的任何人不能匹敌的威信。他暗暗爱着我们副指导员李晓燕。这一点许多男知青都知道,他自己也在大宿舍里公开承认过,但却没有一个人敢在这一点上开他一句玩笑。我钦佩他公开承认爱情的勇气和惊人的坦率。从那天起,我把他看成了我的对头,因为我也暗暗地爱着我们的副指导员。他参加到我们这支垦荒队,是副指导员指名道姓点的将。这尤其使我嫉妒极了!而更加使我嫉妒的是,李晓燕此刻竟将头靠在他宽厚的肩膀上,似睡非睡地打盹儿!

我瞧着她，心中不禁又一次暗问自己：我为什么会爱她？她身上究竟具有什么吸引我的魅力？是因为她美吗？不错，她美。她是个上海姑娘，有一张清秀妩媚的脸，脸上的皮肤白净，五官俊俏，一双眼睛很大，很明亮。眉毛又细又长，和眼睛之间的距离略宽了些，这就使她的脸上永远呈现了一种扬眉凝睇、惊诧不已的表情。自从我第一次见到她，就再也不能不注意她。她的身材也很优美，修长，苗条，亭亭玉立。据说她是上海芭蕾舞学校小班的尖子学员，许多部队文工团和地方文艺单位争着招收过她，她都拒绝了，却自愿报名来到北大荒。我见过、接触过、结识过的容貌美丽的姑娘，绝不止她一个，我不是那么容易被姑娘们的外表美所迷惑、所倾倒、所动心的人。越是在美丽的姑娘们面前，我越会表现出一种孤傲的清高来。我的座右铭是：绝不轻率地做爱情的俘虏。那么，是不是她那严肃庄重的性格引起了我的好感呢？也不。我更喜欢性格热情爽朗的姑娘，我甚至认为她那种严肃和庄重是做作的虚伪的，我曾因此而极端地轻蔑过她。她一到北大荒就立下了誓言，为了自觉考验自己扎根边疆的坚定性，三年之内不探家。她对全连女青年提出倡议，不照镜子、不抹香脂、不穿花衣服。她的倡议得到了一致的响应，是否真诚，大可怀疑。据女青年们透露，她经常深为自己的脸那么白嫩而苦恼，夏天里，曾偷偷地跑到小河边，独自躺在僻静的河滩暴晒过，但却只能使她的脸色白里透红，而不能进一步红里透黑。因此她故意在穿着方面比所有的姑娘更男性化，以弥补在"晒黑了皮肤才能炼红了心"这一"接受再教育"标准上的先天不足。她还有意干和男青年们同样劳累的活，想使自己的体形改造得更符合"劳动者的美"。遗憾的是成效甚微，三年来虽然健壮了些，还是那么修长、那么苗条、那么亭亭玉立，像一株挺拔的小白桦。她果真三年没有探家。第一年里她当上了排长，第二年里她入了党，第三年里她当上了我们的副指导员，成了全团知识青年扎根边疆的光荣榜样。

就在第三年的夏季，团里任命她为副指导员不久后的一天傍晚，我支着自制的简易画夹在河边写生，忽然听到小河上游有人在轻轻地唱歌：

　　九九那个艳阳天哪哎嗨哟，

十八岁的哥哥呀坐在小河旁……

　　这首歌当时是列入"黄色歌曲"一类，绝对禁止唱的。是哪一个姑娘在唱呢？她也太忘情太大意了！如果让我们的副指导员听到，少不了又要开展一场"思想意识领域内的斗争"。然而她唱得多好听啊！嗓音那么甜、那么圆润、那么婉转。我完全是出于好奇心，收起画夹，悄悄地顺着河沿朝上游寻声觅去。在一株歪脖子老柳树下，在一丛蒿草的掩蔽处，隔小河我瞧见了唱歌的姑娘，竟是我们副指导员！她坐在河边一块光滑的大青石上，两只赤脚探入水中，裤筒卷在膝盖以上，裸露着一段洁白的小腿。她正在洗衣服，那好听的甜而圆润的歌声，就是她一边洗衣服一边唱出来的：

　　九九那个艳阳天哪哎嗨哟，
　　十八岁的哥哥惦记着小英莲……

　　我，痴痴地隔岸望着她，完全呆住了。
　　她三搓两揉，一淘一漂，洗完了最后的一件衣服，拧干，从大青石上站起身，踏上河岸，踮着脚尖，小心翼翼地走过一片鹅卵石，将衣服晾在灌木枝上。由于她怕卵石硌脚，因此她的脚抬得高，放得轻，步子很碎，使她小心翼翼走的那几步路，很像芭蕾舞《天鹅湖》里的一段小天鹅舞。她晾好衣服，又以那样的步子走回河边。她随手在河边摘了几朵野花，闻了闻，欣赏地玩弄了一会儿，左三朵右三朵，插进鬓发里了，她蹲下身去。久久地注视着水面。她在欣赏她自己！她在欣赏她的美！她对她自己欣赏了那么久才缓缓地直起身。忽然，她轻盈地跃到那块光滑平坦的大青石上，伸展双臂，优美地旋转了半圈，竟跳起节奏欢快热情而急促的墨西哥民间舞来！
　　画夹从我手中脱落，掉进河里，顺水漂流！画夹落水发出的轻微声响，令她倏然停止了舞蹈，警觉地朝对岸看来，发现了我，便顿时僵立在大青石上。那姿态像疑惑的小鹿，又像一只受惊欲飞的仙鹤。
　　隔着小河，她望着我，我望着她。

我们都呆愣住了。

我首先恢复了常态，跳到河里，把我的画夹抢救到手，涉着浅浅的河水，装出若无其事的样子，蹚到了对岸。这时，她插在鬓发里的几朵野花已经不见了，卷起的裤筒也放了下来。

"你，你到河边干什么来了？"她主动问我，分明想在心理上先发制人，显出非常自然的样子，竭力掩饰着窘态，竭力保持一个庄重的姑娘在小伙子面前的矜持，竭力保持一个副指导员的尊严。然而，她却没有来得及扣上她那洗白了的兵团服的衣扣，敞露出了短小而紧束的浅粉色的衬衣，那是一件鸡心领的质地很薄的衬衣。我无意地瞥见了她那雪白的颈子，雪白的一部分前胸和同样雪白的浑圆的肩膀，瞥见了她那在紧束的衬衣下高耸的双乳的优美轮廓。我迅速地移开了目光。在那一瞬间我的心怦怦跳动，脸一阵火热，我竟莫名其妙地产生了一种可耻的罪过感，我竟觉得我亵渎了她，也亵渎了我自己。虽然我可以对天发誓，那一瞬，我心里绝对没有萌发一点点邪念，哪怕是一个小伙子对于一个动人的姑娘那种可以原谅的倏忽间的本能冲动，而这种冲动，是上帝创造的亚当对夏娃也曾萌发过的。

她太敏感了！我的目光仅仅从她身上一掠而过。她就像接受了电子信号的仪器，立刻下意识地用两只手掩上了衣襟，并且马上转过身去。当她再转过身来的时候，站在我面前的，又是我所熟悉的一位副指导员。她连外衣的领钩都勾上了。只不过还赤着一双脚。就连这双赤脚，她也在使劲踩陷到河边的泥沙里去，用泥沙掩埋住。

她这些接连的举动，令我感到受了莫大的侮辱！

我想找一句话打破这局面，但说出口的却是一句愚蠢至极的话："你……太美了！"

"什么？"她的脸红得像一朵彤云。由于我的意外出现，使她从刚才那种自我陶醉的忘情境界之中，陷入眼前这种无法掩饰的窘迫地步，我顿感内疚，也从内心深处对她可怜起来。

"我……我是说，你刚才跳的那段舞，真美极了！如果我没说错的话，那该是一段墨西哥的民间舞吧？"

"跳墨西哥舞？我？！别开玩笑了，我不过是做了一套中学生广播体操！"她装出种迷惑的模样，用那么严肃那么认真的口气加以解释。

"这么说，你也要否认你刚才唱过歌啦？"

"唱歌？我刚才是唱过歌的。这有什么必要否认呢？"她脸上的表情，在伪装的迷惑之外，又增添了伪装的坦率。

　　一道清河水，一座虎头山，
　　大寨就在那个山那边……

她又唱了两句，说："我刚才就是唱这支歌。怎么，你听到了？"

这时，她脸上的绯红已消失，神态也变得自然了。

我感到她简直是在把我当成一个瞎子一个聋子加以公然的愚弄！

我愠怒了，冷冷地说："不！我听到你唱的不是这支歌！你唱的是'十八岁的哥哥悄记着小英莲'！"

"十八岁的哥哥？什么小英莲？你别瞎说！我听都没有听到过这支歌！"她那两条又细又长的眉毛扬了起来，使她本来有一种诧异表情的脸，显出不但诧异而且惊愕的表情来。仿佛我当面说她是一个贼！

这么富有魅力的动人的一张脸，几次虚伪的变化的表情就浮现在这张脸上。

我惊奇地凝视着这张脸，在她面前僵立了。我对她再也无话可说。她在我眼中仿佛是埃及的狮身人面怪物斯芬克斯（Sphinx），斯芬克斯也要比她坦白！因为斯芬克斯对所有的人都说同一句话："猜不中我的谜，我将吃掉你！"斯芬克斯也要比她知道羞耻！因为斯芬克斯被俄狄浦斯猜中了谜语后，毕竟从巍峨的岩石上跳下去摔死了！

而她，竟要使一个神经正常的人相信自己大白天活见鬼！

我几乎是恶狠狠地对她说出两个字："虚伪！"

我猛转身，怀着对她的似乎永远也无法消除的鄙视，悻悻地大步走了。

"等等！"她叫住了我。

我站下，并没有转过身，但却想象得出她是怎样慌张急促地追到了我身后，也感觉到了她那惴惴不安的呼吸。

"你，你要汇报给连里知道吗？"她讷讷的语调中，带着难于明言的苦苦哀求。

我心软了，背对着她，摇摇头。我走出很远，情不自禁地回头望了一下她，她仍站在小河边，像一尊石雕，一动也不动……

我没有对任何人说过这件事。

我还不至于那么卑劣！

从那以后，过每一次团组织生活，当她诲人不倦地对我们进行种种思想意识方面的教育时，一接触我的目光，语调和神态就不自然起来……

这倒使我觉得有些对不住她了。

不久，我收到了母亲病重的电报。连里没有批假，理由很简单——正值夏收季节，我是康拜因手。其实我知道，主要的原因是，连长不相信这封电报的真实性。某些想父母想得厉害的知识青年或者他们的父母，曾用父母病重、病危甚至病故之类的电报，使我们的连长上了好几次当。连长是个典型的经验主义者，对这样的人，解释和哀求都是没有用的，效果只能适得其反。但我却不能对这封电报无动于衷。我父亲去世得早，母亲是街道小五七厂的工人。她在困苦的生活中把我和妹妹拉扯大是多么不容易！谁也不能比我更体谅她为我们兄妹操碎了的那颗心。如今我和妹妹都来到了北大荒，将她一个人孤苦伶仃地撇在了家里。她是个刚强的女人，无论多么想念我和妹妹，她都不会采取欺骗手段的……

我必须立刻回到母亲身边！

我在当天就悄悄地离开了连队……

啊！我的母亲！这一辈子受尽了生活辛酸磨难的女人！她太刚强太爱她的孩子了。她明明已经病得奄奄一息，自知将不久于人世了，却只给她的儿子拍了一封"病重"的电报，她怕"病危"这样严峻的字眼会惊吓到她的孩子。母亲活在人世的最后五天，我给予了她老人家一个儿子所能给予的最大限度的爱和孝心，也代替我的妹妹，报答她把我们带到这个世界上来并抚养成人的恩情。

五天，短短的五天啊！无论我在这五天内给予她老人家多少孝心，那也只能仅仅算是一个儿子对母亲的象征性的报答啊！而这种报答却成了永恒的抵消!

母亲死前给我留下的最后一句话是:"照顾好你妹妹!她就你一个亲人了!"我带着一颗悲哀得麻木的心回到连队。

回去当天,团支部按照连长的指示,讨论给我这个"逃跑主义者"以什么样的处分。事先有人向我透露,要拿我当典型,杀鸡给猴看,处分早已确定——开除团籍。讨论不过是走个组织形式。

而我,却根本对任何处分都无所谓了。

副指导员主持讨论。我想,她这下子该称心如意了!可以堂而皇之地实行报复了。我准备一言不发地听她大发一通议论,一言不发地接受她对我的批判。

她让我先谈谈对自己的错误的认识。

我,谁都不看,只漠然地喃喃说了一句:"我母亲……死了……三天前……"说完这句话,便低下头,用双手捂住了脸。我凭感觉肯定,所有人的目光都一下子投注到了我身上。

一刹那间,似乎每一个在场的人都停止了呼吸,宁静得令人窒息,好像空气都凝固了!许久许久,我听到副指导员用极其低微的刚刚能使人听到的声音说了两个字:"散会……"

她第一个起身离开了。

当我迈动机械的步子经过连部时,听到里面传出了副指导员和连长激烈的争吵声,她对连长的"指示"从来是奉若神明的,我不禁停下了脚步。

"我是一连之长,难道没有处分一个战士的权力?"是连长恼怒的四川口音。

"我是团支部书记,如何处分一个犯了错误的团员,这是团组织的权力!"副指导员的声音也那么激动。

"你这样做,是祖护一个逃兵!"

"逃兵?他是从战场上逃跑的吗?他逃到黑龙江对岸去了吗?你知道吗?他母亲已经死了!他在母亲死后第三天就回到了连队!"

"哦!死了?"

"连长!我也是一个知识青年,我也有老父老母,他们日夜思念我,我也日夜思念他们。要不是我受自己誓言的约束，我也想立刻就回到父母身边去，但……我不能够！我不同意开除他的团籍！连长！请你设身处地想一想……"

我听到了她的哭声！

我站在连部外面，顿时泪如泉涌！

我心里对她充满了感激！不是因为她代替我辩护，而是因为她说的那句话："我也是一个知识青年……"

这一句话，完全消除了在此之前我对她的种种误解和偏见。凭这一句话，就足以令我心甘情愿地去为她赴汤蹈火。

这句话，使我看到了一个姑娘高尚的本性！一颗富有同情的心！然而，又是她，亲口告诉了我一件如雷轰顶的事，在两天后……

"我们一块儿走好吗？"

收工之前，她接着我锄完了最后一条漫长的田垄。当我们锄碰锄的时候，她对我说了上面那句话。这是三年来她第二次主动跟我说话。第一次，就是不久前在那条小河边。她脸上阴沉的严峻的表情，令我产生了不祥的预感。

所有的人都扛着锄头列队时，她又当众大声对我说了一句："你留一步，我们一块儿走！"男女青年，都用异样的目光看着她，也看着我。

当他们走远，她盯着我说："我没有得到你的同意，就把你妹妹调到我们连队来了。"

"啊！她……她怎么了？快告诉我！"

"在你回家期间，她……"

"说！"

"她做了一次人工流产……"

我的身子摇晃了一下，险些栽倒！

她上前一步，双手扶住了我。

我粗暴地推开她，大吼："你胡说！"

她踉跄着倒退一步，恐惧地瞧着我，从颤抖的嘴唇间挤出两个可怕的字："真的。"

我觉得自己朝脚下的土陷了进去！我可怕的想喊叫出什么，却似乎又有团东西堵住了喉咙！我张大了嘴，只发出一种嘶哑的类似呻吟的声音。我瞪大了眼睛怪异地看着她，她却在我眼前模糊起来。

我突然发了疯似的朝连队飞跑……

那天夜里，当大宿舍响着此起彼伏的鼾声时，我将头蒙在被子里，咬着被角无声地哭了一夜。我想起了母亲弥留之际的叮嘱，而我还没有将母亲的死告知妹妹，她却做出了这种身败名裂的事，还有脸调到我所在的连队来，企图得到我的庇护。不！我要严惩她，以一个哥哥的权利！替死去的母亲！

第二天，我被副指导员叫到连部，在那里见到了妹妹。我当时一定是被恶魔附体了！我像凶猛的豹子一样朝妹妹扑过去，双手抓住她的头发，使劲把她的头接连地朝土墙上撞、撞、撞……

"住手！"我听到副指导员变了调的嗓音喝止，冲上前来掰我的手。

我对她大吼："滚开！"

我折磨的是妹妹，但又像是我自己，我在这种歇斯底里中感到了一种痛快。

啪！我脸上挨了一记狠狠的耳光。

我终于松开了手。第二记耳光比第一记耳光更狠。

这两记耳光顿时把我打清醒了，我不禁倒退数步，下意识地摸着火辣辣的脸颊。

妹妹，从始至终，一声没有吭，没有呻吟，没有叫喊，没有哀求。被我抓得凌乱的头发，遮掩了她那张毫无血色的苍白的脸，那张泪水涟涟的脸，那忍辱吞声的深陷在眼窝中的大眼睛。

副指导员的脸色像妹妹的脸色一样苍白，她紧紧地把妹妹搂在怀里，胸脯剧烈地起伏着，欲以命相搏地瞪着我。

"畜生！"

这是我第一次从她口中听到的一句骂人话。

从那一天起，我爱上了她……

她现在就坐在我对面，搭着帐篷的爬犁，被疲惫的铁牛拖着，在茫茫雪原上挺进……篷帘卷着，灌进来被西北风扬起的雪粉，我们冻得缩手缩脚，但谁也不想把帐篷帘放下来。从帐篷口望出去，始终是白色……白色的大地，白色的山峦，白色的河，白色的林。"大烟泡"刮起来了，如万千头发了疯的野牛齐头奔突，示威地追逐在大爬犁后面。

副指导员默默环视着每一个人，自言自语地说："谁来讲个故事？要不就大家一块儿唱支歌！"

没有谁对她的提议做出任何反应。大家疲劳了。

副指导员把目光停在我脸上。

我清了一下嗓子，唱起了《兵团战士之歌》：

  兵团战士，胸有朝阳，
  一手拿枪，一手拿镐……

没有一个人随声附和，我只得唱了开头两句，便知趣地打住了。

这时，"摩尔人"王志刚吹起了口哨。他唱歌不行，口哨却吹得相当好。令我暗吃一惊的是，他吹的竟是著名的俄罗斯民歌《三套马车》，这个"摩尔人"！简直不把副指导员的存在当成一回事，可他那口哨声真令人着迷，像黑管，又像小号，拍节、曲调吹得准确无误，流露出淡淡的感伤和深沉的忧郁。

不知是谁，竟低声和着口哨唱了起来，接着，第二个，第三个……终于，非常自然地形成了小合唱。

我的妹妹抬起头，瞪大了黑眼睛，愕然的目光不安地瞅瞅这个、瞅瞅那个，又很快地垂下了头。她暗暗发出一声深长的叹息，使我的心灵恻然一动。

我，面对面地注视着副指导员，猜想她立刻就会严肃地加以制止了！

她，却无动于衷。头，仍然在"摩尔人"肩上。

她竟闭上了眼睛，装出睡意蒙眬的样子。我发现，她放在腿侧的手，分明在偷偷点着节拍！

我的自尊心被刺伤了，紧紧地咬住了嘴唇。

冰雪遮盖着伏尔加河,
冰河上跑着三套车,
有人在唱着忧郁的歌,
唱歌的是那……

夜幕悄悄降临了,暴虐的"大烟泡"不知是自甘屈服,还是被全速挺进的拖拉机远远甩到了后面,荒原那么沉静!

黑暗完全替我们垂下了篷帘……

二

我们的拖拉机像远迁的鄂伦春部落,在茫茫的雪原上奔驶了整整两天两夜。当我们打开地图,一致确信拖拉机履带已经碾在积雪覆盖的"鬼沼"的冰面上时,正是荒原庄严而肃穆的黎明时分。

啊!"鬼沼"!它并非像传说中那么恐怖,也许因为它处在冬眠状态,雪被罩住了它那狰狞的真实面目吧。我们看到了什么?仿佛看到了世界最大的湖泊被冻结在眼前,"满盖荒原"——它平坦得令我们这批垦荒者难以置信,直铺到遥远的地平线。

"魔王!你在哪里?你出来!"我们的一个伙伴大声呼喊。

"魔王"没有出现。

铁匠王志刚突然朝不远处一指:"你们看!"——一根从正中间劈开的圆木桩钉进土地,倾斜地立在那里。

我们都好奇地走了过去。副指导员拂掉木桩上的雪,我们看到了一块木碑,累累斧痕粗糙砍平的劈面上,刀刻的字迹被风雨所侵蚀,只能依稀认出"死于此……"三个歪歪扭扭的字。

我相信,我们每个人当时都和我一样,倒吸了一口冷气。

"那里,还有一个!"我的妹妹又发现了同样的不祥之物,她第一个朝拖拉机退去。

　　副指导员低声说："我们走吧，别搅扰他们安息了。"

　　……

　　如果有人问我："你在北大荒感到最艰苦的是什么？"

　　我的回答是："垦荒。"

　　为了寻找有水源的林子的理想地点，我们的足迹几乎踏遍了"满盖荒原"。我们发现了一条在地图上没有标出来的小河，它是"满盖荒原"上唯一洁净的水源，被我们命名为"流浪者"。我们发现它之前，它像流浪汉在荒原上不知徘徊了多少岁月，现在我们在它身边扎下了帐篷。

　　当冰雪消融的时候，当"流浪者"唱起了"拉兹之歌"的时候，我们闪亮的犁头劈进了"满盖荒原"的胸膛。若非垦荒者，谁能体会拖拉机翻起第一垄处女地那种喜悦？这荒原上有那么多的狼，光天化日之下，它们三五成群，大模大样地尾随在我们的拖拉机后面，捕食被犁头翻出的肥大的土拨鼠。夜晚，它们就在我们帐篷四周嗥叫。创业的艰苦，使垦荒队的每一个小伙子都变成了圣徒。副指导员跟我的妹妹和我们同住在一顶帐篷里。一块毯子分隔开了她们的狭小世界，毯子后面是神圣不可侵犯的"巴黎圣母院"。

　　一天深夜，我从睡梦中偶然醒了一次，却没有听到拖拉机翻地的轰响。我一下子跳起，来不及多想，只穿着短裤，就闯进了"巴黎圣母院"，将副指导员从被窝里捅了起来。

　　"你！你要干什么？！"

　　"拖拉机不响了！'摩尔人'，在翻地！"

　　"啊！"副指导员顺手就操起了步枪。

　　拖拉机不响，意味着"摩尔人"出了事。所有的人都惊醒了！正当大家要奔出帐篷，"摩尔人"从外面钻了进来。马灯光下，我们见他身上背着一只狼，两手拽着狼的两只前爪，头顶住狼脖子；那只狼朝天张大着嘴，两只后腿抓在他的腰胯上。

　　"摩尔人"大声说："快动手！它还活着！"

　　我们各自操家伙，棍棒齐下，将那只狼在他背上打死了，好大的一只白毛老苍狼!

"摩尔人"一下子坐在地铺上,喘息了半天,才说:"拴大犁的钢丝绳断了,我回来换钢丝绳,这东西跟上了我,出其不意地将两只前爪搭在我肩上……"他的脸上、手上尽是血痕,棉衣被撕成碎片。他拧着眉脱下棉衣,里面的绒衣和皮肉被狼的后爪抓得稀烂!

副指导员命令我的妹妹:"快,拿医药箱来!"

这时,我们才发现,她仅穿着衬衣衬裤,光着一双脚。她也意识到了什么,在我们的目光下一时显得不知所措。随即,她镇定了下来,从容地说:"都瞪着我干什么?没你们的事了,全睡觉去!"

大家都一个个顺从地钻进了被窝,我没有。我将马灯举在"摩尔人"头上。

副指导员柔情地看了我一眼,一句话也没有说,立刻从妹妹手中接过医药箱,替"摩尔人"小心翼翼地包扎伤处……

我妹妹是垦荒队员的"内务大臣",给我们做饭、洗衣服。从连队带来的冻菜吃光了,任何一种野菜还都没有从荒原上生长出来。为了使我们能吃得稍微满足点,她对剩下的两袋面粉发挥了充分的创造性:馒头、发糕、花卷、烙饼;甜的、咸的、又甜又咸的、先蒸后烙的……

如果说我是因为副指导员而参加垦荒队的,妹妹则是因为我才来到"满盖荒原"上的,我是她唯一的亲人。我走到天边地角,她会追随我到天边地角。我那么凶狠地对待过她,她却依然在心理上对我希求着荫庇和保护。我表面上对她仍旧冰冷异常,可感情上早已彻底饶恕了她。

只有自己罪恶深重的人,才不肯饶恕别人。

何况她是我的妹妹,唯一的妹妹!

我有责任保护她。无论在那件可耻的事情发生之后或者之前,我对她尽到过一个哥哥的责任了吗?没有!到北大荒的第一天,当我们经过鹿场,她被鹿群迷住了,她请求我和她一块儿留在鹿场。只要我愿意,那是完全可以的,我却没有留在她身边。为什么?我不愿和妹妹在一个连队。我觉得她太娇气又太任性,同在一个连队会给我添无尽的麻烦。为洁身自好,我逃避一个哥哥的责任,而在她成为舆论和道德严厉谴责的对象后,我首先想到的又是她败坏了我的名声。因此我憎恨她，不肯给予她半点怜悯和同情……

在"满盖荒原"上无数个不眠之夜里，我内心进行着深刻的反省，我认识了自己的真实面目。我忏悔我是一个多么自私的哥哥，一个多么可鄙多么卑劣的人！

有一天，当帐篷里只有我和妹妹的时候，我叫了她一声："小妹！"

她正在案板上揉面，听到我叫她，立刻抬起头。她怔怔地望着我，脸上浮现出无比激动的表情，一双黑眼睛里顿时充满了泪水。

"小妹，你还生我的气吗？"我轻轻走到她身边。

泪水，大颗大颗的泪水，慢慢从她的黑眼睛里淌出来，顺着她苍白的脸颊落到案板上，被她的双手一下一下地揉进了面团里。

"小妹……"我的声音哽咽了。

她倏地转过身，扑在我身上，沾满面粉的双手紧紧抱住我的脖子，头偎在我怀里，放声大哭起来。

泪水从我眼中簌簌而落。

许久，她才止住了哭声。她问我的第一句话是："妈妈的病好了吗？"

我的心像被捅了一刀！

哦，母亲！如果您在九泉之下听到妹妹这句话，肯定也会老泪纵横的吧！

但愿您听不到这句话，但愿您不再为您的儿女们伤心，可我又多么希望你能够听到这句话啊！妹妹比我更爱您啊！

我没有勇气实告小妹，母亲已不在人世了！她那脆弱的情感、脆弱的心灵是经不起重击的。

我低声回答小妹："妈妈没有生病，妈妈太想念太惦记我们了，我告诉她我们都很好，她就放心了。"

妹妹嘴角挂上了一丝笑容，一丝苦涩的笑容，几天来的第一次笑，如果那种惨然表情也能算是笑容的话。

"告诉我，那个人是谁？我要教训他！"

妹妹坚决地摇了摇头。

"你……爱他？"

妹妹无语地点了一下头。

"他呢？他也爱你吗？"

妹妹又点了一下头。

我注视着妹妹。她脸上呈现出一种天使般圣洁的表情，那是心灵的反射。我茫然了。

妹妹忽然肯定地问："哥哥，你爱她？"

"谁？"

"副指导员。"

"你听什么人胡说的？"

"我看出来了，她……也挺喜欢你的！"

"真的？"我双手紧紧抓住了妹妹的两条胳膊。

"真的。"

"不，我知道她喜欢的是'摩尔人'！"

"她只是信任他，我也信任他，他是一个值得信任的人，任何一个姑娘都会信任像他那样的人。但她喜欢的是你！她说你是个具有诗人气质的小伙子，是个雪莱型的小伙子。她说她喜欢雪莱，不喜欢拜伦，虽然他们都是天才的诗人，她还说拜伦只能评定一个女性外表的美丑，而雪莱却能窥察一个女性内心的善恶。她也知道你爱她……"妹妹突然住口了。

我们几乎同时发现副指导员不知何时呆呆地站在帐篷门口，她显然听到了我和妹妹的谈话内容。

"哎呀，我晾在河边的衣服还没收回来！"我找了个借口逃出帐篷，在荒野上盲目地奔跑，我觉得"满盖荒原"成了世界上最美好的地方。

当天，吃过晚饭以后，我们又围聚在帐篷里，讲起故事来，这成了我们精神生活的唯一方式。我们什么故事都讲：神、鬼、荒诞的、恐怖的、风趣的……我们每个人，包括副指导员在内，都摆脱了在连队的种种束缚，真正成了"满盖荒原"上"顶天立地"的人。

副指导员娓娓动听地讲了希腊神话《奥德赛》中的一段故事：伟大的俄底修斯攻打了特洛伊城以后，率领他手下的勇士们从海上返回家乡伊塔克，结果被逆风吹到了一个孤岛上。岛上的居民专靠吃一种"忘忧果"度日。他们热情地把"忘忧果"捐送给俄底修斯和他的勇士们吃。勇士们吃了"忘忧果"，完全忘记了自己的家乡和父母，忘记了兄弟姐妹和妻子，忘记了一切朋友，竟无忧无虑地长久留在了孤岛上……

我惊讶地发现，她讲故事的水平超过我们所有的人，她并不绘声绘色，只是娓娓道来。但那语调中流露出来的感情，是能够打动到人的心灵深处的。

她讲完了，我们都陷入沉思。只有妹妹叹息了一声，自言自语地说："我真想获得许多许多那种'忘忧果'……"

副指导员，又是和"摩尔人"坐在一起，又是那样将头靠在他的肩上。大铁炉子里的火光，将她的脸映照得那么红。火光一闪一闪，她那张美丽的脸忽明忽暗，浮现着一种虚幻憧憬和淡淡的愁思。

我不禁对她充满了同情。如果不是三年前她立下的誓言束缚了她，她早该回家探家了。三年啊！她一定比我们每一个人都更加思念她的父母和亲友。

我打开画夹，说："别动！'摩尔人'，我给你们画张像！"我的本意是，要给她画一张肖像。因为此时此刻的她，那么美丽那么楚楚动人，但我没有勇气坦白说出。"摩尔人"显然错误地认为我的话是对他的当众揶揄，他顶不能容忍的就是这个。所以，当副指导员下意识地将头从他肩上移开时，他一把抓住了她的手，冷冷地盯着我，说："别动！叫他画，别扫他的兴！"话语中隐含着挑衅。副指导员又顺从地将头靠在了他肩上，微微一笑，也注视着我。

我再没说什么，认真地画了起来。我看她一眼，画一笔，暗想，我一定要画得十分像。我从来没有画得那么好过，真的！最后一笔，我存心一顿，把笔尖折了。

"没画好！"我把画夹递给了副指导员。

大家都围拢过来欣赏，赞叹：

"像！像极了！"

"嘿！没看出来你还有招不露！什么时候也给我画一张？"

"咦，你就画了我自己呀！"副指导员看了"摩尔人"一眼。

"我的笔尖断了。"我脸上微微一红。

副指导员拿着肖像端详了一会儿,问:"送给我?"

"送给你!"我大胆地盯着她。

她垂下了眼睑,说:"我会仔细保存它的。"

这时,"摩尔人"站了起来,一声不响地钻出了帐篷。从那一天起,他更加沉默寡言了……

然而,什么都可以转让,唯独爱情。

我要执着追求,绝不弃她的爱。绝不……

三

第一场春雨降临了。

我们开垦的乌油油的沃土,贪婪地吸吮着大自然母亲的乳汁。人们都习惯把春天比作花枝招展的少女,可是当她在"满盖荒原"上旅行时,却更像一位庄重的夫人,脚步懒散而从容,带着唯一的颜色——淡绿,所到之处,漫不经心地随意点染,画出了绿的世界。

副指导员有一天昏倒在"流浪者"河边,她病了。她接连两天昏迷不醒。在昏迷中,她时时念叨着两个字:"麦种,麦种……"医药箱里所有的药,都不能减退她的高烧。第三天,她稍微清醒了一些,首先把妹妹唤到她铺前,问:"还有多少粮食?"

妹妹回答:"只剩一点点了!"

她亲切地环视着我们,微笑了,说:"伙计们,我代表连队谢谢大家。我要建议党支部,给大家都记一功,放进档案里。现在,这里留下几个人就够了,其余的全部回老连队去,帮助老连队迁移来……一定要赶在'鬼沼'开化之前!"她轻轻地拉着妹妹的一只手,"你留下吧,没有你在身边,我会寂寞的。"

妹妹说:"副指导员,我留下!"

我说:"我也留下。"

"摩尔人"看着副指导员，说："如果你同意，我也留下。"副指导员默默地点了点头。

"满盖荒原"上就留下了我们四个人。

一天，两天……四天过去了，连队没有到达。整整一个连队，几百口人，搬迁到这里来不是一次简单的行动，会有许许多多的困难。在这四天之内，"鬼沼"卑鄙地联合了起来，向我们示威！当我、妹妹、"摩尔人"第四天早晨走出帐篷时，都被惊慑得呆住了！清可见底的"流浪者"河，不知从哪里汇集了那么多水，隔夜之间变成了一匹脱缰的野马，浊流湍急，打着漩涡，夹杂着雪坨、冰决、枯枝断树，甩了一个直角弯，奔泻而下，河水溢出河床，灌进沼地，"鬼沼"一片汪洋！

妹妹忧愁地说："今天连队再不到达，我们就一点吃的也没有了。"

我和"摩尔人"同时看了她一眼，都没说什么。我们担心着更严峻的事情……连队将如何涉过"鬼沼"？

妹妹一声不响地又钻进帐篷里去了，我和"摩尔人"也跟进帐篷，见她坐在副指导员的地铺旁，瞧着昏迷中的副指导员垂泪。我们进来，她赶紧抹去眼泪站起来，拿上一把镰刀和一个小土篮，说："我去挖野菜。"

将近中午，妹妹的喊声突然从远处传进帐篷："哥哥，哥哥，快来呀！"

我和"摩尔人"同时跳了起来，奔出帐篷，但见妹妹像一只小猎犬，在追赶一头弱小的狍子。她一扬手，将镰刀飞抛出去，砍中了狍子后腿，狍子一头栽倒。她猛扑上去，却扑了个空。那小动物挣扎着跳了起来，带着伤向沼地里逃窜，妹妹跟在后面紧追不舍。小狍子在沼地边沿停了一下，似乎还回头看了她一眼，跃进了沼地，一拐一拐地向沼地深处逃去。

"站住！"

"小妹！"

我和"摩尔人"对妹妹大声喊。

妹妹追到沼地边，欲罢难舍，焦急地来回奔跑。她终于停住了，望着陷住四蹄寸步移动的狍子，迟疑了一下，小心翼翼地向"鬼沼"迈出一步。

"回来！危险！""摩尔人"高吼一声。我和他同时朝妹妹跑去。

妹妹回过头来望了我们一眼，挥动了一下手臂，好像是在任性地说：

147

"你别管我!"她跑进了"鬼沼"。

当我和"摩尔人"追到沼边时,她已捕住了小狍子。她和那小动物在沼泥中搏斗了几下,一眨眼间,忽然深陷了下去,一下子被吞陷到胸部!还没等我和"摩尔人"有所反应,沼泽中便只露出了她的一只小手。那小手也只来得及在空中抓了几下,倏忽间便从眼前消失了!

"哥哥!别过来!……"她留在这世界上的最后一句话,击响我的耳鼓!

"小妹……"我发出一声可怕的叫喊,不顾一切地向沼泽冲去。

"摩尔人"两条有力的手臂,从后面紧紧将我搂抱住了。我挣动了几下,眼前一黑,昏倒在他怀里。

当我醒来的时候,已经躺在帐篷里。妹妹的那只小手像电影中的叠印镜头一样,重复地在我眼前出现。我耳边又响起了母亲临终的叮嘱,泪水唰地一下子淌了出来。我硬撑起身,看见"摩尔人"那高大的身躯,一动也不动地伫立在帐篷外。惨白的月光照在大地上,将他的身影衬托得格外分明。"鬼沼"那边,传来了令人毛骨悚然的怪异鸟叫,也许是"收魂鸟"将妹妹的魂灵收走了吧?我虽然并不迷信,但这种迷信的思想却在我头脑中闪过。我盯着"摩尔人"的身影,心中突然对他产生了强烈的憎恨!甚至思路狂乱起来。如果不是他搂抱住我,我相信我是一定可以救出妹妹的!对小妹的死他是有罪过的!

我站了起来,一步一步走出帐篷。"摩尔人"听到我的脚步声,缓缓地转过身来。他骇然地瞪大了眼睛,也许他看到了我怒不可遏的狂乱的脸色,本能地朝后退了一步。

我霍然对他扬起了拳头。

"你……"他惊愕地朝后退了一步。

"我恨你!"我咬牙切齿地说出了这三个字。

他的目光,盯在我脸上,低沉地说:"如果是因为你的妹妹,那我有权替自己辩护。你以为我有一颗魔鬼的心吗?你以为我就不为你妹妹的死难过吗?如果当时我的生命能换取她,我甘愿躺在沼底的是我!如果你是因为她……"他朝帐篷里看了一眼,"那你尽管动手!只要我活着,只要她还没有宣布做你的妻子，我就有权爱她，并且追求她！"

他的话，令我的双手发抖了。好像为我的小妹致哀，我垂下了头。宁静的夜晚，荒原显得更加沉寂，连"收魂鸟"那种怪异的叫声也听不到了。

"摩尔人"注视了我一瞬间，慢慢朝我背转了高大的身躯，朝荒原黝黑的深处走去，消失在黑夜的巨口中。

"你们吵嚷什么？"

我扭回头，见副指导员站在帐篷口。四天内，她病得虚弱不堪，如果她松开拽着帐篷帘的那双手，一定会无力地瘫软在地。我半天才从双唇间挤出了一个字："狼……"

"狼？"她怀疑的目光久久地审视着我，追问："你一定有什么事情瞒着我！'摩尔人'呢？你妹妹他们到哪儿去了？快告诉我，发生了什么事？！"

"我妹妹……她……她……她死在'鬼沼'里了！"我双手捂住脸，克制不住巨大的悲痛，失声号啕了。

副指导员像被猛击了一锤，发生短促的一声"啊"，昏倒在帐篷口。

深夜，"摩尔人"还没有回来，他到哪里去了？在我缺乏理智地对待了他之后，他会不会也恨我呢？他还会回来跟我同住在一顶帐篷里吗？他会不会遭到什么不幸？如果他真遭遇到什么不幸，那杀害他的就是我了……

我忏悔极了，不安极了，我感到黑夜的漫长。我守护着昏迷中的副指导员，第一次体验了在这广袤无垠的荒原上，孤独是一种多么可怕的处境。我整夜没有合眼。

黎明时，一阵急促的马蹄声由远而近。我奔出帐篷，"摩尔人"已经在帐篷外跳下马背。

"马？哪来的马？……"我忘记了我们之间发生过的一切不愉快的事，亲切地跟他说话。

他说："前几天，我曾在树林中发现了被猎刀砍断的树枝，断定这附近可能有鄂伦春猎人。昨天夜里我找到了他们，向他们借了这匹马。副指导员怎么样？"

"还是昏迷不醒。"

"鄂伦春猎手们说，可能染上了出血热。"

"出血热？！"

我的心顿时冷却了。我听说过这种病，夺走一个人的生命，像秋风吹落一片树叶。

"摩尔人"又说："你立刻骑上这匹马，顺着我们的来路护送副指导员过去！你一定能迎到我们的连队，副指导员就有救了！"他完全是命令的口气。

"不！你护送她，我留在这里！"

"我的身体太重，半路上非把这匹马压垮不可。它已经跑得够累了！由此向西五十里，可以绕过'鬼沼'，你们沿沼地向西走吧！"

再争执就是卑劣的虚伪。

"摩尔人"用行李绳将昏迷中的副指导员缚在我后背，扶我跨上了马鞍。

"把枪带上。"他把步枪递给了我。

"你留下！"

"你带上，以防万一。"他将步枪挂在马鞍上，拉着马缰掉转马头，用充满信赖的目光看了我一眼，在马屁股上猛擂了一拳。

那马嘶叫一声，撒开四蹄，朝西疾驰而去。

朝西虽然比朝东少绕三十里路，但却要经过一片"塔头"甸子。幸亏那马是纯种鄂伦春猎马，在"塔头"地里也行走如飞。这种马体形矮小，其貌不扬，但能吃苦耐劳，是猎人之友，是沙漠里的骆驼。

绕过"鬼沼"，仍一路不停地踢着马腹。那马仿佛体谅我的心情，速度毫不懈慢。又疾驰了大约三十里路，我的棉裤被马身上的汗浸湿透了。突然它打了几个响鼻，四腿发抖，蹄步摇摆起来，它似乎还想全力奔驰，但前蹄却跪倒了。我的双腿刚刚离开马鞍，在地上站稳，它便侧身一卧，伸长了脖子——它彻底累垮了！马腹忽起忽落，鼻孔喷出热气，嘴里吐出白沫来。这有灵性的动物，在倒下时，也绝不用身子压住骑者的腿，它那双琉璃眼，歉意地悲哀地望着我。

"放下我，放下我！这是什么地方？我们为什么在这里？你要把我背到哪儿去？"

副指导员从昏迷中清醒过来了，她在我背上挣动着被缚住的身子。

我解开绳子，将她轻轻放在地上，让她的头和肩靠在我的胸前。

我轻轻对她说："副指导员，我要护送你迎接连队，你病得很严重！"

她喃喃地问："我要死了，是吗？"

听我所爱的人说出这种话，我如万箭穿心，难受极了！我大声回答她："不，你不会死的！"

她吃力地微笑了一下："我不怕死，真的。你忘了，我们的扎根誓言中，不是有这样两句话嘛，埋骨何须故土，荒原处处为家。遗憾的是，我再有几个月就可以回家探望我的爸爸妈妈了，我真想他们啊！他们想我，大概都想疯了呢。我已经给他们写了信，保证我们在'满盖荒原'上秋收之后……"

我呜咽了，眼泪一滴一滴落在她脸上。

"别哭，"她轻轻握住了我的一只手，"如果我真的死了，就把我埋在'鬼沼'旁，我要和你的妹妹做伴。她是个好姑娘，我喜欢她。我只有一点请求，在我的碑上，在我的名字前面，刻上垦荒者三个字……"一大滴泪水，从她的眼角慢慢淌了出来。

我紧紧搂抱着她，放声大哭。

"你看，那是什么？多像书上写的那种忘忧果！你给我折一枝来，好吗？"她那双美丽的大眼睛忽然闪亮闪亮的，盯着附近的什么东西。

我顺着她的目光，发现了一丛紫红的尚未开放的达子香花。我将她靠在马鞍上，站起身去折那丛达子香花。待我折了一束花回到她身边时，她已经闭上了眼睛。

她和那匹鄂伦春猎马同时停止了呼吸！

大地在我脚下旋转，蓝天变成了黑色。

我擦干了眼泪，将那束达子香别在她衣扣里，跪了下去，在她渐渐消失着血色的双唇上，长久地亲吻着。我相信，她若有灵，是不会嗔怪我的。

我又背起她，继续朝前走。

这时，在地平线上，我看到了我们搬迁的连队的带状的影子……

全连队为副指导员默哀了许久许久。

每一个人都流出了真诚的眼泪。

当我们全连队的马车、爬犁、拖拉机和团里支援我们搬迁的卡车所组成的车队行进到"鬼沼"前，冥冥的暮色开始在荒原上织成了帏幔。有人发现了一顶棉帽子，挂在倾斜的作为坟碑的木桩上，还压着一块石头。我首先走过去取下那顶帽子，认出是"摩尔人"的狗皮帽。帽兜里有一张纸，上面写着这样几行字："我探出了一条涉过'鬼沼'的路，以树枝为标记，由此向东，一里远处……"

当天晚上，我们将可能陷没的车辆停在了原地，全连队的人都平安地涉过了"鬼沼"。可是我们却到处也寻找不见"摩尔人"。

第二天黎明，在"流浪者"河边，发现了"摩尔人"的血迹斑斑的衣片，一柄大斧，三只死狼……周围的一切，都无声地向我们做证，这里曾进行过怎样触目惊心的人与兽的搏斗，可以想见，强壮勇猛的"摩尔人"是怎样拼尽了最后的气力才倒下去的……

我们在悲痛的日子里，开始在"满盖荒原"上播种。

按照副指导员的遗嘱，我们将她埋葬在"鬼沼"旁。我们从百里外的驼峰山上运回了一块大青石，连队的老石匠将它凿成了石碑，碑文上刻着：垦荒者李晓燕和她的战友王志刚、梁珊珊长眠于此。

我们从驼峰山上伐下了上千棵义气松。沿着"摩尔人"做的标记，在"鬼沼"上铺了一条垦荒者之路。第二年，又有好几个连队建点在"满盖荒原"上。

"鬼沼"，它终于被征服了！

当我带着垦荒者的胜利，在一个黄昏默走到"垦荒者"墓前凭吊的时候，一个陌生的青年也在那里。我发现墓碑上放着一束达子香花，那是妹妹生前最喜爱的花。

我立刻明白，他是妹妹生前所爱并爱过妹妹的那个人！

他脸上的表情令我深信，他永远也不会离开"满盖荒原"的了！

我们对望了一眼，他便掉头缓缓离去了。

我没有叫住他，没有问他的姓名，甚至没有想到问问他是哪一个城市的青年……

　　他是我们那一代中的一个，这一点足够了。

　　我们经历了北大荒的"大烟泡"，经历了开垦这块神奇的土地的无比艰辛和喜悦。从此，离开也罢，留下也罢，无论任何艰难困苦，都决不会在我们心上引起畏惧，都休想叫我们屈服……

　　啊，北大荒！

父 亲

关于父亲,我写下这篇忠实的文字,为一个由农民成为工人阶级的一员"树碑立传",也为一个儿子保存将来献给儿子的记忆……

小时候,父亲在我心目中,是严厉的一家之主,绝对权威,靠出卖体力供我吃穿的人,恩人,令我惧怕的人。

父亲板起脸,母亲和我们弟兄四个,就忐忑不安,如对大风暴有感应的鸟儿。

父亲难得心里高兴,表情开朗。

那时妹妹未降生,爷爷在世,老得无法行动了,整天躺在炕上咳嗽不止,但还很能吃。全家七口人高效率的消化系统,仅靠吮咂一个三级抹灰工的汗水。用母亲的话说,全家天天都在"吃"父亲。

父亲是个刚强的山东汉子,从不抱怨生活,也不叹气。父亲板着脸任我们"吃"他。父亲的生活原则——万事不求人。邻居说我们家:"房顶开门,屋地打井。"

我常常祈祷,希望父亲也抱怨点什么,也唉声叹气。因为我听邻居一位会算命的老太太说过这样一句话:"人人胸中一口气。"按照我的天真幼稚的想法,父亲如果能唉声叹气,则会少发脾气了。

父亲就是不肯唉声叹气。

这大概是父亲的"命"所决定的吧？真很不幸！我替父亲感到不幸，也替全家感到不幸。但父亲发脾气的时候，我却非常能谅解他，甚至同情他。一个人对自己的"命"是没办法的。别人对这个人的"命"也是没办法的。何况我们天天在"吃"父亲，难道还不允许天天被我们"吃"的人对我们发点脾气吗？

父亲第一次对我发脾气，就给我留下了终生难忘的印象。一个惯于欺负弱小的大孩子，用碎玻璃在我刚穿到身上的新衣服背后划了两道口子。父亲不容我分说，狠狠打了我一记耳光。我没哭，没敢哭，却委屈极了，三天没说话。在拥挤着七口人的不足十六平方米的空间内，生活绝不会因为四个孩子中的一个三天没说话而变得异常的。全家都没注意我三天没说话。

第四天，在学校，在课堂，老师点名，要我站起来读课文。那是一篇我早已读熟了的课文。我站起来后，许久未开口。老师急了，同学们也急了。老师和同学们，都用焦急的目光看着我，教室的最后一排，坐着七八位外校的听课老师。

我不是不想读。我不是存心要使我的班级丢尽荣誉。我是读不出来。读不出课文题目的第一个字。我心里比我的老师，比我的同学们还焦急。

"你怎么了？你为什么不开口读？"老师生气了，脸都气红了。

我哇的一声大哭起来。

从此我们小学二年级三班，少了一名老师喜爱的"领读生"，多了一个"结巴磕子"，我也从此失掉了一个孩子的自尊心……

我的口吃，直至上中学以后，才自我矫正过来。我变成了一个说话慢言慢语的人。有人因此把我看得很"成熟"，有人因此把我看得"胸有城府"。而在需要"据理力争"的时候，我往往成了一个"结巴磕子"，或是一个"理屈词穷"者。父亲从来也没对我表示过歉意。因为他从来也没将他打我那一耳光和我以后的口吃联系在一起……

爷爷的脾气也特火暴。父亲发怒时，爷爷不开骂，便很值得我们庆幸了。

值得庆幸的时候不多。

母亲属羊，像只羊那么驯服，完全被父亲所"统治"。如若反过来，我相信对我们几个孩子是有益处的。因为母亲是一位农村私塾先生的女儿，颇识一点文字。遗憾的是，在家庭中，父亲的自我意识，起码比"工人阶级领导一切"这条理论早形成二十年。

中国的贫穷家庭的主妇，对困苦生活的适应力和忍耐力是极可敬的。他们凭一种本能对未来充满憧憬。虽然这憧憬是朦胧的、盲目的，带有浪漫的主观色彩的。期望孩子长大成人后都有出息，是她们这种憧憬的萌发基础。我的母亲在这方面的自觉性和自信心，我认为是高于许多母亲们的。

关于"出息"，父亲是有他独到的理解的。

一天吃饭的时候，我喝光了一碗苞谷面粥，端着碗又要去盛，瞥见父亲在瞪我。我胆怯了，犹犹豫豫地站在粥盆旁，不敢再盛。

父亲却鼓励我："盛呀！再吃一碗！"

父亲见我只盛了半碗，又说："盛满！"接着，用筷子指着哥哥和两个弟弟，异常严肃地说："你们都要能吃！能吃，才长力气！你们眼下靠我的力气吃饭，将来，你们是都要靠自己的力气吃饭的！"

我第一次发现，父亲脸上呈现出一种真实的慈祥、一种由衷的喜悦、一种殷切的期望、一种欣慰、一种光彩、一种爱。

我将那满满一大碗苞谷面粥喝下去了，还强吃掉半个窝窝头。为了报答父亲，报答父亲脸上那种稀罕的慈祥和光彩。尽管撑得够受，但心里幸福。因为我体验到了一次父爱。我被这次宝贵的体验深深感动。

我以一个小学生的理解力，将父亲那番话理解为对我的一次教导、一次具有征服性的教导、一次不容置疑的现身说法。我心领神会，虔诚之至地接受这种教导。从那一天起饭量大了，觉得自己的肌肉也仿佛日渐发达，力气也似乎有所增长。

"老梁家的孩子，一个个都像小狼崽子似的！窝窝头，苞谷面粥，咸菜疙瘩，瞧一顿顿吃得多欢，吃得多馋人哟！"这是邻居对我们家的唯一羡慕之处。父亲引以为豪。

我十岁那年，父亲随东北建筑工程公司支援大西北去了。父亲离家不久，爷爷死了。爷爷死后不久，妹妹出生了。妹妹出生不久，母亲病了。医生说，因为母亲生病，妹妹不能吃母亲的奶。哥哥已上中学，每天给母亲熬药，指挥我们将家庭乐章继续下去。我每天给妹妹打牛奶，在母亲的言传下，用奶瓶喂妹妹。

我极希望自己有一个姐姐。母亲曾为我生育过一个姐姐。然而我未见过姐姐长得什么样，她不满三岁就病死了。姐姐死得很冤，因为父亲不相信西医，不允许母亲抱她去西医院看病。母亲偷偷抱着姐姐去西医院看了一次病，医生说晚了。母亲由于姐姐的死大病了一场。父亲却从不觉得应对姐姐的死负什么责任。父亲认为，姐姐纯粹是因为吃了两片西药被药死的。

"西药，是治外国人的病的！外国人，和我们中国人的血脉是不一样的！难道中国人的病是可以靠西药来治的吗？！西药能治中国人的病，我们中国人还发明中医干什么？！"

父亲这样对母亲吼。

母亲辩驳："中医先生也叫抱孩子去看看西医。"

"说这话的，就不是好中医！"父亲更恼火了。

母亲，只有默默垂泪而已。

邻居那个会算命的老太太，说按照麻衣神相，男属阳，女属阴，说我们家的血脉阳盛阴衰，不可能有女孩。说父亲的秉性太刚，女孩不敢托生到我们家。说我夭折的姐姐，是被我们家的阳刚之气"克"逃了，又托生到别人家中去了。

一天晚上，我亲眼看见，父亲将一包中草药偷偷塞进炉膛里，满屋弥漫一种苦涩的中草药味。父亲在炉前呆呆站立了许久，从炉盖子缝隙闪耀出的火光，忽明忽暗地映在父亲脸上。父亲的神情那般肃穆，肃穆中呈现出一种哀伤……

我幼小的心灵，当时很信服麻衣神相之说。要不妹妹为什么是在父亲离家，爷爷死后才出生的呢？我尽心尽意照料妹妹，希望妹妹是个胆大的女孩，希望父亲三年内别探家。唯恐妹妹也像姐姐似的"托生"到别人家中去。妹妹的"光临"，毕竟使我想有一个姐姐的愿望，某种程度上得到了一种补偿性的满足。

父亲果然三年没探家,不是怕"克"逃了妹妹,是打算积攒一笔钱。

父亲虽然身在异地,但企图用他那条"万事不求人"的生活原则遥控家庭。

"要节俭,要精打细算,千万不能东借西借……"父亲求人写的每一封家信中,都忘不了对母亲谆谆告诫一番。父亲每月寄回的钱,根本不足以维持家中的起码开销。母亲彻底背叛了父亲的原则。我们家"房顶开门,屋地打井"的"自力更生"的历史阶段,很令人悲哀地结束了。我们连心理上的所谓"穷志气"都失掉了……

父亲第一次探家,是在春节前夕。父亲攒了三百多元钱,还了母亲借的债,剩下一百多元。

"你是怎么过的日子?啊?!我每封信都叮嘱你,可你还是借了这么多债!你带着孩子们这么个过法,我养活得起吗?!"父亲对母亲吼。他坐在炕沿上,当着我们的面,粗糙的大手掌将炕沿拍得啪啪响。

母亲默默听着,一声不吭。

"爸爸,您要责骂,就责骂我们吧!不过我们没乱花过一分钱。"哥哥不平地替母亲辩护。

我将书包捧到父亲面前,兜底儿朝炕上一倒,倒出了正反两面都写满字的作业本,几截手指般长的铅笔头。我瞪着父亲,无言地向父亲声明:我们真的没乱花过一分钱。

"你们这是干什么?越大越不懂事了!"母亲严厉地训斥我们。

父亲侧过脸,低下头,不再吼什么。许久,父亲长叹了一声,那是从心底发出的沉重负荷下泄了气似的长叹。

那是我第一次听到父亲叹气。

我心中倏然对父亲产生了一种怜悯。

第二天,父亲带领我们到商店去,给我们兄弟四个每人买了一件新衣服,也给母亲买了一件平绒上衣……

父亲第二次探家,是在三年自然灾害期间。

"错了,我是大错特错了!"一一细瞧着我们几个孩子因吃野菜而浮肿不堪的青黄色的脸,父亲一迭声说他错了。

"你说你什么事错了?"母亲小心翼翼地问。

父亲用很低沉的声音回答:"也许我十二岁那一年就不该闯关东……我想,如今老家的日子兴许会比城市的日子好过些?就是吃野菜,老家能吃的野菜也多啊……"

父亲要回老家看看。如果老家的日子比城市的日子好过些,他就将带领母亲和我们五个孩子回老家,不再当建筑工人,重当农民。

父亲这一念头令我们感到兴奋,给我们带来希望。我们并不迷恋城市。野菜也好,树叶也好,哪里有无毒的东西能塞满我们的胃,哪里就是我们的福地。父亲的话引发了我们对从未回去过的老家的向往。

母亲对父亲的话很不以为然。但父亲一念既生,便会专执此念。那是任何人也难以使他放弃的。

母亲从来也没有能够动摇过父亲的哪怕一次荒唐的念头。母亲根本不具备这种妇人之术。母亲很有自知之明,便预先为父亲做种种动身前的准备。

父亲要带一个儿子回山东老家。

在我们——他的四个儿子之间,展开了一次小小的纷争。最后,由父亲做出了裁决。

父亲庄严地对我说:"老二,爸带你一块儿回山东!"

老家之行,印象是凄凉的。对我,是一次大希望的大破灭。对父亲,是一次心理上和感情上的打击。老家,本没亲人了,但毕竟是父亲的故乡。故乡人,极羡慕父亲这个挣现钱的工人阶级。故乡的孩子,极羡慕我这个城市的孩子。羡慕我穿在脚上的那双崭新的胶鞋。故乡的野菜,还塞不饱故乡人的胃。我和父亲路途上没吃完的两个掺面的馒头,在故乡人眼中,是上等的点心。父亲和我,被故乡一种饥饿的氛围所促使,竟忘乎所以地扮演起"衣锦还乡"的角色来。

父亲第二次攒下的二百元钱,除了路费,东家给五元,西家给十元,以"见面礼"的方式,差不多全救济了故乡人。我和父亲带了一小包花生米和几斤地瓜干离开了故乡……

到家后，父亲开口对母亲说的第一句话是："孩子他妈，我把钱抖搂光了！你别生气，我再攒！"

这是我第一次听到父亲用内疚的语调对母亲说话。

母亲淡淡一笑："我生啥气呀！你离开老家后，从没回去过，也该回去看看嘛！"仿佛她对那被花光的二百多元钱毫不在乎。

但我知道，母亲内心是很在乎的。因为我看见，母亲背转身时，眼泪从眼角溢出，滴落在她衣襟上。

那一夜，父亲翻身不止，长叹接短叹。

两天后，父亲提前回大西北去了。假期内的劳动日是发双份工资的……

父亲始终恪守自己给自己规定的三年探一次家的铁律，直至退休。父亲是很能攒钱的。母亲是很能借债的。我们家的生活，恰恰特别需要这样一位父亲，也特别需要这样一位母亲。所谓"对立统一"。

在我记忆的底片上，父亲愈来愈成为一个模糊的虚影，三年显像一次；在我的情感世界中，父亲愈来愈成为一个我想要报答而无力报答的恩人。

报答这种心理，在父子关系中，其实质无异于溶淡骨血深情的稀释剂。它将最自然的人性最天经地义的伦理平和地扭曲为一种最荒唐的债务。而穷困之所以该诅咒，不只因为它造成物质方面的债务，更因为它造成精神上和情感上的债务。

父亲第三次探家那一年，正是哥哥考大学那一年。父亲对哥哥想考大学这一欲望，以说一不二的威严加以反对。

"我供不起你上大学！"父亲的话，令母亲和哥哥感到没有丝毫商量余地。

好心的邻居给哥哥找了一个挣小钱的临时活——在菜市场卖菜。卖十斤菜可挣五分钱。父亲逼着哥哥去挣小钱。哥哥每天偷偷揣上一册课本，早出晚归。回家后交给父亲五角钱。那五角钱，是母亲每天偷偷塞给哥哥的。哥哥实则是到公园里或松花江边去温习功课的。骗局终于败露，父亲对这种"阴谋诡计"大发雷霆，用水杯砸碎了镜子。

父亲气得当天就决定回大西北。我和哥哥将父亲送到火车站。

列车开动前，父亲从车窗口探出身，对哥哥说："老大，听爸的话，别考大学！咱们全家七口，只我一个挣钱，我已经五十出头了，身板一天不如一天了，你应该为我分担一点家庭担子了啊！"父亲的语调中，流露出无限的苦衷和哀哀的恳求。

列车开动时，父亲流泪了。一滴泪水挂在父亲胡楂又黑又硬的脸腮上。我心里非常难过。却说不清究竟是为父亲难过，还是为哥哥难过。我知道，哥哥已背着父亲参加了高考。母亲又一次欺骗了父亲。哥哥又一次欺骗了父亲。我这个"知情不举"者，也欺骗了父亲。我因无罪的欺骗感到内疚极了。我，很大程度上是为自己难过……

几天后，哥哥接到了大学录取通知书。母亲欣慰地笑了。哥哥却哭了……

我又送走了哥哥。

哥哥没让我送进站。

他说："省下买站台票的五分钱吧。"

在检票口，哥哥又对我说："二弟，家中今后全靠你了！先别告诉爸爸，我上了大学……"

我站在检票口外，呆呆地望着哥哥随人流走入火车站，左手拎着行李卷，右手拎着网兜，一步三回头。

我缓慢地走在回家的路上，手中紧紧攥着没买站台票省下的那五分镍币，心中暗想：为了哥哥，为我们家祖祖辈辈的第一个大学生，全家一定要更加省吃俭用，节约每分钱……

我无法长久隐瞒父亲哥哥已上了大学这件事。我不得不在一封信中告诉父亲实情。

哥哥在第一个假期被学校送回来了。

他再也没能返校。

他进了精神病院——一个精神世界的自由王国——一个心理弱者的终生归宿。一个明确的句号。

我从哥哥的日记本中，翻出了父亲写给哥哥的一封信。一封错字和白字占半数以上的信。一封并不彻底的扫盲文化程度的信：

> 老大！你太自私了！你心中根本没有父母！根本没有弟弟妹妹！你只想到你自己！你一心奔你个人的前程吧！就算我白养大你！就算我没你这个儿子！有朝一日你当了工程师！我也再不会认你这个儿子！

每句话后面都是"！"号，所有这些"！"号，似乎也无法表述父亲对哥哥的愤怒。父亲这封信，使我联想到了父亲对我们的那番教导："将来，你们都是要靠自己的力气吃饭的！"我不由得将父亲的教导作为基础理论进行思考：每个人都是有把子力气的，倘一个人明明可以靠力气吃饭而又并不想靠力气吃饭，也许竟是真有点大逆不道的吧？哥哥上大学，其实绝不会造成我们家有一个人饿死的严峻后果。那么父亲的愤怒，是否也因哥哥违背了他的教导呢？父亲是一个体力劳动者，我所见识过的体力劳动者，大致分为两类。一类自卑自贱，怨天咒命的话常挂在嘴边上："我们，臭苦力！"一类盲目自尊，崇尚力气，对凡是不靠力气吃饭的人，都一言以蔽之曰："吃轻巧饭的！"蕴含着一种蔑视。

父亲属于后一类。

如今想起来，这也算一件极可悲的事吧！对哥哥抑或对父亲自己，难道不都可悲吗？

父亲第四次探家前，我到北大荒去了。以后的七年内，我再没见过父亲。我不能按照自己的愿望和父亲同时探家。

在我下乡的第七年，连队推荐我上大学。那已是第二次推荐我上大学了。我并不怎么后悔地放弃了第一次上大学的机会。哥哥上大学所落到的结果，比父亲对我的人生教导在我心理上造成更为深刻的不良影响。然而第二被推荐，我却极想上大学了。第二次即最后一次。我不会再获得第三次被推荐的机会。那一年我二十五岁了。

我明白，录取通知书没交给我之前，我能否迈入大学校门，还是一个问号。连干部同意不同意，至关重要。我曾当众顶撞过连长和指导员，我知道他们对我耿耿于怀。我因此而忧虑重重。几经彻夜失眠，我给父亲写了一封信，告之父亲我已被推荐上大学，但最后结果，尚在难料之中，请求父亲汇给我二百元钱。还告知父亲，这是我最后一次上大学的机会。我相信我暗示得很清楚，父亲是会明白我需要钱干什么的。信一投进邮筒，我便追悔莫及。我猜测父亲要么干脆不给我回音，要么会写封信来狠狠骂我一通。肯定比骂哥哥那封信更无情。按照父亲做人的原则，即使他的儿子有当皇上的可能，他也是绝不容忍他的儿子为此用钱去贿赂人心的。

没想到父亲很快就汇来了钱。二百元整。电汇。汇单的附言条上，歪歪扭扭地写着几个错别字："不勾（够），久（就）来电。"

当天我就把钱取回来了。晚上，下着小雨。我将二百元钱分装在两个衣兜里，一边一百元。双手都插在衣兜，紧紧攥着两沓钱。我先来到指导员家，在门外徘徊许久，没进去。后来到连长家，鼓了几次勇气，猛然推门进去。我支支吾吾地对连长说了几句不着边际的话，立刻告辞。双手始终没从衣兜里掏出来，两沓钱被攥湿了。

我缓缓地在雨中走着。那时刻一个充满同情的声音在我耳边说："梁师傅真不容易呀，一个人要养活你们这么一大家子！他节俭得很呢，一块臭豆腐吃三顿，连盘炒菜都舍不得买……"

这是父亲的一位工友到我家对母亲说过的话。那时我还幼小，长大后忘了许多事，但这些话却忘不掉。

我觉得衣兜里的两沓钱沉甸甸的，沉得像两大块铅。我觉得我的心灵那么肮脏，我的人格那么卑下，我的动机那么可耻。我恨不得将我这颗肮脏的心从胸膛内呕吐出来，践踏个稀巴烂，践踏到泥土中。

我走出连队很远，躲进两堆木棱之间的空隙，痛痛快快地大哭了一场。我哭自己，也哭父亲。父亲他为什么不写封信骂我一通啊？！一个父亲的人格的最后一抹光彩，在一个儿子心中黯然了，就如同一个泥偶毁于一捧脏水。而这捧脏水是由儿子泼在父亲身上的，这是多么令人悔恨令人伤心的事啊！

第二天抬大木时，我坚持由三杠换到了二杠——负荷最沉重的位置。当两吨多重的巨大圆木在八个人的号子声中被抬离地面，当抬杠深深压进我肩头的肌肉，我心中暗暗呼应的却是另一种号子——爸爸，我不，不……

那一年我还是上了大学。连长和指导员并未从中作梗,而且还把我送到了长途汽车站。和他们告别时,我情不自禁地对他们说了一句:"真对不起……"他们默默对望了一眼,不知我说这句话是什么意思。

那个漆黑的,下着小雨的夜晚,将永远永远保留在我记忆中……

三年大学,我一次也没有探过家,为了省下从上海到哈尔滨的半票票价。也为了父亲每个月少吃一块臭豆腐,多吃一盘炒菜。

毕业后,参加工作一年,我才探家,算起来,我已十年没见过父亲了。父亲提前退休了。他从脚手架上摔下来过一次,受了内伤,也年老了,干不动重体力活了。

三弟返城了。我回到家里时,见三弟躺在炕上,一条腿绑着夹板,吊在半空。小妹告诉我,三弟预备结婚了。新房是傍着我们家老屋山墙盖起的一间"偏厦子"。我们家的老屋很低矮,那"偏厦子"不比别人家的煤棚高多少。

我进入"新房"看了看,出来后问三弟:"怎么盖得这么凑凑合合?"

三弟的头在枕上侧向一旁,半天才说:"没钱。能盖起这么一间就不错了。"

我又问:"你的腿怎么搞的?"

三弟不说话了。

小妹从旁替他说:"铺油毡时,房顶木板太朽了,踩塌掉进屋里……"

我望着三弟,心里挺难受。我能读完三年大学,全靠三弟每月从北大荒寄给我十元钱。

吃过晚饭后,我对父亲说:"爸爸,我想和你谈件事。"

父亲看了我一眼,默默地等待我说。父亲看我时的目光,令我感到有些陌生。是因为我们父子分别了整整十年吗?是因为我成了一个大学毕业生吗?我不得而知。他看我那一眼,像一匹老马看一头小牛。

我向父亲伸出一只手:"爸爸,把你这些年攒的钱都拿出来,给三弟盖房子用吧!"

父亲又用那种有些陌生的目光看了我一眼,低下头,沉默半晌,才低声说:"我……不是已经给了吗?"

我说:"爸爸,你只给了三弟二百五十元钱呀!那点钱能够盖房子用吗?"

"我……再没钱……"父亲的声音更低。

我大声说:"不对!爸爸,你有!我知道你有!你有三千多元钱!"

父亲腾地从炕沿上站了起来,脸色涨得紫红,怒吼道:"你!……你简直胡说!我什么时候攒下过三千元?!"

躺在炕上的三弟插嘴说:"二哥,你何必为我逼爸爸呢!爸爸一辈子都想攒钱,如今总算攒下了,能舍得拿出来为我盖房子?"口吻中流露出一个儿子内心对父亲的极大不满。

我生气了,提高嗓门儿说:"爸爸,你这样做不对!三弟能在那样一间煤棚似的破屋里结婚吗?那里出生的,将是你的孙子,或是你的孙女!你将在子孙后代面前感到羞愧的!"我心中倏然对父亲鄙视起来。

"住嘴!"父亲举起了一只拳头。拳没落到我身上,在空中僵了片刻,沉重地落在了父亲自己的脑门上。

母亲、四弟和小妹赶紧从里间屋出来,把我往里间屋拉。

"你……十年没见我,一见我就教训我吗?!好一个儿子啊!你就是这样给你弟弟妹妹们做榜样的吗?你可算念成了大学了!你给我滚!"父亲脸腮抽搐着,眼中喷射出怒火。他那凶暴的语调中,有一种寒透了心的悲凉成分。他用手朝我一指,又吼出一个"滚"字,再说不出别的话来。

我一下子挣脱了母亲和四弟拉住我的手,大声说:"爸爸,我永远不再回这个家!"说完,冲出了家门。

我一口气走到火车站,买了一张三个小时后开往北京的火车票,坐在候车室的长凳上,一支接一支吸烟。

不知过了多久,听到有人轻轻叫我,抬起头,见母亲和四弟站在面前。

四弟说:"二哥,回家吧!"

母亲也说:"回家吧,妈求你!"

"不……"我坚决地摇摇头。

母亲又说:"你怎么能那样子跟你父亲争吵呢?他的确是没攒下那么

多钱呀!他攒下的一点钱,差不多全给你三弟了……下个月初就要给你哥交住院费……"

几个好奇的男人女人围住了我们,用各种猜疑的目光注视我。

我听到一个上了年纪的女人离开时叹了口气,说:"可怜天下父母心啊!"

我分明是被看成一个不孝之子了。

我打断母亲的话,说:"妈妈,您别替我父亲辩护了!我在大学时,您求人写信告诉过我,父亲已积攒下了三千元钱。他怎么能对他的儿子那么吝啬?"

母亲怔了一下,说:"傻孩子,是妈不好,妈那是骗你的呀!为了让你在大学里安心读书,不挂虑家中的生活……"

听了母亲的话,我呆呆地望着母亲那张憔悴的脸,发愣许久,说不出话来。

"听妈的话,回家吧!回家跟你爸认个错……"母亲上前扯我。

我低下头哭了……

我跟着母亲和四弟回到了家里。我向父亲认了错。父亲当时没有任何原谅我的表示。

小妹那时已中学毕业,在家待业两年了,一直没有分配工作。母亲低眉下眼地去找过街道主任几次,街道主任终于给了个话口说:"下一次来指标,我给使把劲试试看吧!"

母亲将这话学给父亲,对父亲说:"为了孩子,这人情,管多管少,无论如何也得送啊!"

父亲拉开抽屉,取出一个牛皮纸钱包,递给母亲,头也不抬地说:"我这个月的退休金,刚交了老大的住院费,剩下的都在里边了……"

牛皮纸钱包里,大票只有两张十元的了。母亲犹豫了一阵,将其中一张交给妹妹。妹妹就用那十元钱买了点不成体统的东西,当天拎着去街道主任家"表示表示"。怎么拎去的,又怎么拎回来了。

母亲诧异地问:"怎么拎回来了?"

小妹沮丧地回答:"人家不肯收。"

母亲又问:"嫌少?"

"人家说,多年住在一条街上,收了,就显得不好了。人家说,要是咱们非要表示表示,她家买了一吨好煤,咱们帮忙给拉回来……"小妹说罢,怯怯地瞟了父亲一眼。

父亲始终没抬头,听罢小妹的话,头更低下去了。过了好一会儿,父亲才开口说:"我和你四哥……一块儿去给拉回来……"

四弟刚巧从外面回来,问明白后,为难地对父亲说:"爸,我们厂的团员明天要组织一次活动,我是团支部书记,我不能不去呀!"

小妹急了:"什么破团支部书记,你当得那么上瘾?!明天不给拉回来,人家的煤票就过期了!"

这一节话,我都在里屋听到了,我跨出里屋,对小妹说:"明天我和爸去拉。"

父亲突然莫名其妙地火了:"谁都用不着你们!我明天一个人去拉!我还没老得不中用,我还有力气!"

头天晚上就下起了大雨。第二天白天,雨下得更大了。我和父亲借了辆手推车,冒雨去拉煤。路很远。煤票是在一个铁道线附近的大煤厂开的,距我们住的街区,有三十来里。一吨煤,分三趟拉。天黑才拉回第三趟。拉第三趟时,一只车轮卡在铁轨岔角里。无论我和父亲使出多大的力气,车轮都纹丝不动,像被焊住了。我和父亲一块儿推,一块儿拉,一个推,一个拉,弄得浑身是泥,双手处处是伤,始终一筹莫展。在暴雨中,我听得见父亲像牛一样的呼哧呼哧的喘息声。

我抹了把脸上的雨水,对父亲大声喊:"爸爸,你在这儿看着,我去道班房找个人来帮帮忙!"

"你的力气都哪儿去了?!"父亲一下子推开我,弯下腰,用他那肌肉萎缩了的肩膀去扛车。

远处传来了火车的吼声。一列火车开过来了。在闪电亮起的刹那,我看见一块松弛的皮肤,被暴雨无情地鞭打着。是一个老年人的丧失了力气的脊梁。

车头的灯光从远处射了过来。

父亲仍在徒劳无益地运用着微不足道的力气。

我拔腿飞快地朝道班房跑去。

列车停住了。

道班工人和我一块儿跑到煤车前。

父亲还在用肩膀扛煤车。他仿佛根本没发现有火车开过来。

"你他妈的玩命啊！"道班工人恶狠狠地骂了一句。

火车车头的光束正照着煤车。父亲的肩膀，终于离开了煤车。父亲缓缓抬起了头。我看清了父亲那双绝望的脸。一张皱纹纵横的脸。每一条皱纹，都仿佛是一个"！"号，比父亲写给哥哥的那封信中还多……

雨水，从父亲的老脸上往下淌着。

我知道，从父亲脸上淌下来的，绝不仅仅是雨水。父亲那双瞪大的眼神空洞的眼睛，那抽搐的脸腮，那哆嗦的双唇，说明了这一点……

这个雨夜，又使我回想起了几年前那个雨夜。我躲在我们连队木棱堆之间大哭一场的那个雨夜……

今年四月的一天，我收到一封电报，电文："父即日乘十八次去京，接站。"

我又几年没探家了。我与父亲又几年没见面了。我已经三十五岁了，可以说是一个中年人了。电报使我心中涌起了一个中年人对自己老父亲的那种情感。那是一种并不强烈的，撩拨回忆的情感。人的回忆，是可以随着年龄的增长而改变"焦距"的，好像照片随着时间改变颜色一样。回忆往事，我心中对父亲的谴责少了，对自己的谴责反而多了。我毕竟没有给过父亲多少一个儿子对父亲的爱啊！

电报没能在头一天交到我手里，却被人从门底缝塞进我了的办公室。我头一天熬夜，第二天上班很迟。看看手表，离列车到站时间，仅差一小时十五分。马上动身完全来得及接站。我手中拿着电报，心里倏忽产生了一个念头——租一辆小汽车去接站。这念头产生得很随便，就像陕西人想吃一顿羊肉泡馍。父亲生平连一次小汽车也没坐过，我要给予父亲"生平第一次"。我给几处出租汽车站打电话，都没车。二十多分钟在电话机前过去了。乘公共汽车接站，已根本来不及。只有继续拨电话。又拨了十多分钟，终于要到了一辆车。说很快就到，却并不很快，半小时以后才到。一路红灯，驶驶停停。到火车站，早已过时。

我打开车门就往下跳，司机一把揪住我："车费！"我一摸衣兜，钱包没带！只好向司机赔笑脸，告诉他我是来接人的，接到了再给他车费。说了不少好话，最后将工作证押给他，他才算松开了手。

站内站外，都没寻找到父亲。

我沮丧地回到出租汽车跟前，央求司机再送我回家，来去车费一块儿付。

司机哼了一声，将车开走了。我见方向不对，赔着笑脸问："你要把我拉哪儿去呀？"

司机冷冰冰地回答："出租汽车总站。我饿了，该吃午饭了。你在总站再要一辆车吧！"

我自认理亏，不多说什么。

在出租汽车总站，又等了一个多小时，才终于坐进了另一辆小汽车里。回来倒是一路飞快，算账时，可把我吓了一大跳——二十三元！

我不由得问了句："怎么二十三元啊？"

司机瞪了我一眼："加上火车站到出租汽车总站的那一段车费！"

"那一段路也要车费？！"

"笑话！你想白坐啊？"

一进家门，见父亲已在家中了。

我埋怨道："爸爸，你怎么不在火车站多等会儿啊？让我白接了你一趟！"

父亲说："等了一会儿，没见着你，我心想你不会来接了……"

"拍了电报，我能不去接吗？真是的！"

"我心想，大概你工作忙，脱不开身……"

我说："爸，先给我二十三元钱！"

刚见面，伸手要钱，父亲奇怪，疑惑地瞧着我。

我只好解释："爸爸，我是租了一辆小汽车去接你的，司机在下边等着呢！我的钱包放在办公室了。"

仿佛为了证实我的话，司机按了几声喇叭。

父亲当时那种表情，就好像听说我是租了艘宇宙飞船去接他似的。他缓缓解开衣扣，拆开缝在衣里儿的一块布，用手指捻出三张十元的纸钞，默默递给了我。我从父亲的目光中看出他心里想说的一句话："你摆的什么谱啊！"

"爸爸，这钱我会还你的……"我接过钱，匆匆奔下楼去。

当我回到屋里，见父亲脸色变得很阴沉，也不瞧我，低头吸烟。

我省悟到，我刚才说了一句十分愚蠢的话……

父亲，不再是从前那个身强力壮的父亲了，也不再是那个退休之年仍目光炯炯、精神矍铄的父亲了。父亲老了，他是完完全全地老了。生活将他彻底变成了一个老头子。他那很黑的硬发已经快脱落光了，没脱落的也白了。胡子却长得挺够等级，银灰间黄，所谓"老黄忠式"，飘飘逸逸的，留过第二颗衣扣。只有这一大把胡子，还给他增添些许老人的威仪。而他那一脸饱经风霜的皱纹，凝聚着某种不遂的夙愿的残影……

生活，到底是很厉害的。

我家住在一幢筒子楼内，只一间，十三平方米，在走廊做饭，和电影《邻居》里的情形差不了多少。走廊脏，黑，苍蝇多，老鼠肆无忌惮，特肥大。

父亲到来的第一天，打量着我们家在走廊占据的"领地"，不无感触地说："老二，你有福气啊！你才参加工作几年呀，就分到了房子！走廊这么宽，还能当厨房……你……比我强……"

这话从父亲口中说出，以那么一种淡泊的自卑的语调说出，使我心中有些凄凉之感。

父亲当了一辈子建筑工人，盖了一辈子楼房，却羡慕我这筒子楼里的十三平方米……他是被尊称为主人翁的人啊……

编辑部暂借给我一间办公室。每天晚上，我和父亲住在办公室，妻子和孩子住在家中。我虽没有让父亲生平第一次坐上小汽车，父亲却沾了我的光，生平第一次住上了楼房。

父亲每天替我们接孩子，送孩子，拖地板，打开水，买菜，做饭，乃至洗衣服，拆被子，换煤气。一切的家务，父亲都尽量承担了。

我不希望父亲，我的老父亲沦为我的老勤杂员。我对父亲说："爸爸，你别样样事都抢着做。你来后，我们都变懒了！"

父亲阴郁地回答："我多做点，倒累不着。只要能在你们这儿常住下去，我就很知足了……你妹妹结婚后，家中实在住不开了，我万不得已，才来搅扰你们……"

父亲的性格也变了，变成一个通情达理的事事处处、家里家外都很善于忍让的毫无脾气的老头子了。

除了家务，父亲还经常打扫公共楼道、楼梯、厕所、水池。他不久便获得了全楼人的称赞和敬意。父亲初来乍到时，人们每每这么问我："那个大胡子老头就是你父亲吗？"以后我听到的问话往往是："你就是那个大胡子老头的儿子呀？"在我意识中，父亲是依附于我的人格而存在的。但在不少人心目中，我则开始依附于父亲的人格而存在了。一些从不到我家中走动，大有"老死不相往来"趋势的工人们，也开始出现在我家了，使我同一种更普遍的生活贴近了。

我惊奇地发现，不是家属洗澡的日子，父亲也可以公然到厂内浴室洗澡；没票，父亲也可以从容不迫地进入厂内礼堂看电影；忘带食堂饭菜票，父亲也可以从食堂里先端回饭菜来。而人们还都对他很客气、很友好。这些"优待"，是连我也没受到过的。父亲终于以他所能采取的方式，获得了和我并存的独立人格。我不再阻止他打扫公共卫生。我理解，人们注意到他，承认他的独立存在，如今对他来说是何等需要、何等重要！这是一个没机会受过文化教育的、丧失了健壮和力气的、自尊心极强的老父亲，在一个受过大学文化教育的、有了一丁点小名气的儿子面前保持心理平衡的唯一砝码。我告诫自己，我要替父亲珍视它，像珍视宝贵的东西一样。

父亲身上最大的变化，是对知识分子表现出了由衷的崇敬。以前，他将各类知识分子统称为"耍笔杆子"的。靠"耍笔杆子"而不是靠力气吃"轻巧饭"的人，那是他所瞧不起的。每天接踵而来找我的，十有八九是地地道道"耍笔杆子"的。我将他们介绍给父亲时，父亲总是臂微垂，腰微弯，很不自然地做他所不习惯的鞠礼状，脸上呈现出似乎不敢舒展的恭而敬之的笑容。随后，便替我给客人沏茶、点烟。当我和客人侃侃而谈时，父亲总是静默地坐在角落，一会儿注意地瞧着我，一会儿注意地瞧着客人，侧耳聆听。倘我和客人谈到该吃饭时，父亲便会起身离去悄然做饭。倘我这个主人有时竟忘了吃饭这件事，父亲便会走进屋，低声问我："饭做好了，你们现在要吃吗？还是再过一会儿？"饭后，照例抢着刷洗碗筷。

　　一次，送走客人后，我对父亲说："爸爸，你不必对客人过分恭敬，过分周到，他们大多数是我的同事、朋友，用不着太客气。"

　　"我……过分了吗？"父亲讷讷地问，仿佛我的话对他是种指责……

　　几天后，我收到了友人的一封信。信中写道："昨天我到你家找你，你不在，我和你的老父亲交谈了两个多小时。他真是一位好父亲，好老人。但我感到，他太寂寞了。他对我说，连和你交谈几句话的机会都没有。你真那么忙吗？"

　　这封信使我无比惭愧、无比自责。是的，父亲来后，我几乎没同父亲交谈过。即使一次不太长久的，半小时以上的，父与子之间的随随便便的交谈也没有过。父亲简直就像我雇的一个老仆役，勤勤恳恳，一声不吭，任劳任怨地为我做着一切一切的家务。

　　而我每天不是在写、写、写，就是和来客无休止地谈、谈、谈……

　　第二天晚饭后，我没到办公室去抄那篇亟待发出的稿子，见妻抱着孩子到邻居家玩去了，我便坐到了父亲面前。

　　我低声说："爸爸，跟我聊几句家常话吧！"

　　父亲定定地看了我片刻，用一种单刀直入的语调问："老二，你为什么不争取入党啊？"

　　我怔住了。我预先猜想三天三夜，也料不到父亲会向我提出这样的问题。难道这就是父亲最想同我交谈的话题吗？

　　我低头沉默了一会儿，抬起头又说："爸爸，聊几句家常吧！"

　　"你们兄妹五个，你哥呢，就不提他了……比起来，顶数你有了点出息，可你究竟为什么不争取入党啊？听你们同事讲，你说过要入也不现在入共产党的话。你是说过这话的吗？"父亲的目光仍定定地看着我，揪住这个话题不放。

我默默地点了点头。是的，我说过。而且是在某个会议上当众说的。我并不想欺骗父亲。我对党的信仰是萌发于一种朴素的感恩思想的。这种感恩思想，毕竟不是建立在切身体会的基础之上，而是间接灌输的成果。是不稳固的，是易于坍塌的，也是肤浅的，不足以长久维系下去的。动摇过的事物，要恢复其原先的稳固性，需要比原先更稳固的基础。信仰不像小孩子玩积木，扰乱一百次，还可以重搭一百次。信仰的恢复需要比原先更深刻的思想和认识。这比给表上弦的时间长得多。

父亲的话，使我的自尊心受到了挫伤。我故意用冷漠的语调反问："爸爸，你为什么对我入不入党这么在乎呢？你希望我能入党，当官、掌权，而后以权谋私吗？"

父亲听出来了，我的话对他的愿望显然是嘲讽。父亲缓缓站起，一只手撑着椅背，像注视一个冒充他儿子的人似的，眯起眼睛，眈眈地瞪着我。他突然推开椅子，转身朝外就走。椅子倒在地上，发出很响的声音。

父亲在门口站住，回过头，瞪着我，大声说："我这辈子经历过两个社会，见识了两个党，比起来，我还是认为新社会好，共产党伟大！不信服共产党，难道你去信服国民党？！把我烧成灰我也不！眼下正是共产党振兴国家，需要老百姓维护的时候，现在要求入党，是替共产党分担振兴国家的责任！你再对我说什么做官不做官的话，我就揍你！"说罢，一步跨出了房间。

在那一时刻，站在我面前的，又是从前那威严而易怒的父亲了。

我怀着复杂的心情离开家，来到了办公室。

我坐在办公桌前，双手捧着脸腮，陷入了静静地思考。

我理解父亲对共产党的感情。他六岁给地主放牛，十二岁闯关东，亲眼看到过国民党怎样残害老百姓。他被日本人抓过劳工。要不是押劳工的火车被抗联伏击，难想象他今天还活着，也不知这个世界上还会不会有我这位"青年作家"……

但写一份入党申请书，这比创作一篇小说更为严肃。而且，在我心灵中，还有许多肮脏得没勇气告人的欲念，还时时受到个人名利的诱惑，还潜藏着对享乐的向往，还包裹着对虚荣的贪婪，还……

"全心全意为人民服务"，这句话是庄严地写在中国共产党的党章上的。我不能怀着一颗极不干净的灵魂在一张雪白的纸上写下：我要求加入……

人可以欺骗别人，但无法欺骗自己。

我在心中说："爸爸，原谅我！我不，现在还不……"

办公室的门被突然推开了。

父亲来了。他连看也不看我，径直走到他睡的那张临时支起的钢丝床前，重重地坐了下去。钢丝床发出一阵吱吱嘎嘎的声响。

我转过身去瞧着父亲。

他又猛地站了起来，用手指着我，愤愤地大声说："你可以瞧不起我，你的父亲！但我不允许你瞧不起共产党！如果你已经不信服这个党了，那么你从此以后也别叫我父亲！这个党是我的救星！如果我现在还身强力壮，我愿意为这个党卖力一直到死！你以为你小子受了点苦就有资格对共产党不满啦？你受的那点苦跟我在旧社会受的苦一比算个屁！"

我想对父亲解释几句什么，却一句适当的话也寻找不到。我一言不发地望着父亲，心想：爸爸，你说得不对，不对，我并不像你认为的那样啊……

我觉得委屈极了，直想哭。

……

父亲对我教训了这一次之后，接连几天不理我，不跟我说一句话。

一天傍晚，有一个外地的陌生姑娘来到我家中。她自称是一位文学青年，读过我的几篇作品，希望能同我谈谈。

我带她来到了办公室。

她很漂亮。身材很美，又高，又窈窕。一张白净的鹅蛋形的脸，容貌端庄娴雅。眼睛挺大，闪耀着充满想象的光彩。剪得整齐的乌黑的短发，衬托着她那张动人的脸，像荷叶衬托着荷花。她穿一件五彩缤纷的花外衣，只有三颗扣子，好像是骨质的，月牙形，非常别致。半敞的衣襟露出里面深红色的毛衣，裤角带有古铜色镶边的牛仔裤，奶黄色的坡底高跟鞋。她端坐在沙发上，修长的双臂微向前探，双手习惯性地揽住两膝。她从头到脚焕发着浪漫气质，举止文静而有教养。

我沏了一杯茶端给她。

她接过去，看了一眼，欠身轻轻放在桌上，说："我不喝绿茶。我从小就是喝花茶的。"

我说："请便。"将椅子搬到她斜对面，瞧着她问，"你想和我谈些什么呢？"

她妩媚地一笑："当然是谈文学啦……不过，也希望不仅仅限于文学。"

我说："那么就请谈吧！不过，我也许会令你失望，我不是个理想的交谈者。"

儿子有些发高烧。走出家门时，妻正在给儿子灌药。而父亲在给我洗衣服。我尽量排除思路上的干扰，集中精力。我想她一定会首先向我提出什么问题。但她没有。她用悦耳的音调向我讲述起她自己来。

她说她离开家已经一个多月了。从南到北，旅游了不少大城市，拜访了许多颇有名气的青年作家。接着，便依次向我说出他们的名字。有人是我认识的，有人是我没见过面的。还说她崇拜某某及其作品，难以忍受某某及其作品，欣赏某某的作品但不喜欢作者本人。她很坦率。

我愿意同坦率的人交谈。

我问："你此行是出差吗？"

"噢不，"她摇摇头，又是那么博人好感地一笑，"就是为了玩，散散心。"

"你的单位竟会给你这么长一段假？"

"我现在不受任何单位管束，自由公民！"

"你是个待业青年？"

"我想有工作时便可以有份工作，腻烦了就当自由公民。"

我迷惑不解地望着她。

她揽住两膝的双手放开了，身体舒展地靠在沙发上，目光迅速地在我的办公室内环视一番，说："你的办公室可以容得下五对人跳舞。"

我说："我不会跳舞。大概是可以的。"

这回轮到她迷惑不解了,怀疑地盯着我,要看出我说的是不是真话。

我惭愧地笑笑。

她的目光移开了,落在写字台上,又问:"自由市场上买的吧?"

我点点头:"是的。"

"样式太老。"

"不,是太俗气。但便宜。"

她的目光又盯在了我脸上,那模样仿佛我对她承认了我是一个下流坯子似的。

我说:"请接着谈下去吧,你刚才谈到自己的话还使我有些不明白。"

"是吗?"怀疑的神态,怀疑的口吻。接着,她轻轻叹了口气,平平淡淡地说,"报考过电影学院、音乐学院,都没考上。在外贸局工作了三个月,在旅游局工作了半年,这两个单位没能更长久些地吸引住我。在省图书馆混了一年,因为那儿有书,才拴住我一年。看书也看腻烦了,于是就辞职了……回去以后,也许会到省电视台,看我那时心情好不好,乐不乐意去……"

我终于明白,她是来自另一个天地的。

"你出来这么长时间,父母放心吗?"

"他们也没什么不放心的。每座城市都有父亲当年的老战友。或者住他们家中,或者住宾馆……"

我觉得没有必要再问什么了,期待着她说。

她沉默了一会儿才又开口:"你一定无法理解我……小时候,我和姐姐,觉得世上任何好吃的东西都吃过了,我们就将糖和盐拌在一起,再浇点辣椒油……现在,我的心境就跟小时候似的,我觉得我丢了。我觉得我对什么都腻烦了,对生活失去了热情,就好像我小时候对食物失去了味觉一样……"

我依旧望着她那张漂亮的脸,心中对她产生了一种同情。类似对一只将要溺死在蜜中的小昆虫的同情。

她见我在很认真地听,继续说下去:"本想离开家散散心,但结果心境反而愈来愈不好。每座城市都到处是人、人、人,愚昧的,没文化的,浑浑噩噩的人，许许多多的人，每天都在谈论房子问题，待业问题……"

我平静地问："你无法忍受这样一些人们吗？"

"难道你能够忍受这样一些人吗？"她坐端了身子，目光又盯在我脸上，现出一种对我的麻木不仁开始感到失望的表情。

我没有立即回答她。

我又想起了我躲在木棱堆间痛哭过一场的那个雨夜。也想起了我和父亲为了妹妹早日分配工作给街道主任拉煤那个雨夜。小雨，大雨，都是下雨的夜……

为什么保留在我记忆中的都是雨夜呢？

我毕竟从我生活中的两个雨夜度过来了。我毕竟扯着父亲的破衣襟，扯着一个没有受过文化教育的，头脑中有着狭隘的农民意识的父亲的破衣襟，一步步从生活中走过来了，一岁岁长大了……

"古老的国家，古老的民族，生活在这么一种氛围中，每个人都将要被窒息而死！"那姑娘的悦耳的声音，使我的注意力不能从她身上过久地分散。

我要求说："让我们谈谈文学吧！"

"文学？"她嘴角浮现一丝嘲讽，大声说，"中国目前不可能有文学！中国的实际问题，就在于人口众多。如果减少三分之二，一切都会变个样子！"

我冷冷地回答她："好主意！减少的当然应该是那些愚昧的，没文化的，浑浑噩噩的，每天都在谈论房子问题和待业的问题的人喽？"

我情绪的变化并没引起她的注意。她皱起眉头，用一种忧国忧民的语调说："就在今天，就在你们北影厂门口，我看到一个白胡子老头，抱着一个傻乎乎的孩子，在围观一辆外国小汽车，我心里真是悲哀极了！我要写一篇心理小说，将我内心这种悲哀表述出来！这就是我们的人民，我作为一个中国人真感到羞耻！"她那样子悲哀得快要哭了。或者说，她是企图要将我感动哭了。然而我并没有受到丝毫感动。我已不再像从前那么易于动感情了。我在想，她那颗心一定很渺小，因此也只能产生这么一点渺小的悲哀。我已经不再同情她。

我告诉她，那白胡子老头，肯定就是我的父亲。而抱在他怀中那傻乎乎的孩子，是我的儿子。

"是你……父亲？"她的脸微微红了，显出动人的窘态，讷讷地说，"请原谅！我……还以为你是……"

"这不值得请求原谅！因而我也不想对你表示原谅！我并不想否认，我的父亲没有文化，他在扫盲时所认识的字，绝不会比你这件花外衣上的花朵多！他还很愚昧，由于他的愚昧，由于他的农民意识的狭隘，给我们的家庭造成重大的不幸！因为他不相信医生的话而相信算命先生的话我的姐姐夭折了！我的哥哥，因为他鄙薄文化而崇尚力气，疯了！我原谅了他，但却不能忘记这些。我要比你更加憎恨愚昧！我要比你更加明白文化对于一个国家一个民族意味着什么！我诅咒造成愚昧和没有文化的落后状况的一切因素！"我从椅子上站了起来。我的声音很高。我内心很激动。我仿佛不是在对我面前的这一位姑娘说话，而是在对众多的各种各样的人说话。

我还想对她说，她可以对我们的人民没有感情，她也尽可以像她读过的小说中那些西方的贵夫人一样，对他们的愚昧和没有文化表示出一点高贵的怜悯，这无疑会使像她这样的姑娘更增添女人的魅力。但她没有权利瞧不起他们！没有权利轻蔑他们！因为正是他们，这在历史进程中享受不到文化教育而在创造着文明的千千万万，如同水层岩一样，一层一层地积压着、凝固着，坚实地奠定了我们的九百六十万平方公里的土地！而我们中华民族正在振兴的一切事业，还在靠他们的力气和汗水实现着！愚昧和没有文化不是他们的罪过，是历史的罪过！是我们每一个对振兴我们的国家我们的民族缺乏热情，缺乏责任感的人的惭愧！

我还想对她说，至于她自己，不过是我们九百六十万平方公里土地上一小片水分充足的沃壤之中的一朵小花而已。美丽，娇弱，但没有芬芳。因为她不是树木，所以她那短细的根须是触及不到水层岩层的。她所蔑视的正是她所赖以存在的。她漠视甚至嘲讽他们的最现实的烦恼，但她那种没有什么值得忧郁的事才产生的忧郁，那种一颗空泛的心灵内的微妙而典雅的悲哀，与他们可能经历过的悲哀相比，其实是不值论道的。

我还想对她说……

我什么也不想对她说了。

我又想到了发烧的儿子。我认为我应该回到儿子身边去了。

"非常抱歉,我不能再陪你交谈下去了!"我走到办公室门前,推开了门——门外,站着我的父亲,呆呆地,一动不动地像根木桩似的。一手拎着水壶,一手拿着一瓶墨水。

他是给我们送开水来的。

他分明是听到了我方才大声说的某些话。

那姑娘走下楼梯时,还回头来看了我一眼,我这样对待她,肯定是她绝没想到的。

父亲一声不响,放下水壶,默默走向他睡的那张钢丝床。

一直到熄灯,我和父亲彼此没说一句话。我静静地躺着,无法入睡。我知道父亲也是静静地躺着,没睡。

我真想翻身下床,走到父亲身边,跪下去,将头伏在父亲胸上,对他说:"爸爸,原谅我那番话又无意中伤害了你,原谅我,爸爸……"

隔了一天,我从朋友家很晚才回来,一进家门,妻便告诉我,父亲走了。

"走了?上哪儿去了?"

"回哈尔滨了!"

"你……你为什么不拦他?!"

"我拦不住。"

病刚好的儿子大声哭叫:"爷爷,我要爷爷!我要找爷爷嘛!……"

我问:"父亲临走说了什么没有?"

妻回答:"什么也没说。"

我一转身就从家中冲了出去。

我赶到火车站,匆匆买了一张站台票。

我跑到站台上时,开往哈尔滨的列车刚刚开动。我跟着列车奔跑,想大喊:"爸爸……"却没喊出来。

列车开出了站台。

送行者们纷纷离去了。只有我一个人还孤零零地伫立在站台上。望着远处的铁路信号灯,我心中默默地说:"爸爸,爸爸,我爱你!我永远不忘我是你的儿子,永远不耻于是你的儿子!爸爸,爸爸,我一定要把你再接到北京来!"

远处的铁路信号灯,由红变绿了……

母　亲

淫雨在户外哭泣，瘦叶在窗前瑟缩。这一个孤独的日子，我想念我的母亲。有三只眼睛隔窗瞅我，都是那杨树的眼睛。愣愣地呆呆地瞅我，我觉得那是一种凝视。

我多想像一个山东汉子，当面叫母亲一声"娘"。

"娘，你做啥不吃饭？"

"娘，你咋的又不舒坦？"

荣城地区一个靠海的小小村庄的山东汉子们，该是这样跟他们的老母亲说话的吗？我常遗憾那儿对于我只不过是"籍贯"，如同一个人的影子当然是应该有而没有其实也没什么。我无法感知父亲对那个小小村庄深厚的感情。因为我出生在哈尔滨市，长大在哈尔滨市。遇到北方人我才认为是遇到了家乡人。我大概是历史上最年轻的"闯关东"者的后代——当年在一批批被灾荒从胶东大地向北方驱赶的移民中，有个年仅十二岁的孑然一身衣衫褴褛的少年，后来他成了我的父亲。

"你一定要回咱家去一遭！那可是你的根土！"

父亲每每严肃地对我说，"咱"说成"砸"，我听出了很自豪的意味。

我不知我该不该也感到同样的自豪，因为据我所知那里并没有什么值得自豪的名山和古迹，也不曾出过一位差不多可以算作名人的人。然而我还是极想去一次，因为它靠海。

可母亲的老家又在哪里呢？靠近什么呢？

母亲从来也没对我说过希望我或者希望她自己能回一次她的老家的话。

母亲是吉林人吗？我不敢断定。仿佛是的。母亲是出生在一个叫"孟家岗"的地方吗？好像是，又好像不是。也许母亲出生在佳木斯市附近的一个地方吧？父亲和母亲当年共同生活过的一个地方？

我很小的时候，母亲常一边做针线活，一边讲她的往事——兄弟姐妹众多，七个，或者八个。有一年农村闹天花，只活下来三个——母亲、大舅和老舅。

"都以为你大舅活不成了，可他活过来了。他睁开眼，左瞧瞧，右瞧瞧，见我在他身边，就问：'姐，小石头呢？小石头呢？'我告诉他：'小石头死啦！''三丫呢？三丫呢？三丫也死了吗？'我又告诉他：'三丫也死啦！二妹也死啦！憨子也死啦！'他就哇哇大哭，哭得闭过气去……"

母亲讲时，眼泪扑簌簌地落。落在手背上，落在衣襟上，也不拭，也不抬头。一针一针，一线一线，缝补我的或弟弟妹妹们的破衣服。

"第二年又闹胡子，你姥爷把骡子牵走藏了起来，被胡子们吊在树上，麻绳沾水抽……你姥爷死也不说出骡子在哪儿。你姥姥把我和你大舅一块搂在怀里，用手紧捂住我们的嘴，躲在一口干井里，听你姥爷被折磨得呼天喊地。你姥姥不敢爬出干井去说骡子在哪儿，胡子见女人没有放过的。后来胡子烧了我们家，骡子保住了，你姥爷死了……"

与其说母亲是在讲给我们几个孩子听，莫如说更是在自言自语，更是一种回忆的特殊方式。

这些烙在我头脑里的记忆碎片，就是我对母亲的身世的全部了解。加上"孟家岗"那个不明确的地方。

我的母亲在她没有成为母亲之前拴在贫困生活中多灾多难的命运就是如此。

后来她的命运与父亲拴在一起仍是和贫困拴在一起。

后来她成了我们的母亲，又将我和我的兄弟妹妹拴在了贫困上。

我们扯着母亲褪色的衣襟长大成人。在贫困中她尽了一位母亲最大的责任……

我对人的同情心最初正是以对母亲的同情形成的。我不抱怨我扒过树皮捡过煤核的童年和少年，因为我曾这样分担着贫困对母亲的压迫。并且生活亦给予了我厚重的馈赠——它教导我尊敬母亲以及一切以坚忍捧抱住艰辛的生活、绝不因茹苦而撒手的女人……

在这一个淫雨潇潇的孤独的日子，我想念我的母亲。

隔窗有杨树的眼睛愣愣地呆呆地瞅我……

那一年，我的家被"围困"在城市里的"孤岛"上——四周全是两米深的地基壑壕、拆迁废墟和建筑备料。几乎一条街的住户都搬走了，唯独我家还无处可搬。因为我家租住的是私人房产——房东欲趁机向建筑部门讨要一大笔钱，而建筑部门认为那是无理取闹。结果直接受害的是我家。正如我在小说《黑纽扣》中写的那样，我们一家成了城市中的"鲁滨孙"。

小姨回到农村去了，在那座二百余万人口的城市，除了我们的母亲，我们再无亲人。而母亲的亲人即是她的几个小儿女。母亲为了微薄的工资在铁路工厂做临时工，出卖一个底层女人的廉价的体力。翻砂——那是男人们干得很累很危险的重活。临时工谈不上什么劳动保护，全凭自己在劳动中格外当心。稍有不慎，便会被铁水烫伤或被铸件砸伤压伤。母亲几乎没有哪一天不带着轻伤回家的。母亲的衣服被迸溅的铁水烧出一片片的洞。

母亲上班的地方离家很远，没有就近的公共汽车可乘。即便有，母亲也必舍不得花五分钱一毛钱乘车。母亲每天回到家里的时间，总在七点半左右。吃过晚饭，往往九点来钟了。我们上床睡，母亲则坐在床角，将仅仅二十烛光的灯泡吊在头顶，凑着昏暗的灯光为我们补缀衣裤。当年城市里强行节电，居民不允许用超过四十烛光的灯泡。而对于我们家来说，节电却是自愿的，因那同时也意味着节省电费。然而代价亦是惨重的。母亲的双眼就是在那些年里熬坏的，至今视力晃错。有时我醒夜，仍见灯亮着，仍见母亲在一针一针、一线一线地缝补，仿佛就是一台自动操作而又不发声响的缝纫机。或见灯虽亮着，而母亲肩靠着墙，头垂于胸，补物在手，就那么睡了。有多少夜，母亲就是那么睡了一夜。清晨，在我们横七竖八陈列一床酣然梦中的时候，母亲已不吃早饭，带上半饭盒生高粱米或生大楂子，悄没声息地离开家，迎着风或者冒着雨，像一个习惯了独来独往的孤单旅人似的，"翻山越岭"，跋涉出连条小路都没给留的"围困"地带去上班。还有不少日子，母亲加班，我们一连几天甚至十天半个月见不着母亲的面儿。只知母亲昨夜是回来了，今晨又刚走了，要不灯怎么挪地方了呢？要不锅内的高粱米粥又是谁替我们煮上的呢？

才三岁多的小妹她想妈，哭闹着要妈。她以为妈没了，永远再也见不到妈了。我就安慰她，向她保证晚上准能见到妈。为了履行我的诺言，我与困盹抵抗，坚持不睡。至夜，母亲方归，精疲力竭，一心只想立刻放倒身体的样子。

我告诉母亲小妹想她。

"嗯，嗯……"母亲倦得闭着眼睛脱衣服，一边说，"我知道，知道的。别跟妈妈说话了，妈困死了……"

话没说完搂着小妹便睡了。

第二天，小妹醒来又哭闹着要妈。

我说："妈妈是搂着你睡的！不信？你看这是什么？"

枕上深深的头印中，安歇着几根母亲灰白的落发。

我用两根手指捏起来给小妹看："这不是妈妈的头发吗？除了妈妈的头发，咱家谁的头发这么长？"

小妹用两根手指将母亲的落发从我手中捏过去，神态异样地细瞧，接着放在母亲留于枕上的深深的被汗渍所染的头印中，趴在枕旁，守着。好似守着的是母亲……

最堪怜是中秋、国庆、新年、春节前夕的母亲。母亲每日只能睡上两三个小时。五个孩子都要新衣裳穿。没有，也没钱买。母亲便夜夜地洗、缝、补、浆。若是冬季里，洗了上半夜搭到外边去冻着，下半夜取回屋里，烘烤在烟筒上。母亲不敢睡，怕焦了着了。母亲是个刚强的女人，她希望我们在普天同庆的节日，即使穿不上件新衣服，也要从里到外穿得干干净净。尽管是打了补丁的衣服……

她还想方设法美化我们的家。家像地窑，像窝，像土丘之间的窝。土地，四壁落土，顶棚落土。它使不论多么神通广大的女人为它而做的种种努力，都在几天内变成徒劳。

母亲却常说："蜜蜂蚂蚁还知道清理窝呢，何况人！"

母亲即使拼尽她那残余的一点精力，也非要使我们的家在短短几天的节日里多少有点家样不可。

"说不定会有什么人来！"

母亲心怀这等美好的愿望，颇喜悦地劳碌着。

然而没有个谁来。

没有个谁来母亲也并不觉得扫兴和失望。

生活没能将母亲变成懊丧的怨天怨地的女人。

母亲分明是用她的心锲而不舍地衔着一个乐观。那乐观究竟根据什么？当年的我无从知道，如今的我似乎知道了，从母亲默默地望着我们时目光中那含蓄的欣慰。她生育了我们，她就要把我们抚养成人。她从未怀疑她不能够。母亲那乐观在当年所依仗的也许正是这样的信念吧？唯一的始终不渝的信念。

我们依赖于母亲而活着。像蒜苗之依赖于一棵蒜。当我们到了被别人估价的时候，母亲她已被我们吸收空了。没有财富和书本知识，母亲是位一无所有的母亲。她奉献的是满腔满怀恒温不冷的心血供我们吮咂！母亲啊，娘！我的老妈妈！我无法宽恕我当年竟是那么不知心疼您、体恤您。

是的，我当年竟是那么不知心疼和体恤母亲。我以为母亲就应该是那样任劳任怨的。我以为母亲天生就是那样一个劳碌不停而又不觉得累的女人。我以为母亲是累不垮的。其实母亲累垮过多次。在夜深人静的时候，在我们做梦的时候，几回母亲瘫软在床上，暗暗恐惧于死神找到她的头上了。但第二天她总会连她自己也不可思议地挣扎了起来，又去上班……

她常对我们说："妈不会累垮，这是你们的福分。"

我们不觉什么福分，却相信母亲累不垮。

在北大荒，我吃过大马哈鱼。肉呈粉红色，肥厚，香。乌苏里江或黑龙江的当地人，习惯将大马哈鱼肉包饺子，视为待客的佳肴。

前不久我从电视中看到大马哈鱼：母鱼产子，小鱼孵出。想不到它们竟是靠噬食它们的母亲而长大的。母鱼痛楚地翻滚着、扭动着，瞪大它的眼睛，张开它的嘴和它的鳃，搅得水中一片红，却并不逃去，直至奄奄一息，直至狼藉成骸……

我的心当时受到了极强烈的刺激。

我瞬忽间联想到长大成人的我自己和我们的母亲。

联想到我们这九百六十万平方公里土地上一切曾在贫困之中和仍在贫困之中坚忍顽强地抚养子女的母亲们。她们一无所有。她们平凡、普通，默默无闻。最出色的品德可能乃是坚忍。除了她们自己的坚忍，她们无可傍靠。然而她们也许是最对得起她们儿女的母亲！因为她们奉献的是她们自己。想一想那种类乎本能的奉献真令我心酸。而在她们的生命之后不乏好儿女，这是人类最最持久的美好啊！

我又联想到另一件事：小时候母亲曾买了十几个鸡蛋，叮嘱我们千万不要碰碎，说那是用来孵小鸡的。小鸡长大了，若有几只母鸡，就能经常吃到鸡蛋了。母亲满怀信心，双手一闲着，就拿起一个鸡蛋，握着，捂着，轻轻摩挲着。我不信那样鸡蛋里就会产生一个生命。有天母亲拿着一个鸡蛋，走到灯前，将鸡蛋贴近了灯对我说："孩子，你看！

鸡蛋里不是有东西在动吗？"

我看到了，半透明的鸡蛋中，隐隐地确实有什么在动。

母亲那只手也变成了红色的。

那是血色呀！

血仿佛要从母亲的指缝滴淌下来……

"妈妈，快扔掉！"

我扑向母亲，夺下了那个蛋，摔碎在地上——蛋液里，一个不成形的丑陋的生命在蠕动。我用脚去踩，踏。不是宣泄残忍，而是源自恐惧。我觉得那不成形的丑陋的一个生命，必是通过母亲的双手饱吸了母亲的血才变出来的！我抬头望母亲，母亲的脸色那么苍白。我内心里更加充满了恐惧，更加相信我想的是对的。我不要母亲的心血被吸干！不管是那一个被踩死踏死了的无形的丑陋的生命,还是万恶的贫困!因为我太知道了,倘我们富有,即使生活在腐酸的棺材里,也会有人高兴来做客,无论是节日或寻常的日子,并且随身带来种种礼物……

"不,不!"我哭了。

我嚷:"我不吃鸡蛋了!不吃了!妈妈,我怕……"

母亲怒道:"你这孩子真作孽!你害死了一条小性命!你怕什么?"

我说:"妈妈我是怕你死……它吸你的血!"

母亲低头瞧着我,怔了一刻,默默地把我搂在怀里,搂得很紧……

小鸡终于全孵出来了,一个个黄绒似的,活泼可爱。它们渐渐长大,其中有三只母鸡。以后每隔几日,我们便可吃到鸡蛋了。但我在很长一段时间内不敢吃,对那些鸡我却有种特殊的情感,视它们为通人性的东西,觉得和它们有着一种血缘般的关系……

连续三年的自然灾害使我们的共和国也处在同样的艰难时期。国营商店只卖一种肉——"人造肉",淘米泔水经过沉淀之后做的。粮食是珍品,淘米泔水自然有限。"人造肉"每户每月只能按购货本买到一斤。后来加工"人造肉"收集不到足够生产的淘米泔水,"人造肉"便也难以买到了。用如今的话说,是"抢手货",想买到得走后门儿。

中央人民广播电台在《为人民服务》节目中,热情宣传河沟里的一层什么绿也是可以吃的,那叫"小球藻"。且含有丰富的这个素那个素,营养价值极高……

母亲下班更晚了。但每天带回一兜半兜榆钱儿。我惊奇于母亲居然能爬到树上去撸榆钱儿,那是她爬上厂里一些高高的大榆树撸的。

"有'洋拉子'吗?"

我们洗时,母亲总要这么问一句。

我们每次都发现有。

我们每次都回答说没有。

我们知道母亲像许多女人一样,并不胆小,却极怕树上的"洋拉子"那类毛虫。

榆钱儿当年对于我们是佳果。我们只想到母亲可别由于害怕"洋拉子"

就不敢给我们再撸榆钱儿了。

如果月初，家中有粮，母亲就在榆钱儿中拌点豆面，撒了盐，蒸给我们吃。好吃。如果没有豆面，母亲就做榆钱儿汤给我们喝。不但放盐，还放油。好喝。

有天母亲被工友搀了回来——母亲在树上撸榆钱儿时，忽见自己遍身爬满"洋拉子"，惊掉下来……

我对母亲说："妈，以后我跟你到厂里去吧。我比你能爬树，我不怕'洋拉子'……"

母亲抚摸着我的头说："儿啊，厂里不许小孩进。"

第二天，我还是执拗地跟着母亲去上班了。无论母亲说什么，把门的始终摇头，坚决不许我进厂。

我只好站在厂门外，眼睁睁瞧着母亲一人往厂里走。我不肯回家，我想母亲是绝不会将我丢在厂外的。不一会儿，我听到母亲在低声叫我。见母亲已在高墙外了，向我招手。我趁把门的不注意，沿墙溜过去，母亲赶紧扯着我的手跑，好大的厂，好高的墙。跑了一阵，跑至一个墙洞口。工厂从那里向外排污水。一会儿排一阵，一会儿排一阵。在间隔的当儿，我和母亲先后钻入到厂里。面前榆林乍现，喜得我眉开眼笑。心内不禁就产生了一种自私的占有欲——要是我家的树多好！那我就首先把那个墙洞堵上，再养两条看林子的狗。当然应该是凶猛的狼狗！

母亲嘱咐我："别乱走。被人盘问就讲是你自己从那个洞钻进来的。千万别讲出妈妈。要不妈妈该挨批评了！走时，可还要钻那个洞！"

母亲说完，便匆匆离开了。

我撸了满满一粮袋榆钱儿，从那个洞钻出去，扛在肩上，心里乐滋滋地往家走。不时从粮袋中抓一把榆钱儿，边走边吃。

结果我身后随了一些和我年龄差不多的孩子。馋涎欲滴在瞅着我咀嚼的嘴。

"给点儿！"

"给点儿吧！"

"不给，告诉我们在哪儿的树上撸的也行！"

我不吭声，快快地走。

"再不给就抢了啊！"

我跑。

"抢！"

"不抢白不抢！"

他们追上我。推倒我。抢……

我从地上爬起时，"强盗"们已四处逃散。连粮袋儿也抢去了。

我怔怔站着，地上一片踏烂的绿。

我怀着愤恨走了。

回头看，一个老妪蹲在那儿捡……

母亲下班后，我向母亲哭述自己的遭遇，凄凄惨惨戚戚。

母亲听得认真。凡此种种，母亲总先默默听，不打断我们的话，耐心而怜悯的样子。直至她的儿女们觉得没什么补充的了，母亲才平静地做出她的结论。

母亲淡淡地说："怨你。你该分给他们些啊。你撸了一袋子呀！都是孩子，都挨饿。那么小气，他们还不抢你吗？往后记住，再碰到这种事儿，惹人家动手抢之前，先就主动给，主动分。别人对你满意，你自己也不吃亏……"

母亲往往像一位大法官，或者调解员，安抚着劝慰着小小的我们缓解与社会的血气方刚的冲突，从不长篇大论一套套地训导。往往三言两语，说得明明白白，是非曲直，尽在谆谆之中。并且表现出仿佛绝对公正的样子，希望我们接受她的逻辑。

我们接受了，母亲便高兴，夸我们是好孩子。

而母亲的逻辑是善良的逻辑，包含有一个似无争亦似无奈的"忍"字。

为使母亲高兴，我们也唯有点头而已。

可能自幼忍得太多了吧？后来于我的性格中，遗憾地生出了不屈不忍的逆反成分。如今三十九岁的我，与人与事较量颇多，不说伤痕累累，亦是遍体伤痕。倘咀嚼母亲过去的告诫，便厌恶自己是个犟种。忏悔既深既久，每每克己地玩味起母亲传给我的一个"忍"字来。或曰逆反，或曰"二律背反"也未尝不可,却又常于"克己复礼"之后而疑问重重,弄不清作为一个人,那究竟好呢还是不好?……

一场雨后,榆树钱儿变成了榆树叶。

榆树叶也能做"小豆腐"。做榆树叶汤,滑滑溜溜的,仿佛汤里加了粉面子。

然而母亲厂里的食堂将那片榆树林严密地看管起来了,榆树叶成了工人叔叔和阿姨的佐餐之物。

别了,喧腾腾的"小豆腐"……

别了,绿汪汪的榆钱汤……

别了,整个儿那一片使我产生强烈的占有欲并幻想以狼犬严守的榆树林……

我们是社会主义国家,按照共产主义分配原则,将可做"小豆腐"可做榆钱汤的榆树叶儿"共产"起来,原本也是情理之中的事儿。倒是我那占为己有的阴暗的心思,于当年论道起来,很有点儿自发的资产阶级利己思想的意味。

不过我当年既未忏悔,也未诅咒过自己。

……

母亲依然有东西带回给我们,鼓鼓的一小布包——扎成束的狗尾巴草。

狗尾巴草不能做"小豆腐"吃。

却能编毛茸茸的小狗、小猫、小兔、小驴、小骆驼……

母亲总有东西带回给每日里眼巴巴地盼望她下班的孤苦伶仃的孩子们。

母亲不带回点什么,似乎就觉得很对不起我们。

不论什么东西,可代食的也罢,不可代食的也罢;稀奇的也罢,不稀奇的也罢,从母亲那破旧的小布包抖搂出来似乎便都成了好东西。哪怕在别的孩子们看来是些不屑一顾的东西。重要的仅仅在于,我们感觉到了母亲的心里对我们怀着怎样的一片慈爱。那乃是艰难岁月里绝无仅有的营养供给——那是高贵的"代副食"啊!

母亲是深知这一点的。

某天，放学回家的路上，我被一辆停在商店门口的马车所吸引。瘦马在阴凉里一动不动，仿佛是处于思考状态的一位哲学家。老板子躺在马车上睡觉。而他头下枕的，竟是豆饼。

四分之一块啊！

豆饼啊！

他枕着。

我同学中有一个区长的儿子，有一次他将一个大包子分给我和几个同学吃，香得我们吃完了直咂嘴巴。

"这包子是啥馅的？"

"豆饼！"

"豆饼？你们家从哪儿搞的豆饼？"

"他爸是区长嘛！"

我们不吭声了。

豆饼是艰难岁月里一位区长的特权。

就是豆饼……

我绕着那辆马车转一圈儿，又转一圈儿，猜测车老板真是睡着了，偷儿似的动手去抽那块豆饼。

老板子并未睡着。

四十来岁的农村汉子微微睁开眼瞅我，我也瞅他。

他说："走开。"

我说："走就走。"

偷不成，只有抢了！

猛地从他头下抽出了那四分之一块豆饼，弄得他的头在车板上咚地一响。

他又睁开了眼，瞅着我发愣。

我也看着他发愣。

"你……"

我撒腿便跑，抱着那四分之一块豆饼，沉甸甸的豆饼。

"豆饼！我的豆饼！站住……"

愣怔中的老板子待我跑出了挺远才明白过来是怎么一回事，边喊边追我。

我跑得更快，像只袋鼠似的，在包围着我家的复杂地形中跳窜，自以为甩掉了追赶着的"尾巴"，紧紧张张地撞入家门。

母亲愕问："怎么回事？哪儿来的豆饼？"

我着急慌忙，前言不搭后语地说："妈快把豆饼藏起来……他追我……"却仍紧紧抱着豆饼，蹲在地上喘作一团。

"谁追你？"

"一个……车老板……"

"为什么追你？"

"妈你就别问了……"

母亲不问了，走到了外面。

我自己将豆饼藏到箱子里，想想，也往外跑。

"往哪儿跑？"

母亲喝住了我。

"躲那儿！"

我朝沙堆后一指。

"别躲！站这儿。"

"妈！不躲不行！他追来了，问你，你就说根本没见到一个小孩子！他还能咋的？"

"你敢躲起来！"母亲变得异常严厉，"我怎么说，用不着你教我！"

只见那持鞭的车老板，汹汹地出现了，东张西望一阵，向我家这儿跑来。

他跑到我和母亲跟前，首先将我上下打量了足有半分钟。因我站在母亲身旁，竟有些不敢贸然断定就是我夺了他豆饼的"强盗"，手中的鞭子不由背到了身后去。

"这位大姐，见一孩子往这边跑了吗？抱着不小一块豆饼……"

我说："没有没有！我们连个人影也没看见！"

"怪了，明明是往这边跑的嘛！"他自言自语地嘟哝，"我挺大个老爷们儿，倒让个孩子明抢明夺了，真是跟谁讲谁都不相信……"

他悻悻地转身欲走。

"你别走。"不料母亲叫住他，说，"你追的就是我儿子。"

他瞪着我，复瞪着母亲，似欲发作，但克制着，几乎有点儿低声下气地说："大姐你千万别误会，我可不是想怎么你的儿子！鞭子……是顺手一操……还我吧，那是我今明两天的干粮啊！"一副农村人在城里人面前明智的自卑模样。

母亲又对我说："听见了吗？还给人家！"

我怏怏地回到屋里，从粮柜内搬出那块豆饼，不情愿地走出来，走到老板子跟前，双手捧着还他。

他将鞭杆往后腰带斜着一插，也用双手接过，瞧着，仿佛要看出是不是小了。

母亲羞愧地说："我教子不严，让你见笑了啊！你心里的火，也该发一发。或打或骂，这孩子随你处置！"

"老大姐，言重了！言重了！我不是得理不让人的人，算了算了，这年头，好孩子也饿慌了！"

他反而显得难为情起来。

"还不鞠个躬，认个错！"

在母亲严厉目光的威逼之下，我像被人按着脑袋似的，向那车老板鞠了个草草的躬。

我家的斧头，给一截劈柴夹着，就在门口。

车老板一言不发，拔下斧头，将豆饼垫在我家门槛上嘿嘿几下，砍得豆饼碎屑纷落，砍为两半。

他一手拿起一半，双手同时掂了掂，递给母亲一半，慷慨地说："大姐，这一半儿你收下！"

"那怎么行，是你的干粮啊！"

母亲婉拒。老板子硬给。母亲婉拒不过，只好收了，进屋去，拿出两个窝窝头和一个咸菜疙瘩给那车老板。又轮到那车老板拒而不收，最后呢？见母亲一片真心实意，终于收了。从头上抹下单帽，连豆饼一块儿兜着，连说："真是的，真是的，倒反过来占了你们个大便宜，怪不像话的！"

他在围困着我们家的地基壕堑、沙堆、废墟和石料场之间择路而去,插在后腰带上的长杆儿鞭子,似"天牛"的一条触角,晃晃的……

"你呀,今天好好想想吧!"

直至吃晚饭前,母亲就对我说了这么一句话。不理睬我。也不吩咐我干什么活儿。而这是比打我骂我,更使我悲伤的。

端起饭碗时,我低了头,嗫嗫地说:"妈,我错了……"

"抬头。"

我罪人一般抬起头,不敢迎视母亲的目光。

"看着妈。"

母亲脸上,庄严多于谴责。

"你们都记住,讨饭的人可怜,但不可耻。走投无路的时候,低三下四也没什么。偷和抢,就让人恨了!别人多么恨你们,妈就多么恨你们!除了这一层脸面,妈什么尊贵都没有!你们谁想丢尽妈的脸,就去偷,就去抢……"

母亲落泪了。

我们都哭了……

夏天和秋天扯着手过去了。冬天咄咄地来了。我爱过冬天。大雪使我家周围的一切肮脏都变得洁白一片了。我怕过冬天,寒冷使我家孤零零的低矮的小破屋变成了冰窖。

那一年冬天我们有了一个伴儿——一条小狗。我在放学回家的路上发现了它,被大雪埋住,只从雪中露出双耳。它绊了我一跤。我以为是条死狗,用脚拨开雪才看出它还活着。快冻僵了。它引起了我的怜悯。于是它有了一个家。我们有了一个伴儿。一条漂亮的小狗。白色,黑花,波兰奶牛似的。脖子上套着皮圈儿。皮圈儿上缀着一个小铜牌儿。小铜牌儿上压印出个"3"。它站立不稳,常趴着,走起来跄跄跄跄。前足抬得高高的,不顾一切地一踏,于是下巴也狠狠触地。幸亏下巴触地,否则便一头栽倒了。喂它米汤喝,竟不能好好喝。嘴在破盆四周乱点一通,五六遭才能喝到一口米汤。起初我以为它是只瞎狗,试它眼睛,却不瞎。而那双怯怯的狗眼,流露着无限的人性,哀哀地乞怜着。我便怀疑它不过是被冻坏的。

它漂亮而笨拙，如同一个患羊痫风的漂亮的小女孩，它那双褐色的狗眼，仿佛是通人性的。我并未因其笨拙而产生厌恶。弟弟妹妹们也是。

我们那么需要一个小朋友。

而它可以被当成一个小朋友。

就是这样。

母亲下班回到家里，呆呆地瞅着那狗吃和走的古怪样子，愕了半晌，惊问："这是什么？"

我回答："狗。"

"扔出去！"母亲怒道，"快给我扔出去！"

我说："不！"

弟弟妹妹们也齐声嚷："不扔！不扔！"

"都不听话啦？"母亲一把抓起了笤帚，高举着首先威胁的是我，"看我挨个儿打你们！"

我赶紧护住头："就不许我们喜欢个什么东西吗？"

弟弟妹妹们也齐声表示抗议：

"就不许我们养条喜欢的狗吗？"

"就不许我们有个捡来的伴儿吗？"

母亲吼道："不许！"笤帚却高举着，没即刻落到我头上。

我大胆争辩："你说过的，对人要心善！"

"可它不是人！"母亲举着的手臂放下了，"人都吃糠咽菜的年月，喂它什么？还是这么条狗！"

我说："我那份饭分给它吃。"

弟弟妹妹们也说："还有我们！"

母亲长长叹了口气，逐个儿瞧我们，垂下了手臂。

在一中住读的哥哥那天晚上也回家了，研究地望着那条狗说："我知道了，这是条被医院里做过实验的狗，跑出来了！老师带我们到医院参观过，那些狗脖子挂的都是这种编了号码的小铜牌儿。肯定做的是小脑实验，所以它失去平衡机能了。生物课本上讲到这一点。不养它，它只有死路一条……"

可怜的我们的小朋友！

母亲又长长地叹了一口气。不知是因狗，还是因她的儿女们集体的发难。

宽容的我们的母亲……

那么样条狗，却也是可以和我们在雪地上玩耍的。感谢上帝，它的大脑里的狗性是没被人做过什么实验的。它那种古怪的滑稽的笨拙的动态，使我们发出一串串笑声，足以慰藉我们幼小的孤独的心灵。

雪地上留下一片片生动的足迹。我们的和狗的……

一天上午，趴在窗前朝外望的三弟突然不安地叫我："二哥你快看！"

外面，几个大汉在指点雪地上的足迹。

他们朝我家走来。

"是想抢我们的狗吧？"

我也不安了，惶惶地将"3号"藏入破箱子内，将小妹抱到箱子盖上坐着。

大汉们在敲门了。

高叫："我们是打狗队的！"

"我们家没养狗！"

然而他们闯入家中。

"没养狗？狗脚印一直跑到你家门口！"

"它死了。"

"死了？死了的我们也要！"

"我们留着死狗干什么？早埋了。"

"埋了？埋哪儿？领我们去挖出来看看！"

"房前屋后坑坑洼洼的，埋哪儿我们忘了。"

他们不相信，却不敢放肆搜查，这儿瞧瞧，那儿瞅瞅，大扫其兴地走了。

"他们既然是打狗队的，既然没相信你们的话，就绝不会放过它的……"

晚上，母亲为我们的"小朋友"表现出了极大的担心。

我说："妈，你想办法救它一命吧！"

母亲问："你们不愿失去它？"

我和弟弟妹妹们点头。

母亲又问："你们更不愿它死？"

我和弟弟妹妹们仍点头。

"要么，你们失去它。要么，你们将会看到打狗队的人，当着你们的面儿活活打死它。你们都说话呀！"

我们都不说话。

母亲从我们的沉默中明白了我们的选择。

母亲默默地将一个破箱子腾空，铺一些烂棉絮，放进两个搅了谷糠的窝窝头，最后抱起"3号"，放入箱内。我注意到，母亲抚摸了一下小狗。

我将一张纸贴在箱盖里面儿，歪歪扭扭要写的是——别害它命，它曾是我们的小朋友。

我和母亲将箱子搬出了家，拴根绳子，我拖着破箱子在冰雪上走。月光将我和母亲的身影印在冰雪上。我和母亲的身影一直走在我们前边，不是在我们身后或在我们身旁。一会儿走在我们身后一会儿走在我们身旁的是那一轮白晃晃的大月亮。不知道为什么月亮那一个晚上始终跟随着我和我的母亲。

半路我捡了一块冰坨子放入破箱子里。我想，"3号"它若渴了就舔舔冰吧！

我和母亲将破箱子遗弃在离我家很远的一个地方……

第二天是星期日。母亲难得休息一个星期日，近中午了母亲还睡得很实。我们难得有和母亲一块儿睡懒觉的时候，虽早醒了也都不起。失去了我们的"小朋友"，我们觉得起早也是个没意思。

"堵住它！别让它往那人家跑！"

"打死它！打呀！"

"用不着逮活的！给它一锹！"

……

男人们兴奋的声音乱喊乱叫。

"妈！妈！"

"妈妈！"

我们焦急万分地推醒了母亲。

母亲率领衣帽不齐的我们奔出家门，见冬季停止施工的大楼角那儿，围着一群备料工人。

母亲率领我们跑过去一看，看见了吊在脚手架上的一条狗，皮已被剥下了一半儿。一个工人还正剥着。

母亲一下子转过身，将我们的头拢在一起，搂紧。并用身体挡住我们的视线。

"不是你们的狗！孩子们，别看，那不是你们的狗……"

然而我们都看清了——那是"3号"。是我们的"小朋友"。白黑杂色的那漂亮的小狗，剥了皮的身躯比饥饿的我们更显得瘦。小女孩般的通人性的眼睛死不瞑目……

母亲抱起小妹，扯着我的手，我的手和两个弟弟的手扯在一起。我们和母亲匆匆往家走。不回头。不忍回头。

我们的"小朋友"的足迹在离我家不远处中断了。一摊血仿佛是一个句号。

自称打狗队的那几个大汉，原来是工地上的备料工人。

不一会儿，他们中的一个来到了我家里，将用报纸包着的什么东西放在桌上。

母亲狠狠地瞪他。

他低声说："我们是饿急眼了……两条后腿……"

母亲说："滚！"

他垂了头往外便走。

母亲喝道："带走你拿来的东西！"

他头垂得更低，转身匆匆拿起了送来的东西……

雨仍在下，似要停了，却又不停。窗前瑟缩的瘦叶是被洗得绿生生的了。偶尔还闻一声寂寞的蝉吟。我知道的，今天准会有客来敲我的家门——熟悉的，还是陌生的呢？我早已是有家之人了。弟弟妹妹们也都早是有家之人了。当年贫寒的家像一只手张开了，再也攥不到一起。母亲自然便失落了家，栖身在她儿女们的家里。在她儿女们的家里有着她极为熟悉的东西——那就是依然的贫寒。受着居住条件的限制，一年中的大部分日子，母亲和父亲两地分居。

那杨树的眼睛隔窗瞅我，愣愣地呆呆地瞅我。古希腊和古罗马雕塑神祇们的眼睛，大抵都是那样子的，冷静而漠然。

但愿谁也别来敲我的家门，但愿。

在这一个孤独的日子让我想念我的老母亲，深深地想念……

我忘不了我的小说第一次被印成铅字那份儿喜悦。我日夜祈祷的是这回事儿。真是了，我想我该喜悦，却没怎么喜悦。避开人我躲在个地方哭了，那一时刻我最想我的母亲……

我的家搬到光仁街，已经是一九六三年了。那地方，一条条小胡同仿佛烟鬼的黑牙缝。一片片低矮的破房子仿佛是一片片疥疮。饥饿对于普通的人们的严重威胁毕竟开始缓解。我是小学五年级的学生了。我已经有三十多本小人书。

"妈，剩的钱给你。"

"多少？"

"五毛二。"

"你留着吧。"

买粮、煤、劈柴回来，我总能得到几毛钱。母亲给我，因为知道我不会乱花，只会买小人书。每个月都要买粮买煤买劈柴，加上母亲平日给我的一些钢镚儿，渐渐积攒起来就很可观。积攒到一元多，就去买小人书。当年小人书便宜。厚的三毛几一本，薄的才一毛几一本。母亲从不反对我买小人书。

我还经常去出租小人书。在电影院门口、公园里、火车站。有一次火车站派出所一位年轻的警察，没收了我全部的小人书，说我影响了站内的秩序。

我一回到家就号啕大哭。我用头撞墙。我的小人书是我巨大的财富。我觉得我破产了。从绰绰富翁变成了一贫如洗的穷光蛋。我绝望得不想活。想死。我那种可怜的样子，使母亲为之动容。于是她带我去讨还我的小人书。

"不给！出去出去！"

车站派出所年轻的警察，大檐帽微微歪戴着，上唇留两撇小胡子，一副"葛列高利"那种桀骜不驯的样子。母亲代我向他承认错误，代我向他保证以后绝不再到火车站出租小人书，话说了许多，他烦了，粗鲁地将母亲和我从派出所推出来。

母亲对他说："不给，我们就坐台阶上不走。"

他说："谁管你！"然后他砰地将门关上了。

"妈，咱们走吧，我不要了……"

我仰起脸望着母亲，心里一阵难过。亲眼见母亲因自己而被人呵斥，还有什么事比这更令一个儿子内疚的？

"不走。妈一定给你要回来！"

母亲说着，就在台阶上坐了下去。并且扯我坐在她身旁，一只手臂搂着我。另外几位警察出出进进，连看也不看我们。

"葛列高利"也出来一次。

"还坐这儿？"

母亲不说话，不理他。

"嘿，静坐示威……"

他冷笑着又进去了……

天渐黑了。派出所门外的红灯亮了，像一只充血的独眼，自上而下虎视眈眈地瞪着我们。我和母亲相依相偎的身影被台阶斜折为三折，怪诞地延长到水泥方砖广场，淹在一汪红晕里。我和母亲坐在那儿已经近四个小时。母亲始终用一条手臂搂着我。我觉得母亲似乎一动也没动过，仿佛被一种持久的意念定在那儿了。

我想不能再对母亲说——"妈，我们回家吧！"

那意味着我失去的只是三十几本小人书，而母亲失去的是被极端轻蔑了的尊严。一个自尊的女人的尊严。

我不能够那样说……

几位警察走出来了。依然没看见我们似的，纷纷骑上自行车回家去了。

终于"葛列高利"又走出来了。

"嗨，我说你们想睡在这儿呀？"

母亲仍不看他。不回答。望着远处的什么。

"给你们吧！"

"葛列高利"将我的小人书连同书包扔在我怀里。

母亲低声对我说："数数。"语调很平静。

我数了一遍，告诉母亲："缺三本《水浒》。"

母亲这才抬起头来。仰望着"葛列高利"，清清楚楚地说："缺三本《水浒》。"

他笑了，从衣兜里掏出三本小人书扔给我，嘟哝道："哟哈，还跟我来这一套……"

母亲终于拉着我起身，昂然走下台阶。

"站住！"

"葛列高利"跑下了台阶，向我们走来。他走到母亲跟前，用一根手指将大檐帽往上捅了一下，接着抹他的一撇小胡子。

我不由得将我的"精神食粮"紧抱在怀中。

母亲则将我扯近她身旁，像刚才坐在台阶上一样，又用一条手臂搂着我。

"葛列高利"以将军命令两个士兵那种不容违抗的语气说："等在这儿，没有我的允许不准离开！"

我惴惴地仰起脸望着母亲。

"葛列高利"转身就走。

他却是去拦截了一辆小汽车，对司机大声说："把那个女人和孩子送回家去。要一直送到家门口！"

……

我买的第一本长篇小说是《红旗谱》。一元多钱。母亲还从来没有一次给过我这么多钱。

我还从来没向母亲一次要过这么多钱。

我的同代人，当你们也像我一样，还是一个小学五年级学生的时候，如果你们也像我一样，生活在一个穷困的普通劳动者家庭的话，你们为我做证，有谁曾在决定开口向母亲要一元多钱的时候，内心里不缺少勇气？

当年的我们，视父母一天的工资是多么非同小可啊！

但我想有一本《红旗谱》想得整天失魂落魄，无精打采。

我从同学家的收音机里听到过几次《红旗谱》长篇小说连续广播。那时我家的破收音机已经卖了，被我和弟弟妹妹们吃进肚子里了。

直接吃进肚子里的东西当然不能取代"精神食粮"。

我那时还不知道什么叫"维他命"，更没从谁口中听说过"卡路里"，但头脑却喜欢吞"革命英雄主义"。一如今天的女孩子们喜欢嚼泡泡糖。

在自己对自己的怂恿之下，我到母亲的工厂向母亲要钱。母亲那一年被铁路工厂辞退了，为了每月十七元的收入，又在一个街道小厂上班。一个加工棉胶鞋帮的中世纪奴隶作坊式的街道小厂。

一排破窗，至少有三分之一埋在地下了。门也是。所以只能朝里开。窗玻璃脏得失去了透明度，乌玻璃一样。我不是迈进门而是跌进门去的。我没想到门里的地面比门外的地面低半米。一张踏脚的小条凳权作门里台阶。我踏翻了它，跌进门的情形如同掉进一个深坑。

那是我第一次到母亲为我们挣钱的那个地方。

空间非常低矮。低矮得使人感到心里压抑。不足二百平方米的厂房，四壁潮湿颓败。七八十台破缝纫机一行行排列着，七八十个都不算年轻的女人忙碌在自己的缝纫机后。因为光线阴暗，每个女人头上方都吊着一只灯泡。正是酷暑炎夏，窗不能开，七八十个女人的身体和七八十只灯泡所散发的热量，使我感到犹如身在蒸笼。那些女人们热得只穿背心。有的背心肥大，有的背心瘦小，有的穿的还是男人的背心，暴露出相当一部分丰满或者干瘪的胸脯。毡絮如同褐色的重雾，如同漫漫的雪花，在女人们在母亲们之间纷纷扬扬地飘荡。而她们不得不一个个戴着口罩。女人们母亲们的口罩上，都有三个实心的褐色的圆。那是因为她们的鼻孔和嘴的呼吸将口罩濡湿了，毡絮附着上面。女人们母亲们的头发、臂膀和背心也差不多都变成了褐色的。毛茸茸的褐色。我觉得自己恍如置身在山顶洞人时期的女人们或母亲们之间。

我呆呆地将那些女人们母亲们扫视一遍，却发现不了我的母亲。

七八十台破缝纫机发出的噪声震耳欲聋。

"你找谁？"

一个用竹篾子拍打毡絮的老头对我大声嚷，却没停止拍打。

毛茸茸的褐色的那老头像一只老雄猿。

"找我妈！"

"你妈是谁？"

我大声说出了母亲的名字。

"那儿！"

老头朝最里边的一个角落一指。

我穿过一排排缝纫机，走到那个角落，看见一个极其瘦弱的毛茸茸的褐色的脊背弯曲着，头凑近在缝纫机板上。周围几只灯泡的电热烤我的脸。

"妈……"

"……"

"妈……"

背直起来了，我的母亲。转过身来了，我的母亲。肮脏的毛茸茸的褐色的口罩上方，眼神儿疲惫的我熟悉的一双眼睛吃惊地望着我，我的母亲的眼睛……

母亲大声问："你来干什么？"

"我……"

"有事快说，别耽误妈干活！"

"我……要钱……"

我本已不想说出"要钱"两字，可是竟说出来了！

"要钱干什么？"

"买书……"

"多少钱？"

"一元五角就行……"

"……"

母亲掏衣兜,掏出一卷毛票,用指尖龟裂的手指点着。

旁边一个女人停止踏缝纫机,向母亲探过身,喊:"大姐,别给!没你这么当妈的!供他们吃,供他们穿,供他们上学,还供他们看闲书哇!"又对我喊,"你看你妈这是在怎么挣钱?你忍心朝你妈要钱买书哇!"

母亲却已将钱塞在我手心里了,大声回答那个女人:"谁叫我们是当妈的啊!我挺高兴他爱看书的!"

母亲说完,立刻又坐了下去,立刻又弯曲了背,立刻又将头俯在缝纫机板上了,立刻又陷入手脚并用的机械的忙碌状态……

那一天我第一次发现,我的母亲原来是那么瘦小,竟快是一个老女人了!那时刻我努力要回忆起一个年轻的母亲的形象,竟回忆不起母亲她何时年轻过。

那一天我第一次觉得我长大了,应该是一个大人了。并因自己十五岁了才意识到自己应该是一个大人了而感到羞愧难当,无地自容。

我鼻子一酸,攥着钱跑了出去……

那天我用那一元五角钱给母亲买了一听水果罐头。

"你这孩子,谁叫你给我买水果罐头的?!不是你说买书,妈才舍得给你钱的嘛!"

那一天母亲数落了我一顿。数落完了我,又给我凑足了够买《红旗谱》的钱……

我想我没有权利用那钱再买任何别的东西,无论为我自己还是为母亲。

从此我有了第一本长篇小说……

后来我有了第二本、第三本、第四本、第五本……《钢铁是怎样炼成的》《牛虻》《勇敢》《幸福》《青年近卫军》……

我再也没因想买书而开口向母亲要过钱。

我是大人了。

我开始挣钱了——拉小套。

在火车站货运场、济虹桥坡下、市郊公路上……

用自己辛辛苦苦挣的钱买书时,你尤其会觉得你买的乃是世界上最值得花钱最好的东西。

于是我有了三十几本长篇小说。十五岁的我爱书如同女人之爱美。向别人炫耀我的书是我当年最大的虚荣。

三年后几乎一切书都成"毒草"。

学校在烧书。图书馆在烧书。一切有书的家庭在烧书。自己不烧,别人会到你家里查抄,结果还是免不了被烧。普通的家庭只剩下了一个人的书,并且要摆在最显眼的地方。

街道也成立了"无产阶级文化大革命执行委员会"——使命之一也是挨家挨户查抄"毒草"焚烧之。

"老梁家的,听说你们这个院儿里,顶数你们孩子买的黑书多啦,统统交出来吧!"

面对闯入家中的人们,母亲镇定地声明:"我是文盲,不知哪些书是黑书。"

"除了毛主席和林副统帅的书,全是黑书,'毒草'。这个简单明白的革命道理文盲也是应该懂得的!"

"我儿子的书,我已经烧了,烧光了。现时我家只有那几本红宝书啦。"

母亲指给他们看。

他们怀疑。

母亲便端出一盆纸灰:"怕你们不信,所以保留着纸灰给你们验证。若从我家搜出一本黑书,你们批判我。"

"听说你儿子几十本书哪,就烧成这么一盆纸灰?"

"都保留着?十来盆呢。我不过只保留了一盆给你们看。"

母亲分外虔诚老实的样子。

他们信了。

他们走时,母亲问:"那么这一盆纸灰我也可以倒了吧?"

他们善意地说:"别倒哇!留着,好好保留着。我们信了,兴许我们走后再来查一遍的人们还不信呀。保留着是有必要的!"

纸灰是预先烧的旧报纸。

我的书,早已在母亲的帮助下,糊在顶棚上了。

我下乡前,撕开糊棚纸,将书从顶棚取下,放在一只箱子里,锁了,藏在床底下最里头。

我将钥匙交给母亲时说:"妈,你千万别让任何人打开那箱子。"

母亲郑重地接过钥匙:"你放心下乡去吧!若是咱家失火了,我也吩咐你弟弟妹妹们先抢救那箱子。"

我信任母亲。

但我离开城市时,心怀着深深的忧郁。我的书我的一个世界上了锁,并且由我的母亲像忠仆一样替我保管,我没有什么可不放心的。然而谁来替我分担母亲的愁苦呢?即使是能够分担一点点?

我知道,不久三弟也是要下乡的。

接着将会轮到四弟。

那么家中只剩下挑不动水的妹妹,疯了的哥哥和我瘦小的憔悴的积劳成疾的母亲了!

我们将只能和父亲一样,从相反的两个方向,大东北和大西北遥遥地关注我们日益破败的家了……

母亲越是刚强地隐藏着愁苦,我越是深深地怜悯母亲。

上帝保佑,我的家并没失过火。却因房屋深陷地下,如同母亲挣钱的那个小厂一样,夏季里不知被雨水淹了多少次。

一九七九年,时隔五载,我第一次从北京回去探家,帮助母亲从家中清除破烂东西,打床底下拖出了那一只挺沉的箱子。它布满了滑溜溜的霉苔。

我问母亲:"妈,这箱子里装的什么呀?"

母亲看着,回忆着,和我一样想不起来。

"妈,把打开这锁的钥匙给我……"

"妈也记不清楚哪把钥匙是开这把锁的了,你试吧!"

母亲从兜里掏出一串钥匙给我。

锁已锈死。哪一把钥匙也打不开。最后被我用砖头砸开了。

掀开箱盖,一股霉味直冲鼻腔。一箱子书成了一箱子发黄的碎纸。

碎纸中有几个粉红色的小小生命在蠕动,像刚刚被剁下来的保养得极润的女人手指。

我砰地关上了那箱子盖,并用双手使劲按住,仿佛箱子内有一个面目狰狞的魔鬼。

即使将世界装在那样一口箱子里也是会发霉的。

"箱子里到底是什么啊?"

母亲困惑地又问了一句……

父亲带着一颗受了伤害的心离开北京回四弟家中去住了。我致信三弟希望母亲能到北京来住。这是一九八五年的事。算起来我又六年未见母亲了。父亲的走,使我更加想念母亲。我心中常被一种潜在的恐慌所滋扰,我总觉得一个不可避免的事实伏在距离我很近的日子里,当它突然跃到我跟前时,我不知我如何承受那悲哀、内疚和惭愧。

母亲便很快来到了北京。

母亲是感知到了我的心情吗?

我和妻每夜宿在办公室,将我们十三平方米的小小居室让给了母亲和安徽小阿姨秀华和我们三岁半的儿子。一老一少两个女人和一个孩子夜夜挤在一张并不宽大的硬床上。

母亲满口全是假牙了。

母亲的眼病更严重了。

"你是她什么人?"

在积水潭医院眼科,医生对母亲的双眼仔细检查了一番后,冷冷地问我。

"儿子。"

"为什么到了这种地步才来看?"

我无言以对。我知道弟弟妹妹们为了治好母亲的眼睛,已是付出了许多儿女的义务和孝心。我也听出了医生话中谴责的意味。

"眼翳是难以去除了,太厚,手术效果不会理想的。而且也极可能伤到瞳仁……"

"那……至少,是应该植假睫毛的吧?"

可怜的母亲,双眼连一根睫毛也没有了!失去了保护的眼睛常被炎症所苦。

"应该想到的事，你不认为你想到的有些晚了吗？眼皮已经这么松弛了，植了假睫毛还是会向内翻，更增加痛苦。"

"那……"

"多大年纪了？"

"六十七岁了。"

"哦，这么大年纪了……开几瓶常用药水吧，每天给你母亲点几次，保持眼睛卫生……这更现实些……"

我搀扶着母亲，兜里揣着几瓶眼药水，缓慢地往医院外面走。

默默地我不知对母亲说什么话好。十五岁那一年，我到母亲为养活我们而挣钱的那个地方看到的一幕幕情形，从此以后更经常地浮现在我脑际，竟至使我对类似踏板缝纫机的一切声音和一切近于褐色的颜色产生极度的敏感。

"儿，你替妈难过了？别难过，医生说得对，妈这么大年纪了，治好治不好的又怎么样呢？"

八岁的儿子，有着比我在十五岁时数量多得多的"书"——卡通连环画册、《看图识字》《幼儿英语》《智力训练》什么什么的。妻的工资并不高，甚至可以说是低收入阶层，却很相信智力投资一类宣传。如是等样的书，妻也看，儿子也看。因为妻得对儿子进行启蒙式教育。倘我在写作，照例需要相对的安静，则必得将全部的书摊在床上或地下，一任儿子作践，以摆脱他片刻的纠缠。结果更值得同情的不是我，而是那些"书"。

触目皆是儿子的"书"，将儿子的爸爸的"读物"从随手可取排挤到无可置处，我觉得愤愤不平，看着心乱。既要将自己的书进行"坚壁清野"，又要对儿子的"书"采取"三光政策"。定期对儿子那些被他作践得很惨的"书"加以扫荡，毫不吝惜。

这时候，母亲每每跟着我踱出家门，站于门口望我将那些"书"扔到哪儿去了。随后捡回，而我不知觉。一天，我跨入家门，又见满床满桌全是幼儿读物的杂乱情形，正在摆布的却不是儿子，而是母亲。糨糊、剪刀、纸条，一应俱全。母亲正在粘那些"书"。那些曾被儿子作践得很惨被我扔掉过的"书"。

母亲唯恐我心烦,慌慌地立刻就要收起来。

我拿起一册翻看,母亲粘得那么细致。

我说:"妈,别粘了。粘得再好,梁爽也是不看的。这些书早对他失去吸引力了!"

母亲说:"我寻思着,扔了怪让人心疼的不是……要不让我都粘好,送给别人家孩子吧!这也比扔了强呀!"

我说:"破旧的,怎么送得出手?没谁要。妈你瞧,你也不是按着页码粘的,隔三岔五,你再瞧这几页,粘倒了啊!"

母亲说:"唉,我这眼啊,要不寄给你弟弟妹妹们的孩子,或者托人捎给他们?"

我说:"千里迢迢,给弟弟妹妹们的孩子寄回去捎回去一些破的旧的画册?弟弟妹妹们心里不想什么,弟媳和妹夫还不取笑我?"

母亲说:"那……我真是白粘了吗?就非扔了不可了吗?粘好保存起来,过几年,梁爽他长大了几岁,再给他看,兴许他又像没看过一样了吧?"

我说:"也可能。妈你愿粘,就粘吧。粘成什么样都没关系,我不心烦。"

于是我和母亲一块儿粘。

收音机里在播着一支歌:

旧鞋子穿破了不扔做啥?

老太太老爷子他们实在啰唆……

我想像我这样的一个儿子,是没有任何权利嘲弄和调侃穷困在我的母亲身上造成的深痕的。在如今的消费心理和消费方式的对比之下,这一点并不太使我这个儿子感到可笑,却使我感到它在现实中的格格不入的投影是那么凄凉而又咄咄逼人。

我必庄重。

对于我的母亲所做的这一切似乎没有意义的事情,我必庄重。

我认为那是母亲的一种权力。

一种特权。

我必服从。

我必虔诚。

我不能连母亲这一点点权力都缺乏理解地剥夺了!

我知道床下、柜下,还藏着一些饮料筒、饼干盒、杂七杂八的好看的小瓶儿什么的,对于十三平方米的居室,它们完全是多余之物,毫无用处。

我装作不知。

是的,我必庄重。

它没什么值得嘲弄和调侃的。倘发自于我,是我的丑陋。尽管我也不得不定期加以清除。但绝不当着母亲的面,并且不忍彻底,总要给母亲留下些她也许很看重的东西……

一天,我嘱咐小阿姨秀华带母亲到厂内的浴室洗澡。母亲被烫伤了,是两个邻居架回来的。

我问邻居:"秀华呢?"

他们说她仍在洗。

我从没对小阿姨表情严厉地说过话。但那一天我生气了。待她高高兴兴地踏进家门之后,我板起脸问她:"奶奶烫伤了你知道不知道?"

"知道呀!"

"知道你还继续洗?"

"我以为……不严重……"

"你以为……你以为!那么你当时都没走到奶奶身边儿去看看?我怎么嘱咐你的!"

母亲见我吼起来,连说:"是不严重,是不严重,你就别埋怨她了……"

半个多月内,母亲默默忍受着伤痛。没说过一句抱怨话。

母亲又失去了假牙。一天母亲取下假牙泡在漱口杯里,被粗心大意的小阿姨连水泼掉了。

母亲没法儿吃东西了,每顿只能喝粥。

我正要带母亲去配牙那一天,妹妹拍来了电报。

我看过之后，撕了。

母亲问："什么事？"

我说："没什么事。"

"没什么事哪会拍电报？"

母亲再三追问。

尽管我不愿意，但终于不得不告诉母亲——常住精神病院的大哥又出院了……

母亲许久未说话。

我也许久未说话。

到办公室去睡觉之前，我低声问母亲："妈，给你订哪天的火车票？"

母亲说："越早越好，越早越好。我不早早回去，你四弟又不能上班了！"

母亲分明更是对她自己说。

我求人给母亲买到了两天后的火车票。

走时，母亲嘱咐我："别忘了把那瓶獾油和那卷药布给我带上。"

我说："妈，你的烫伤还没好？"

母亲说："好了。"

我说："好了还用带？"

母亲说："就快好了。"

我说："妈，我得看看。"

母亲说："别看了。"

我坚持要看。母亲只好解开了衣襟——母亲干瘪的胸脯上有一大片未愈的烫伤的溃面！

我的心疼得抽搐了。

我不忍视，转过脸说："妈，我不能让你这样走！"

母亲说："你也得为你四弟的难处想想啊！"

……

母亲走了。带着一身烫伤。失落了她的假牙。留下的，是母亲的临时挂号证，上面草率的字写着眼科医生的诊断——已无手术价值。

今年春季，大舅患癌症去世了。早在一九六四年，老舅已经去世了。母亲的家族，如今只活着母亲一个女人，老而多病，如同一段枯朽的树根。且仍担负着一位老母亲对子女们的种种的责任感。那将是母亲至死也无法摆脱的了。

我想我一定要在母亲悲痛的时候回到母亲身旁去。我想如果我不去就简直太浑蛋了！

于是我回到了哈尔滨。

母亲更瘦更老更憔悴了。真正的就好似根雕一个样子！

母亲面容之上仿佛并无悲痛。那一副漠漠然的神态令我内心酸楚。母亲其实已没有了丝毫能力担负她的责任和使命了呀！母亲好比是一只老猫，命在旦夕，只有关注着她的亲人和儿女们，然后从这个世界上平平常常地死去的份儿了！母亲她苍老的生命大概已完全丧失了体现她内心悲痛和怜悯之情的活力了吧？

在四弟的家里，只有我和母亲两个人的时候，母亲强打起她最后的尊严，语调缓慢地对我说：

"听着，妈和你爸从来没指望你当什么作家。你既然已经是了，就要好好儿地当。妈和你爸都这么大年纪了，别在我们活着的时候，给我们丢脸……"

那一时刻，我真想给母亲跪下，告诉母亲，我会永远记住她的话……

母亲对我已无他求。

"不会干别的才写小说"——这一句话恰恰应了我的情况。

在这大千世界中我已别无选择，没了退路！

母亲，放心吧。我记住了你的话，一辈子！

……

若有人问我最大的愿望是什么？我会毫不犹豫地回答：将我的老母亲老父亲接到我的身边来，让我为他们尽一点儿拳拳人子的孝心。然而我知道，这愿望几乎等于是一种幻想一个泡影。在我的老母亲和老父亲活着的时候，大致是可以这样认为的。

我最最衷心地虔诚地感激哈尔滨市政府为我的老父亲和老母亲解决了

晚年老有所居的问题。使他们还能和我的四弟住在一起。若无这一恩德降临，在我家原先那被四个家庭三代人和一个精神病患者分居的二十六平方米的低矮残破的生存空间，我的老母亲老父亲岂不是只有被挤到天棚上去住吗？像两只野猫一样！而父亲作为我们共和国的第一代建筑工人，为我们的共和国付出了三十余年汗水和力气。

我的哈尔滨我的母亲城，身为一个作家，我却没有也不能够为你做些什么实际的贡献！

这一内疚是为终身的疚惭。

对于那些读了我的小说《溃疡》给我写来由衷的信的，愿真诚地将他们的住房让出一间半间暂借我老母亲老父亲栖身的人们，我也永远地对你们怀着深深的感激。这类事情的重要的意义是，表明我们的生活中毕竟还存在着善良。

我们北影一幢新楼拔地而起。分房条例规定：副处以上干部，可加八分。得一次全国奖之艺术人员，可加二分。我只得过三次全国中短篇小说奖。填表前向文学部参加分房小组的同志核实，他同情地说："那是指茅盾文学奖而言，普通的全国奖不算。"我自忖得过三次普通的全国中短篇奖已属文坛幸运儿，从不敢做得三次茅盾文学奖的美梦。而命运之神即便偏心地只拥抱我一个人吧，三次茅盾文学奖之总分也还是比一位副处长少二分，而我们共和国的副处长该是作家人数的几百倍呢？

母亲啊，您也要好好儿地活着呀！您可要等啊！您千万要等啊！

求求您，母亲！

母亲啊，在您那忧愁的凝聚满了苦涩的内心里，除了希望您的儿子"好好儿地"当一个作家，再就真的别无所求了吗？

淫雨是停歇了。瘦叶是静止了。这一个孤独的日子，我想念我的母亲。有三只眼睛隔窗瞅我，都是那杨树的眼睛。愣愣地呆呆地瞅我，瞅着想念母亲的我。

邻家的孩子在唱着一首流行的歌：

杨树杨树生生不息的杨树，
　　就像妈妈一样，
　　谁说赤条条无牵挂？
　　……

　　由我的老母亲联想到千千万万的几乎一整代人的母亲中，那些平凡的甚至可以认为是平庸的在社会最底层喘息着苍老了生命的女人们，对于她们的儿女，该都是些高贵的母亲吧？一个个写来，都是些充满了苦涩的温馨和坚忍之精神的故事吧？
　　我之愀然是为心作。
　　娘！……
　　遥远地，我像山东汉子一样呼喊您一声，您可听到？

老　师

实在地说，我早已将老师忘却了。

偶尔忆起的，只是小学时期的一段往事和一种关于他的淡泊了的情愫。

那是我们的共和国经历严峻的自然灾害的第一年。那一年我才十二三岁，细瘦的脖子上插着一颗大脑袋。从城市到农村，共和国的一代孩子，如今被称作第三代人，被称作共和国的同龄人或长子长女的当年的我们，大抵是那么一副漫画式的模样，营养不良但精神豪迈。因为诞生在新中国的礼炮声中，因为成长在红旗下，还因为我们的父辈从小都是放牛娃。曾将冻僵的赤脚在冬天踩进牛刚拉的粪中取暖。不是这样的父辈的儿子心理上总是不安泰，仿佛自己有罪过似的。唱"我们是新中国的儿童，我们是新少年的先锋"时，尽管底气不足，感情却非常充沛，也非常真诚……

记得那一天我们学新课——《神笔马良》。

"……老婆婆说：'孩子，我已经许多天没吃东西了。我一点儿力气也没有了。我快饿死了。'于是，马良用笔画了一张饼。立刻，那张饼变成了一张真饼……"

老师她背靠讲课桌，娓娓地读着课文，声音极低微。读几句，停歇片刻。好像她也许多天没吃东西了，一点儿力气也没有了，快饿死了。她原本秀丽年轻的脸庞，不但浮肿，而且青白。

同学王小松，将课本打开立在桌上，隐蔽着自己，用削铅笔的小刀，一下一下削一小块什么坚硬的东西，削够了一小撮，就伸出舌头直接从桌上舔到嘴里。

教室静悄悄的，鸦雀无声。女同学们听课文都听得入了神，不时咽口水，如同咽下她们在幻想中咬了一口的饼。

发现王小松"搞小动作"的几个男同学，纷纷暗中向他伸手，并勾动手指，传递乞讨的信号。他那种津津有味的大快朵颐的样子，使他们馋涎欲滴。尽管都并不知道他嚼什么。

王小松是个对谁都挺大方的同学，他不安于独自受用了。他将削下来碎屑，一撮一撮分别包成一些小纸包儿，瞅准机会扔给这个一包儿，抛给那个一包儿。他没忘记我这个好朋友，虽然因为我坐在他后边隔两排，无法向他发出乞讨信号，他还是仗义地扭转身掷给了我一包儿。

我打开一看，见纸上有字，写的是——这不是一般的豆饼，是我爸爸在骑兵团当政委的老战友托人捎来的！

我们那时男女生合座。与我同桌的女生，不禁斜眼瞧那一撮豆饼屑，我分了些倒在她一边桌面上。她摇摇头，不肯小猫小狗似的舔食。我的口水早快淌下来了，一舌头舔光纸上的豆饼屑，并让她看纸上的字。

她还是摇头。

我也只好随她爱舔不舔的，不再理会她。

待我又看她时，却见她的腮在蠕动。她桌面上的豆饼屑失踪得一干二净。桌面上留下了一道湿漉漉的舌头舔过的痕迹。

似乎要普度众生的王小松没有停止他的"加工"和慷慨赠予。结果，当老师要求大家跟她一起读课文时，除少数同学能读出声音，大多数同学连嘴都不敢张开一下。

"你们，都怎么了？……老师……要求你们跟我一起读课文，都没听明白？嗯？……"

于是老师重读："第十三课——《神笔马良》……"

还只是有几个同学跟着读。

老师愕异的目光扫视着大家，困惑不解。她的眉峰微微耸起了一下。

她生气的时候常常那样，她将课本往桌上果断一放，接着，分明地，想要抬起手臂，向同学们做出某种严厉的手势。手臂却没能抬起来。她的身体开始摇晃，如同被子弹从身后击中了要害部位。她不得不用那条手臂撑住身体……

然而她双腿一曲，还是跪倒下去了，手臂也从讲桌上软软地滑了下去……

同学们发出一片惊慌的喊叫，纷纷离开座位，扑向她……

她已躺在地上……

许多同学吓哭了。有的往起抱她。有的哭泣着呼叫她。有的跑出教室，奔向教员室……教员室所有的老师都匆匆赶来，一位男老师将她背到教员室……我们全班同学惴惴地聚在教员室外。门关着。几个男同学叠罗汉，从门上方的小窗往里张望。一些女同学将耳朵贴着门倾听。另外一些女同学围住王小松，数落他千不该万不该，不该在上课的时候分东西给大家吃，以至于使大家不能跟着老师读课文，将老师气昏了。王小松自知罪过严重，一声不吭，忐忑地瞪大眼睛呆立着，脸色煞白，吓傻了。

教员室的门终于开了。走出来的是那位男老师。

他说："都回教室吧！我替你们老师上这堂课。"

王小松怯怯地问："我们老师……真是被我们气的吗？"

他摇摇头："不是的，同学们。你们的老师，难道你们还不了解她吗？她什么时候跟学生们生过这么大的气呀？她是饿的。她的公公婆婆都是农村人，在农村活不下去了，投奔她家来住下了。她刚生过孩子，贫血，又非常孝敬公婆。为了节省下口粮养活公婆，每天喝一点儿野草粥。别的老师分午饭给她吃，她却不好意思吃大家的，每到吃午饭的时候，就悄悄躲开了。唉，大家上课去吧。"

王小松从兜里掏出他削剩下的极小极小的一块豆饼，递给那位男老师，说："请您送给我们老师，让她吃了吧！我家里还有。明天我保证给我们老师带一大块来……"

那位男老师瞧着王小松的手，苦笑了一下，没接。

王小松哀求道："老师，替我，不，替我们大家送给她吧！"

男女同学一齐帮着王小松哀求："求求您啦老师！……"

"不是他一个人求您，是我们全班同学求您啊！"

"您不替我们送给她，我们就不跟您回到教室去上课！"

那位男老师，看看这个同学，看看那个同学，显然受了很大感动。

他背转身，掏出手绢揩鼻子，顺势用手背抹了抹眼角儿。终于郑重地接过王小松手中的豆饼，走进了教员室……放学后，班长提议，第二天每人要给老师带些吃的东西来。只要是能吃的，带什么都行。正是快到月底的日子，我家的粮袋儿早空了。提前买下个月的粮，哪怕提前一天，都是根本办不到的事。除非持有居民组、街道和公社开的三级证明信，证明有极其特殊的理由或困难。母亲和我们几个孩子，每天是靠向买粮日期与我家不同的邻居借的二三斤粮食勉强糊口，那些日子母亲因公伤在家中休养。厂里派人来看望母亲，送来了二斤鸡蛋、一斤"古巴糖"、三斤小米。小米已吃完了。"古巴糖"送给病得活不了多久的邻居陈大娘了。二斤鸡蛋，却还剩下十个。

母亲用一块旧手绢包了五个鸡蛋，让我带给老师。

鸡蛋！鸡蛋啊！

我觉得我的母亲真好，真是世界上最好最好的母亲！我想我带给我的老师的，毫无疑问是最上等的最珍贵的东西。那个年月，鸡蛋是普通人家平常日子难以见到的。像天鹅蛋一样会令人感到稀罕，感到惊奇。别说鸡蛋了，连鸡都少见了。人吃糠咽菜的情况下，拿什么喂鸡呢？人若一见到鸡，首先产生的恐怕不是吃鸡蛋的念头，而是怎么才能赶快把鸡吃了。

我想同学们见到我带去的鸡蛋，一定会欢呼雀跃起来。我想老师见到我带去的鸡蛋，一定会感动得落泪的。

我心里高兴，跑跑跳跳地去上学。不料包鸡蛋的手绢包儿从书包里颠了出来，掉在地上。

"哎，小孩儿，掉东西啦！"

掉了我还不知道，听到背后一个大人的话才站住。

我一瞧见手绢包儿那种样子，明白五个鸡蛋全碎了！碎了我也不能丢弃呀！碎了的鸡蛋也是鸡蛋呀！我要用手绢兜着带到学校去，以证明我确实给老师带能吃的东西了，而且是最上等的最珍贵的东西！只要我小心地拎着，走快些，蛋黄不散，换个水杯什么的盛着，老师不是仍可以带回家炒了吃吗？

我正欲跑去从地上拎起手绢包儿，停在路边的泔水车动了。拉泔水车的老马发现了它。我至今也想不通，那匹老马怎么会知道手绢包的是好吃的东西呢？那可真是一匹老马了啊！又老又瘦，骨头在皮底下支棱八叉的。不细看，你会以为它的皮上就根本不曾长过毛。脱尽了毛的青灰色的皮，紧绷着肋条。不但青灰色的皮脱尽了毛，连脖子上的鬃也几乎掉光了。没掉的，这儿一撮那儿一撮，长长短短的，显然没人为它修剪过。也许它并非一匹老马。因为瘦成那种可怕的样子，才变得又老又丑。

它离手绢包儿近。我离手绢包儿远。它两眼瞪着我，头向前拱，脖子伸得长长的，拖着泔水车，吃力而又奋力地争先。我觉得它那只浑浊的眼睛所投射出的，是一种凶狠的、焦急的，唯恐比我迟一步的类人的眼神儿。

我和它差不多同时接近手绢包儿。我向手绢包儿伸出了手，它也向手绢包儿俯下了嘴。它突然打了个响鼻，并且翻起松弛的垂耷着的上唇，狗似的，龇出一排稀疏的大牙。那一时刻，我觉得它的眼神儿不但凶狠，简直可以说很歹毒。

我赶紧缩回手，吓得一屁股跌坐于地。

我眼睁睁地看着它将手绢包儿衔起来，吞咽了下去。是的。是吞咽了下去。接着，它用舌头舔有些湿的地皮。就像我和同学们昨天在课堂上用舌头舔豆饼屑一样。五个鸡蛋！五个呀，居然被这匹拉泔水车的又老又丑的披头散发的马享用了！而且它连手绢一块儿吞咽了下去。

我由于太心疼我的鸡蛋了，也由于再没有什么吃的东西可以带给我的老师，哇的一声哭了。这匹又老又丑的马啊，它哪怕将手绢吐出来呀！那样，我也可以用手绢证明，我确实是给我的老师带了五个鸡蛋的！现在可叫我如何对同学们讲呢？

那匹老马，它倒对我不理不睬的，若无其事地往后退，将泔水车退回到原处去了。我不离开。我决心讨回我的惨重损失。我想我必须讨回与五个鸡蛋相等的补偿。待赶泔水车的人出现，我理直气壮地要他赔我五个鸡

"你对咱们老师够情分！老师没白教你三年！咱俩更是好朋友了……"他学大人们互相表示知心和友好的样子，一只手往我肩上重重地一拍，扭转头对同学们说，"你们猜他给咱们老师带的什么？保证你们谁也猜不到！他带的是——鸡蛋！"同学们呼啦一下都向我围过来。

"几个？几个？……"

"快拿出来给大家看看呀！"

不待我再开口，我的脸蛋立刻被亲了好几下。我闹不清究竟是哪几个女同学亲了我，只觉得耳烧目眩，座位开始打转，只希望地上立刻裂开一道缝，使我能够一头钻入地下，摆脱围住我的同学们……

"哎呀，他今天怎么了？傻傻呆呆的！都快打上课铃啦，把鸡蛋拿出来呀！"

"被……被马吃了……"

"什……么？！"

"被马吃了！拉泔水车的马！"

"你的意思也就是说，你什么都没给咱们老师带来？！"

"带了！五个鸡蛋！我不是告诉你们被马吃了吗？你们都聋啦？"

"你撒谎！你是不是撒谎？！"第一个不信的是王小松。他认为自己被耍弄了。像一头牛犊子似的气呼呼地对我瞪起了眼睛。

"我没撒谎！连包鸡蛋的手绢都被马吃了！信不信随你们的便！……"

"你们看他脸红的！撒谎的人想不脸红也办不到！"

"他可耻！他欺骗我们……"

忽然，大家全不笑了。一双双被惹怒的眼睛瞪着我。如同一群小鸡瞪着一条佯死不动的毛虫。今天这一件事，对每一个同学太虔诚太神圣了。每一个同学，包括那些平时经常受到老师批评的同学，都是满怀对老师的深切的体恤和由衷的敬爱参与的。他们怎么能容忍有一个同学既耍弄了他们全体，又亵渎了这件事本身呢？

不知哪个同学发了一声喊："揍他！"刹那间他们扑向我，不由分说，一齐揍我。我双手抱头没处躲没处藏，只有老老实实挨揍的份儿。王小松喊："行了行了，反正也罚了他了！现在听他讲讲，拉泔水车的马怎么就能把他带给老师的鸡蛋吃了！"我早已泪流满面。我不想进行解释。我一句话也不想说。我甘认倒霉。幸而上课铃响了，真正替我解了围。同学们纷纷归座后，走入教室的，是昨天将我们老师背到教员室的男老师。他走到黑板前，望着课桌上的东西，久久地望着，似乎昨夜睡落了枕，难以抬起头来。又似乎教室里空荡荡的，根本不存在我们这些学生。

同学们面面相觑，全都显出不安的样子。怕这位给我们临时代课的老师生气。因为讲课桌上没有他放课本的地方了。粉笔盒也不知被哪个同学放到了窗台上。班长在一些同学的目光的鼓励之下，犹犹豫豫站起，喊了一声："起立！"全体同学齐刷刷地随声站起。他，代课的男老师，仍望着桌上的东西，仍未抬头。"敬礼！"同学们齐刷刷地向他行低头礼。他还是未抬头。班长惶惑了，转脸看看右侧的同学们，又转脸看看左侧的同学们，不知所措，迟迟地没有接着喊一声"坐下"……同学们也都惶惑了，不知道究竟应该用目光鼓励她喊，还是应该用目光制止她千万别喊……代课老师突然低着头快步离开了教室。同学们就那么惶惑地站立着。教室里静极了。我们听到一个男人竭力压抑住的哭泣，隔着教室的门低低地传了进来……

同学们更加惶惑了。以为代课的老师，他家里也住了从农村逃荒的亲人，他也得每天节省下口粮养活他们。果然如此的话，我看出每个同学心里都在想，明天也愿意为他再带来这许多能吃的东西。他也是一位老师啊！而且，通过昨天的接近，他给我们留下了亲切和蔼的印象……

终于，他第二次走入了教室。他的双眼哭红了。他到底抬头望着我们了。他语无伦次地说："同学们，对不起，我不应该让大家站这么久……刚才，我什么也没听见，请大家原谅我……我……大家快坐下吧！坐下吧！你们坐呀……"大家这才先后地坐了下去。他默默地扫视着我们。当他的目光扫视到我，停止在我脸上。

"那位同学，你怎么了？"他指着我问。

我刚欲站起，他立刻又说："别站别站。你刚刚哭过一通是不是？"

同学们纷纷转身或扭头，都将目光投射到我身上。

我急忙摇头否认："不，我没哭过。我……我迷眼睛了！……"

"哦，是这样……"

他的目光这才移向其他同学。

"你叫王小松对不对？"

"对……"

同学们的目光又投射到王小松身上，奇怪代课老师他何以会知道王小松的名字。

"老师，我错了。昨天我不该在课堂上吃豆饼，更不该……等我们老师能给我们上课了，我一定会当面向她承认错误的……"王小松在座位上窘迫地扭动着身体，说着说着快哭了。他给我们的老师带来的东西最多，肯定有一种希望弥补罪过的心理。尽管昨天代课老师已经告诉我们，班主任老师她并不是被气昏的，而是饿昏的。王小松却仍觉得自己是一个直接的肇事者。

"王小松，昨天，我把你那块豆饼，给了你们老师之后，她……微笑了。她……还说，我教的学生们就是好。我对他们有感情，他们对我也有感情。她猜到了你们今天一定会给她带来许多吃的东西……她嘱咐我让我转告大家，大家的心意，她是领受了。但是……东西……她却不忍收。她说你们是孩子，正在长身体的发育时期，是我们国家未来的接班人，她不能……你们明白了吗？……"

大家好像明白了许多，许多许多。也好像没明白，一点儿也没明白他的话。

"同学们，从今天起，我就是你们的班主任老师了。我发誓，一定像她一样，认认真真地教你们。和你们一起，保持我们这个班级先进班的荣誉……"

同学们全都目不转睛地注视着他。仿佛他正在给我们讲一个动人的故事，而我们也是这个故事之中的人物。

班长怯怯地问："老师，那……那我们李老师……从此就……再也不教我们了吗？"

"是的。"

我们不明白。

我们的眼睛都在向他问为什么。

有几个过分敏感的女同学开始哭了。她们也不甚明白他为什么要那样说。她们哭泣只是由于被他说话的语调和表情所感动。他的语调像一位大演员在舞台上面对空无一人的剧场低声倾诉内心独白，并且完完全全地进入了角色，忘记了自己更是舞台之下的一个人。总之他的语调有一种魅力，一种不是后天训练而得益于发挥的魅力。似乎是先天的，与生俱有的。与其说那是一种语言魅力，毋宁说更是一种心灵魅力，使你丝毫也不怀疑。如果所说的确是他从内心里想说的话，说出来便是诗，谱了曲便成歌。那一时刻他脸上的表情被庄严和高尚所凝固，使他的脸看上去又仁慈又圣洁，目光中充满了对我们以及一切人的爱，眼里焕发着某种悲悯的源自于精神的光彩。他的脸，一张"亚瑟"式的脸，和他整个人，笔直地站在我们面前，站立在讲台之上宛如一尊雕像，刚刚扯落布罩，一下子呈现于我们眼前并使我们心目惊异。

王小松在课本的背面写了两个字，竖起课本给同学们瞧。

我瞧见那两个字是——"亚瑟"。

不久前学校组织看场电影《牛虻》。女同学们曾在背地里评议哪个男同学最像年轻时期的亚瑟。而男同学们也曾背地里评议过哪个女同学像小琼玛。我相信每个同学都由他而联想到了《牛虻》这部电影。当然，大家只会从心里觉得他太像亚瑟。绝不会有一个同学认为他也多少有点儿像"牛虻"。即使他脸上有一道同样的伤疤贴上胡子头戴牛仔帽，肯定还是绝不会那么认为。因为他的脸看上去着实年轻。只不过由于老师的特殊身份才使我们理所当然地无一例外地将他归属为大人……

尽管我们理性上十分乐于接受这位新的班主任老师，但是我们的心里更眷恋我们的李老师。那位三十二三岁的，从我们入学那一天起就开始教我们的，几乎批评过我们每个同学也几乎表扬过我们每个同学的，周末最后一堂课经常给我们讲安徒生童话的，在郊游活动中和我们一块儿捉迷藏的，咯咯笑起来时笑声活泼如小女孩并且清脆悦耳富有感染力的李老师。我们爱她。那一时刻我们每个学生都了解到原来我们竟是多么爱她！不管以什么理由和什么名义，如果迫使我们接受这样一个现实——从此我们的李老师将不再属于我们生活的一部分，我们将会憎恨这一现实并诅咒这一现实。小学生换班主任，如同小孩子换阿姨换妈妈。如果教他们的是一位以母亲般的温暖以大姐姐般的亲情爱他们并被他们所爱的好老师……突然，有一个男生叫喊起来——"不行！"老师的仿佛娓娓倾诉般的自言自语般的话被打断了。他怔了片刻，脸上渐渐显出愕异的样子，缓缓地开口问道："谁说的？谁说不行？"

他的目光又一次在我们脸上扫视过来扫视过去，企图通过表情判断寻找出那个喊叫起来的同学。但是他并没有生气，脸上也无愠色，只是显出愕异的样子而已。仿佛他听到的不是"不行"，而是"不懂"。仿佛他一定要使某个"不懂"的学生懂什么似的。仿佛这一点是他身为老师不做到则心不安的职责。

"不行！"——又一个男同学叫喊起来。

"不行！"——许多女同学也叫喊起来。

"不行！"……全班同学都一阵阵叫喊起来。

他迈下了讲台，在课桌的行距之间走来走去，举着双手做往下按什么似的手势，似乎如此这般就能够将大家的叫喊声按下去。"同学们，我不明白……什么不行？究竟因为什么使你们认为不行啊？……"在一阵高过一阵的叫喊声中，他显得十分困惑，有几分不知所措的样子。

"一——二——我们还要李老师！"一个女同学这样喊叫。

"我们还要李老师！"

"我们还要……"

全班同学都开始这样喊叫。一边喊叫，一边都用双手拍桌子，双脚跺地。

"李老师死了！"他突然也喊叫起来。他的脸由于尴尬由于冲动而涨得通红。同学们的喊声戛然而止。

教室又恢复了那种异乎寻常的肃静。

一片暖气漏水的嘀嗒声清晰可闻。

每一双眼睛都默默地瞪着他。目光中刚才那种被他的话他的语调他的表情所感动的成分荡然无存。咄咄闪烁着的是某种敌意，如同瞪着一个杀人犯。而我们的李老师正是被他杀死的。

"同学们,请大家原谅,我不该说……可的确是我说的那样……你们的李老师她死于野菜中毒……我知道你们一向是多么尊敬她,多么喜爱她……我不愿对你们明确地说出这一个事实……我以为你们已经懂了我刚才的话,而你们却没有懂。你们的李老师,她……临死的时候,念念不忘的是由哪位老师来教你们,当你们的班主任……她也是那么爱你们……这些她教过了三年的学生。我……我还在实习阶段,我还不是一位正式的老师……我还没有资格……因为你们的李老师,对你们的一片爱心感动了我……"

几个女同学忽然都往桌上一趴……

尽管谁也没听到哭声,但谁都知道她们哭了……

"同学们,我知道你们心里都很难过……我也是……"

他回到讲台上。他的语调恢复了平静,那是一种又平静又庄重的语调。他的表情同时也又变得仁慈而高尚。

"我求大家,不要继续喊叫了,影响别的班上课,我会挨批评的。也许我就当不成大家的班主任了!难道你们真的那么不喜欢我这位老师,那么不能接受我吗?!……"

没有一个同学开口说话,哪怕是说一句稍微使他感到欣慰一点儿的话。那一时刻大家仿佛都变成了哑巴,而且变成了聋子,一个个又聋又哑了。

这一事实对我们幼小的心灵的冲击力是那么巨大!一个活生生的人怎么就会说死便死了呢?昨天她还站在讲台上。前天她还批改过我们的作业。大前天,也就是周末,最后一堂课,她还照例给我们讲安徒生童话。讲的是《海的女儿》。大大前天……

我敢肯定全班同学当时的心理状态和我一样……

"同学们,要哭,你们就哭吧!你们的李老师值得你们这样怀念她。不过,不要哭出声儿来……不要……影响别的班上课……"

没有同学再往桌上趴。

大家都端端正正地坐着,默默地流泪。

他从讲台上走到窗前,有意不望我们,望窗外。初冬早晨的太阳,红而且大，像一个大红气球被拴在对面楼房的楼顶上，似乎很轻易便会挣断那条拴住它的看不见的线，却又并不急于挣断它，懒洋洋地逗留在楼房顶上惰于升起。覆盖于楼房顶的第一场雪还没化，仍然洁白如银，两层窗子之间，李老师带领大家封窗时摆放进去的松枝，翠绿如初。那片漏水的暖气片的嘀嗒声，好像钟表弦响之音。

他终于将脸转向我们，以商量的口吻说："请同学们打开课本吧？我接着讲李老师没有给你们讲完的《神笔马良》……"

谁也不动。没人翻课本。

"同学们，听我告诉你们……"他又走到讲台上，以满怀爱心的目光望着我们，温和地说，"人有两种生命形式。每一个人都有两种生命形式。一种是肉体的，一种是灵魂的。当人的肉体生命结束的时候，人的灵魂生命将继续活着。以特殊的方式，从另一个世界关注着我们。只要我们记着我们所敬爱的人，我们便会相信他们的存在，并能感到他们的存在……"

那是我们这些尚不谙世事的孩子，第一次听到一个大人对我们讲关于灵魂的问题。他的话安慰到了我们心里去。同学们都纷纷用手抹去了脸蛋上的眼泪，注意聆听。

"我们悲伤，往往也是因为我们在某件事上曾辜负过死去的人。唯一能够减少我们内疚的，便是我们的行动。对于大家来说，最使李老师高兴的行动，就是努力学习……"

"老师，"班长打断了他的话，"你的意思是，确实有阴间吗？"

他看她一眼，点点头。思忖片刻，又摇摇头："不。不仅仅有阴间，还有天堂。坏人死了，灵魂才漂泊在阴间。而好人死了，灵魂将升入天堂。如果你们觉得有必要，那么就请同学们站立起来，我愿和大家一起，祈祝你们能李老师在天堂愉快。她会从天堂望见我们，并被我们所感动，同时会感到，三年来她对你们的品德方面的谆谆教导，对你们学习方面所付出的心血，都是高尚的、有意义的、美好的奉献……"

缓缓地，班长率先站立起来。

接着，十几个同学毫不犹豫地站立起来。

随即全都站立了起来……

他庄重地将头低垂下去。

我们也学他的样子,一齐将头低垂下去。

后来我们才明白,对于一个死者,活着的人这样做,就叫作"哀悼"。

经过很虔诚似乎很漫长对我们来说感受又很奇异的一分多钟,他示意我们坐下。在这一分多钟之内,他彻底地从感情上心理上俘获了我们,俘获了我们这些一开始既想接受他又不免有几分拒斥他并不易从感情上心理上征服的小学三年级学生。或者反过来说,我们终于从感情上心理上彻底承认了他。我们仿佛觉得他就是李老师了。而李老师变成他了。对于他所说的关于灵魂和天堂的话,其实我们并不深信。全当那是童话,是寓言,是我们希望听到的童话和寓言罢了。

"老婆婆说:'孩子,我已经许多天没吃东西了。我一点儿力气也没有了。我快饿死了。'于是马良就用笔画了一张饼。立刻,那张饼变成了一张真饼……"

我们集体读课文的时候,从未读得那么齐过,也从未读得那么有感情过。课本上,插图中的老婆婆,在我眼里变成了李老师。而我自己似乎变成了马良,正用神笔画鸡蛋。马良又似乎不是我,是王小松。李老师脑后,似有一圈光环,像观音菩萨有的光环一样。又仿佛并不是光环,而是一张大饼,一张闪闪发光的大饼……

倏地这一切都模糊了。

连课本上的字也模糊了。什么全都淹没在一滴泪中……

我们的新班主任老师姓冼,叫冼约翰。最初我们都把"冼"字当成"洗"字,叫他"洗"老师。且认为他连写自己的姓都少笔画,对他能否教好我们颇存怀疑。

"同学们,不是我把自己的姓写错了。而是你们把我的姓读错了,这个字读'xiǎn',不应当成'洗'字读。不信你们查字典去!"

大家都以为他狡辩,都以为他爱面子,不肯在学生面前承认自己把自己的姓写错了。直至学校要求上学必带字典以后,我们才在事实面前承认老师毕竟是老师。

我们对他的名字也极感兴趣。对我们来说,可算是最古怪最不像名字的名字了。姓很少见,名字又古怪,他这个人就使我们感到有点儿扑朔迷离。我们当然认为"约翰"纯粹是个外国人的名字。有说是美国名字的,有说是英国名字的,还有说是德国名字的,非常自信是德国名字的同学,他爸爸是公安局的警犬训练员。他的根据是——公安局有一条纯种的德国"黑贝"警犬,名字就叫"约翰"。大多数女同学认为,老师根本不会和一条狗叫同样的名字,不管是哪个国家的狗。同时认为以此为根据是对老师的侮辱,就向他告了那个同学一状。不知为什么,女同学比男同学更快也更自觉地开始维护他的尊严。尽管他对女同学表现得挺严肃,而在男同学面前就随便多了。他分明更在乎能否博得我们男同学的好感。

被那个女同学告了一状的男同学,觉得委屈,也不服气。为了证明自己没编谎话,也为了证明自己没有存心侮辱老师人格的恶意,一天背着他爸爸,偷偷将一条大警犬牵到学校里来了。它刚生过小狗,那一时期养在他家里,以便他那当警犬训练员的爸爸能更精心地照料它和它的孩子。那是一条十分威武雄壮的大警犬,背上的黑毛油光发亮。也许是刚刚生过崽儿的原因,它的样子虽凶猛,性子倒特别乖顺。

那个同学在许多同学的掩护下,居然顺利地将它带到了教室里。"约翰,跳上去!"一声令下,它纵身一跃,轻灵地跳上了讲课桌。"约翰,跃过去!"它从讲课桌上一蹿,像一匹马飞腾似的,越过了五六排桌椅,稳稳当当地停在一张课桌上。"约翰,钻回来!"它从桌椅底下迅速地匍匐着爬了回来,如同一名侦察兵。"约翰,扑倒他。轻轻的,可别咬他!"那身躯巨大的、威武雄壮的警犬,像一头豹子似的扑向了我……它竟善于领会人的语言!的确不过是在做出一种扑状而已,轻轻将我扑倒后,如一头骆驼,自己同时将两条前腿跪倒,温良地瞅着我的脸,似乎在期待我怎样。

我虽吃了一惊,但立刻体验到了一种从未体验到的,和如此猛悍又如此温良的一条大狗嬉戏所带来的刺激与兴奋。我开心地躺在它的腹下哈哈大笑。男同学们吹口哨,蹦跳叫嚷,拍手,赞不绝口。

"它那是等待你搂抱住脖子,对,搂抱紧了……"它的小主人从旁神气活现地指点我将这场嬉戏进行到底。我一搂抱住它的脖子,它便立了起来,也将我扯拽了起来……

"太放肆了！"

一声怒不可遏的呵斥……

我们闻声望去，一个个顿时神色骤变，呆若木鸡——不知何时，教导主任、校长，还有别的班的几位老师走进了教室。站在那些老师背后的，是我们的班主任。他的神色虽不像我们那么紧张，却有我们脸上所没有的难堪和羞愧。

"谁带来的狗？"教导主任又呵问。

"我……它不是狗……"

"住口！它不是狗，难道是人不成？！"

"我是想说，它不是普通的狗，它不会乱咬人的，它是……"

"你还有说的！岂有此理！从这所学校招第一批学生起，我就当教导主任，没有一个学生敢把狗带到教室里！……"

校长紧接着说："这件事，绝不能批评一下就算完了。"校长的话，尽管不像教导主任的话说得那么严厉，但在我们听来，分明地，等于当面给我们判了重刑。我们一个个都低垂下头，不敢稍抬一下偷看他们一眼。

"冼老师上第一堂的时候，这个班也乱成一团，又叫又嚷，拍桌子跺地，搅得我在隔壁半堂课都没上好！"

"冼老师，那一天是怎么回事儿呢？我们班也听到啦，你们班这样下去可不行啊！"

"李老师教这个班的时候，这个班的纪律还可以呀！"

那条大狗，那条和我们班主任叫同样名字的纯种的德国"黑贝"警犬，蹲踞在它的小主人身边，似乎被大人们的气势汹汹惹恼了。它无所畏惧地瞪起了眼睛，龇出白森森的牙齿，发出呜呜的带有威慑意味的低吠声。瞧它那样子，只要它的小主人一声令下，它就会立刻扑向那些气势汹汹的大人。

我们提心吊胆，唯恐它没有我们所具有的明智，使我们替它承担更大的罪过。它毕竟是一条狗哇！

"你们看，你们看，他还说它绝不会乱咬人的！它那龇牙咧嘴的样子，不是马上就要咬人了吗？……"教导主任远远地指它，一边说，一边往后退。

它被这一指，显然是更加恼怒了，突然犬吠一声，脖子上的毛奓了起来！教导主任、校长、那些老师们，都被吓得浑身一抖，一齐挤缩向一个墙角，将我们的班主任，紧挤在最里边了。"约翰，约翰，别这样，要有礼貌，啊？……"它的小主人连忙不停地抚摸它。班主任他好容易才从墙角最里边挤出来，走向我们，走到"约翰"的小主人跟前，看看那条大狗，用一只手托着那个同学的下巴，将他的脸托起来，盯着他的脸说："听话，立刻把它送回家！"

班主任老师也变得严厉了。自从他成为我们班主任之后，我们第一次听到他以那么严厉的口气跟一个同学说话。但他对那条困惑地瞪着他的大狗却很友善，他拍拍它的额头，温和地说："这儿是学校，是教室，不是你随便来的地方，乖乖地跟你的小主人回家去吧，啊？"

相比之下，越发显出他对那个同学的严厉来了。

但我们心里却暗暗希望他大发脾气，只要不仅仅是对哪一个同学，而是对我们大家就公平。教导主任来了，校长来了，还来了那几位老师，他们又当着教导主任和校长的面，说了些对我们班级、对我们的班主任老师非常不利的话。我们给他闯的祸这下可够大的了。他若大发一顿脾气，也许我们心里都会感到少些内疚。

"约翰，我们走吧……跟我回家……"那个同学拽着狗脖圈，低着头，懊丧至极地往教室门口走。教导主任、校长和那几位老师，以监视犯人那种目光看着他，也那么看着狗。"约翰"经过他们身边，又对他们龇牙。仿佛它从未被这么不友善地对待过，仿佛它觉得它今天遭到了奇耻大辱。

教导主任、校长和那几位老师，又往一块儿挤，往墙角贴靠。他们一个个明明生气极了，但却讨好地对那大狗佯笑，都是一副皮笑肉不笑的样子。

"约翰！约翰！再这样我揍你了啊！……"

它悻悻地跟着那个同学走出了教室。

"约翰！约翰！不许跑！等我一会儿！……"

走廊里传来喊声。

教导主任、校长和那几位老师，望着我们班主任，像在马路上驻足望着一个化装成马戏团小丑的人。

我们的班主任老师面红耳赤，讷讷地说："是我的错，是我对同学们教导不严……"

他们忽然都笑将起来。一位白了头发的女老师挺认真地说："小冼啊，今后你还是改改名字吧！中国人哪有叫什么约翰的呀！……"他们笑得更甚了。唯独校长没笑。校长哼了一声。

校长是个胖人。胖脸上，两只眼睛分得很开，两片女人似的薄嘴唇，嘴角总是怡然自得地往上翘看，不笑也面带三分笑。而那一时刻，他脸上却一点儿笑模样儿也没有，连天生的那三分笑也从脸上消失了。校长说："冼老师，今天你上完课请到我办公室来一下。"说完，也不理睬其他的人，径自走了。

教导主任说："冼老师，校长的话你听到了吗？"

我们的班主任急忙点头："听到了，我听到了……"

教导主任抬起腕子看看表，嘟哝："先上课吧，先上课吧。唉，这个班让你带得呀……"一边嘟哝，一边也走了。

"冼老师，你这么样带班可不行！对学生如此放任下去，将来别的老师没法儿带！"

"冼老师啊，当班主任，首要的一条是严！你可别辜负了校领导对你的信任哇！"

"冼老师，不能让那个同学回来上课，那太宽大他了！"

那些老师们，对我们的班主任，给予了一些忠告，也先后走了。

他指指班长，再指指教室门。班长轻轻地快快地走去把教室门无声地关上了。他站到讲台上时，我们已纷纷归座了。他打开课本，我们赶紧也打开了课本。然而他只朝课本看一眼，便合上了。我们赶紧也合上课本，一个个将双手背在身后，挺直腰板，甭提坐得有多么端正。

"都站起来。"大家丝毫不敢缓慢，近乎争先恐后地站了起来。他又从讲台上迈下来，走到班长跟前，说，"都对我的名字发生了极大的兴趣，是不是？"

班长怯怯回答："是……"

233

"所以他就牵来一条和我同样名字的德国狗,以证明我的名字肯定是一个德国名字,是不是?"

"是……"

"你们还想对我详细知道些什么?生辰八字?家庭出身?婚否?患没患过小儿百日咳?几岁的时候出的麻疹?体重?身高?某一部位有痣或没痣?社会关系?档案里有没有处分记载?牙长全了没有?双亲健在否?喜欢吃辣的还是喜欢吃咸的?嗯?说呀!"

"不……"

"不什么?不想知道?我看你们想!我看你们巴不得像解剖一只青蛙似的把我解剖了,五脏六腑都摆弄个够,才能满足你们的兴趣!李老师也曾向你们汇报过这些吗?嗯?"

"没有。她没有……"

"那你们为什么对我……我不就是名字有点儿特别吗?中国人不许叫约翰?法律规定的?我叫约翰关系到有没有资格做你们的班主任的问题?都有谁掩护他把狗带进教室里了?……"

"我……"

"我……"

"我……"

他忽左忽右扭转头,生气地将每个供认不讳的同学都看了一眼。

半数同学在"同党"之列。

"你,你呢?"

他追问班长。

"我……也有我……"

班长在他的逼视之下,也不得不如实招来。

"你是班长,你还这样,哼!"

班长哭了。

"不许哭!"

班长羞愧的哭声立刻变成低泣。

"都谁制止他把狗带进教室了?"半天,没有一个同学吭声儿。他却一遍又一遍地扫视我们，非常希望有同学，起码希望有一个同学清白地说一声"我……"然而结果令他很失望。"就没有一个同学当时认为把一条大狗带进教室不对，是严重违反学校纪律的行为，会影响班级的荣誉，会受批评？你们使我在校领导和别的老师面前有口难辩，无地自容，你们心里感到高兴吗？"

王小松在这种时候总是很会来事儿的。他低声下气地说："老师您别训我们了。我们都知道错了。您原谅我们这一次吧！您看您气得说话的声儿都变了，您千万别气坏了身体，对我们生这么大的气多犯不上啊？我们保证以后再也不了，还不行吗？……"

"你给我住口！显不着你油嘴滑舌的！……"他倏地向王小松转过身去，王小松顿时噤若寒蝉。这时有人敲门。他的目光正巧落在我身上，似乎刚欲开口训斥我些什么话，听到敲门声，没训斥我，示意我开门。我打开教室门，探进头来的是隔壁班级的一个男生，班长。他幸灾乐祸，得意扬扬地说："我们老师叫我将这面旗交给你们班……"说罢，他一只手也伸进了教室，拎着一面小黑旗的一角儿，同时向我们挤眉弄眼，做出怪样。

那时学校每周都开展纪律评比竞赛。模范班级挂红旗，中游班级挂黄旗，落后的班级挂黑旗。而且要挂在门外。为了使外来参观的人，从走廊里走过，便可一目了然地知道，哪个班级是模范班级，哪个班级是落后班级。我们学校是区重点小学，正师生齐心，力争成为市重点小学，不断搞各种评比各种竞赛，以吸引区里和市教育系统的领导经常来参观。

我不接那面小黑旗，低声地恶狠狠地说："今天才星期三，不是星期六，你送来得太早了！"

那家伙却提高嗓门儿大声说："我们老师让我转告你们冼老师，这是校长和教导主任的指示，不必等到星期六了！"我们的班主任他也大声对我说："别啰唆，快收下！"我只好乖乖地接过了那面不光彩的小黑旗。趁那家伙的头刚缩出去，手臂还在门里边，我存心用门挤了他的手臂一下。他大叫，哎哟不止，拉开门闯入教室，对班主任抗议："冼老师，他故意用门挤我！"我狡辩："不是故意的！我没看见嘛！"同学们都以赞赏的目光望着我，对我表示无言的支持。老师大步走过来，瞪了我足有三秒钟，然后将那家伙的袄袖往上捋了捋,见没把他的手臂挤到确实值得他那么大叫起来的程度,放心了,象征性地替他揉揉手臂,说:"他不会是故意的。他哪会是故意的呢?我替他向你道歉!"

那家伙这才噘着嘴离开了我们教室。老师从我手中要过小黑旗,示意我归座,双手拎着小黑旗的两角儿,展现给我们看:"你们不会喜欢它的,对不对?我也不喜欢它。你们还记得我说的关于灵魂的话吧?"

"记得……"全班齐声回答。

"李老师也会替我们感到羞愧的。今天发生的事情,她也许正看在眼里。我觉得她正从什么地方注视着我们,你们就不这样觉得吗?"

……

教室门忽然又开了,隔壁班级的班长又探进头大声说:"刚才忘了把红旗取走了!现在告诉你们一声,别以为是被我们班偷去的。这也是校长和教导主任决定的!……"他理直气壮地从我们班门上摘下了小红旗。

老师对他说:"转告你们班主任,红旗暂时寄存在你们班。"

"你自己去说!"他留下这么一句没礼貌的话,扬长而去。

老师笑笑,将那面小黑旗挂在门上。退后几步,望望,觉得没挂正,又上前去重新挂正了。

"今天,我第一次罚你们站。你们全都应该被罚站。坐下吧!我们开始上课……"

那个送狗回家的同学回来了。老师一句也没批评他,默默地指了指他的座位……

做课间操前,全校各班列队操场,聆听校长训话,校长站立在体育老师的领操台上,没完没了地对我们班级进行批评。他的那些严厉至极的批评之词,与其说是针对我们的,莫如说是针对我们的班主任老师的。

冼老师站在我们班的队列旁,目光一直投向地面,没有朝别处望一眼……

星期六,最后一堂课,我们心里都暗暗希望冼老师继承李老师的传统,给我们讲安徒生童话,或者讲别的故事。但是我们每个人心里所抱的希望都不大。因为李老师在我们班级实行每周一堂故事课,并没有获得过学校领导的同意，更没有获得支持，甚至还有些老师不满她开这种先例。议论我们标新立异，独出心裁。李老师是区里连续三年的优秀教师。对于她所开的先例，校长和教导主任即使不赞成，也从不明确表示反对。谁知道她的做法，会不会又是一条受到区里重视并加以推广的教育经验呢？

而冼老师，非但没有"优秀教师"的光荣照耀着自己，连当班主任的资格都是求到的！按学校的规定，教学不到三年的老师，不能当班主任。我们的冼老师据说来我们学校还不到两年。以前我们甚至都没注意学校里还有这么一位年轻的男老师。他怎么一要求就被破例允许了呢？这一点在我们心中一直是个谜。然而由于对他的名字所发生的兴趣付出了丧失红旗挂上黑旗的惨重代价，再也没有一个同学敢当面问他这个问题了，也没有一个同学敢背地里进行"刺探"活动。我们内心的沮丧其实比希望要大得多。我们都认为将从此和安徒生童话告别了！

冼老师在上课铃响过后准时来到了教室里。

"同学们，我知道你们心里都想什么，李老师在我们班开创的每周一堂故事课的传统，我没有理由废除它。我应该将它继承下去。因为这是一个好的有意义的做法，你们说对不对？"

他显得情绪挺不错的。

同学们也全高兴极了，齐发一声喊："对！"并且鼓起掌来。

他将一根手指压在唇上，"嘘"了一声，大家立刻停止鼓掌，并学他的样子，指指前后与邻班相隔的墙壁，互相发出嘘声进行提醒和告诫。

他从讲课桌上拿起《安徒生童话集》，向我们举了一下，又说："我知道李老师为你们读到哪一篇了。李老师她留下了遗言，将这一本书赠给接替她当班主任的老师作纪念。还有另外两本书——《红岩》和《钢铁是怎样炼成的》。李老师希望接替她当班主任的老师，今后为你们读完。可是我今天先不想为你们读《安徒生童话集》。我想先给你们讲一个故事。不，不是故事，是一个年轻人的亲身经历，以及他对我们伟大祖国的，像对母亲一样深厚的热爱。为了投入到祖国母亲的怀抱，他曾历尽千难万阻……"

同学们全都屏息静气，目不转睛地望着他，聚精会神地听。对于小学三年级的学生，只要有人肯为他们讲故事，便不论讲的是什么，他们都会怀着那么一种感激的心满意足的虔诚来听。

"有一个中国孩子，他出生在美国。他的爸爸是一位航空工程师。他的母亲是一所教会小学校的教师。他从小生活得很幸福，可以说是无忧无虑。当然，从来也没挨过饿。他是喝牛奶吃面包巧克力长大的……"

"老师，什么是巧克力？"

"这……是一种糖。说是糖也不完全是糖。糖主要补充身体的糖分。巧克力可比糖含有的营养成分高得多。吃一块这么大小的巧克力…"他向我们举了举黑板擦，"差不多相当于吃一包饼干的'卡'，一天不再吃东西也不觉得太饿……"

"老师，那什么又是'卡'呢？"

"'卡'吗？就是维持我们生命所必需的热量……"

"我们中国为什么不制作巧克力呢？"

"中国当然也制作巧克力啦，不过你们都没见过罢了……"

"我们李老师，如果每天能吃上半块巧克力，就不会饿得吃那么多野菜……中毒死了吧？……"

"我想，是这样的……"

他的好情绪似乎遭到了破坏，神色变得阴郁了。

于是几个接连提出问题的同学引起了普遍的不满乃至讨厌。

在一片斥责声中，不知道什么是"巧克力"和"卡"的同学，缄默不语了。斥责他们的同学尽管也不知道，但兴趣完全在故事方面，迫不及待地催促老师讲下去。

"这个孩子长到了上小学的年龄，他的爸爸妈妈将他送入了一所一流的小学校。结果使他第一次惊讶地发现，全校没有第二个孩子是黄皮肤、黑头发、黑眼睛的孩子。而在此之前，他幼稚的意识中，早已接受了自己是一个美国人的教育。他满腹疑团，一回到家里便问他的爸爸妈妈，自己真是美国人吗？爸爸妈妈觉得他问得太奇怪，回答他当然是。因为他们拥有美国国籍。这孩子又问，那为什么我跟学校里所有的同学长得都不一样呢？为什么学校里所有的美国孩子之中，唯独我一个是黄皮肤、黑头发、黑眼睛的呢？爸爸妈妈对他说，因为你实际上是中国孩子。中国才是你真正的祖国。那是他第一次听到'中国'两个字，也是第一次听到'祖国'两个字。当时他并不能理解'中国'两个字和'祖国'两个字对他究竟意味着什么。出于好奇心理，继续纠缠爸爸妈妈，请求他们告诉他中国在世界的什么地方，祖国又是怎样的一个国家，爸爸妈妈仅仅是为了增长他的地理知识，为他买了一个大地球仪，向他指出在地球仪上的中国，还翻出一册旧的中国地图，每天晚上，在地图册上和他做按省份周游中国的游戏。于是他才知道他的祖国原来地域很辽阔，历史悠久，人口众多，文化带有东方的古老神秘色彩。有许多名山大川，还有一条古老的河叫黄河，还有一条将中国分为南方和北方的江叫长江。从此，'祖国'就装在他内心里了。从此，他要求爸爸妈妈每天必须教他说一句中国话，学会写十个方块形的中国文字。而以前，他连一个中国字也不认识，不会写。连一句中国话也不会说。他中学毕业后，已经能读家中收藏的中国古典小说了，已经能用中国文字写中国格律诗词了。他高中毕业以后，本可考入美国的名牌大学。他的爸爸妈妈，本希望他将来也成为航空工程师，以确保他们的家庭，在他这一代，依然属于美国的中产阶级人家。因为他是他们唯一的孩子。但他们却根本无法打消他想要亲自回到祖国一次的念头。这种念头很快变成了他的决心。这种决心日渐强烈。尽管他的爸爸妈妈警告他，祖国绝不会欢迎他这样的中国人的后代，却动摇不了他的意志。爸爸妈妈无奈，只好挥泪将他送上了飞往台湾的飞机。他的双脚一踏上台湾的岛土，内心里的激动和兴奋难以形容。他以优异的成绩考上了台湾的一所文科大学。但是他不久便感到了极大的失望。因为台湾毕竟不能代表他内心里的祖国。他当然知道台湾不过是祖国的一个岛屿而已。他经常独自一人徘徊在海岸边，眺望祖国的大陆。大学放假后，他给爸爸妈妈写了一封信，告诉他们，他要回祖国去了！第二天，便只身到了香港。在香港，他的钱包被偷盗了。他成了一个身无分文的人，而且举目无亲。连给父母拍封电报的钱都没了。他只得自食其力，到处打工。他终于和许多跟自己一样黄皮肤、黑头发、黑眼睛的中国同胞在一起了。但是他恰恰受尽了他们的欺凌。有一天，他从报纸上看到了父母登载的寻找自己的启事，他哭了。但是，他已经离祖国很近很近，他还是不甘放弃回祖国的决心。他什么下等的杂役都干过。从码头搬运工到为有钱人家遛狗。他等待着，寻找着。为自己创造着偷渡海域的机会。后来，他终于想出了一个办法，用两条裤子的裤筒缝成了一个简易的不可靠的救生筏，带着有钱人家的三条水性极好的大狗，趁着一个漆黑的雨夜开始偷渡海域。他成功了。那三条大狗却都为他淹死了。他的父母都是宗教情感很笃诚的人。他自己也是。他的灵魂对此常感不安。这使他对一切狗都像对人一样友善。他理所当然地受到了种种盘问。几个月后他似乎取得了祖国的信任。祖国问他希望从事什么职业，他说他希望像他的母亲一样，教许多许多祖国的孩子们读书。祖国决定，除了沿海城市和北京、上海、天津，其他的大中小城市任他选择。他感到了祖国的温暖，回答自己没有什么个人选择。既然回到了祖国，就无条件地听从祖国的安排。于是祖国就将他安排到了这一座城市，这一所小学里。学校的领导曾建议他改个名字，叫什么都行，别再叫冼约翰了。他认为什么建议他都可以考虑接受，唯独这一个建议他不能接受。因为约翰这个名字，是他的教父给他起的。他的教父是一位非常善良的美国人，是一位非常虔诚的神职人员。爱他像爱自己的儿子。而他爱自己的教父也像爱自己的父亲。学校的领导见他态度十分坚决，也就不为难他了。人是那么古怪，那么不可思议难以解释。终于实现了自己的夙愿，回到了祖国，他却又时常怀念起美国来，怀念自己家那幢有花园和绿草坪的小楼房，怀念圣诞树上挂满了礼物的温馨情形，怀念爸爸妈妈，怀念长着一大把白胡子的面容慈祥的老教父，怀念童年和少年时期参加过唱诗班的那所小教堂，怀念青年时期业余主演过《哈姆莱特》的那所小剧院……同学们，很明显，你们的表情已经告诉我，你们知道我讲的是谁了。是的。这就是我，你们的班主任冼约翰的经历。我不是历险家，我也并不热衷于历险。我的选择与历险的兴趣和历险的精神毫无关系。我梦想回到祖国。我的梦想变成了现实。最后我要说，我的心灵的满足超过一切怀念的忧郁……"

"你……也怀念过巧克力吗？"

他微笑了，笑得像一个一下子被窘住了的姑娘似的，显出了很羞涩的模样。"巧克力嘛，值得我怀念的已经够多的了。我可不愿意使那一切都带有巧克力的味道。"同学们的表情，却变得比在班会上开展批评和自我批评还严肃起来。"我说，你们为什么都变得如此严肃了啊？"没有一个同学回答。也没有一个同学想回答。"你们怎么了？"沉默。气氛不寻常的沉默。"我已经把自己，你们的班主任，比较详细地向你们作了介绍。我在第一天走入这个教室后，忽略了这一点，没有预料到你们会对我有许多好奇心，这是我的错。我们班因此失去了红旗，不得不接受了黑旗，应该说更主要是我的责任。我向大家表示歉意。请同学们原谅我……你们谁还希望对于你们的班主任知道和了解其他什么方面吗？"

教室里依然一片沉默。一片气氛严肃的沉默。我敏感地觉察到。在这一种沉默之中，潜伏着某种不信任，甚至是某种怀疑。这并不难觉察到。因为它首先就在我自己心里蠕动，像一条毛虫蠕动那样。

然而他却丝毫没有觉察到。也许他根本不可能具有那一种敏感。也许他根本不愿将我们这些小学三年级的孩子们朝稍微复杂一点儿的方面去估计。如今人们认为五六十年代的孩子很单纯，而当代的孩子太复杂。其实这有相当大的片面性。将五六十年代的孩子与当代的孩子相比，在某些方面，简直无异于将一只聪明的猩猩与一个不那么聪明的人相比。而在另外一些方面，恰恰反过来，更像猩猩的是当代的孩子，五六十年代的我们是与不怎么聪明的猩猩相比而过分聪明的孩子。

他既然丝毫没有觉察到什么，他又怎能对我们那一种沉默格外敏感呢？他只不过觉得我们都忽然变得难以琢磨了而已。他有几分不解有几分迷惘地望着我们，竟渐渐笑了。

"你们不喜欢听？"

沉默。

"那我开始读《安徒生童话集》怎样？"

沉默。

"你们可真是些有意思的孩子！……"

于是他开始读。

公平地说，他比李老师读得还要好。

我望着他，我暗自想——冼老师，冼约翰，傻老师，你今天讲得糟透了！

不，不是讲得糟透了，而是压根儿就不该产生对我们讲的念头！老师呀老师，是你这个念头糟透了。无论谁讲，无论怎么讲，无论讲给谁听，大人抑或小学三年级的孩子们，只要一讲出来，结果只能是糟透了！老师呀老师，这一切是万万不可以随便讲的哇！是被逼着讲也不能如实全讲出来的啊！你已经讲了，糟透了的事情已经无法挽回。而你居然还没有意识到！

我内心里很同情他。

他是一个最傻的大人，一位最傻的老师。我这么认为。我对他的同情好比同情一个大傻瓜！……

老师呀老师，你都讲了些什么啊！

试想想，一个人的经历，和美国，和中国台湾，和中国香港紧密联系在一起，难道还不足以证明这个人的经历吗？收音机、报纸、文件、电影、话剧、唐文课本、小人书，从大中小学校的阶级斗争报告会，到每一条街道每一个居委会进行的宣传会，都在大讲台湾蒋军准备反攻大陆，美帝国主义准备发动第三次世界大战，美蒋特务又大抵是从香港潜入国内的！有些美蒋特务从海上偷渡的方式方法，虽然比他采取的方式方法高明，可也大同小异。而且他自己公开承认他是喝牛奶、吃面包、巧克力长大的。而且他家仅三口人就住一幢小楼房，还有私人花园有草坪。那么他是一个确凿的不折不扣的资产阶级的后代无疑！而且他说他时常怀念起美国来，怀念他的资产阶级家庭和资产阶级爸爸妈妈，怀念他们的资产阶级生活，怀念一位……对美国人能说是一位吗——一个美国佬！还宣传那美国佬是非常善良的美国佬！还充满感情地说他爱那个美国佬像爱自己的父亲！由于对那个美国佬的爱，他居然态度那么坚决地不肯改他的美国名字，而重新起一个中国名字！……开学不久学校请了一位名叫岳红红的女中学生做了一场报告——她揭发她的三舅收到几次她大舅的信。而她的大舅在香港。她还将那些信件想方设法从三舅家偷出来或从舅母手中骗到，交给了学校。学校又转给了公安局。她大舅在信中劝她三舅，与其在国内挨饿，莫如寻找机会到香港"干事"。那些信都是转弯抹角从香港捎到国内，才寄到她三舅家里的。因此她三舅成了香港敌特的"策反对象"。既然信件只写"干事"，而没有具体写明干什么事，那么必定也包括干反革命的罪恶勾当无疑了。结果她三舅被开除公职，依法逮捕，判刑四年。据说因为认罪态度较好，交代较彻底，根据"坦白从宽，抗拒从严"的法律政策，才获得从轻判处的。否则判五六年都不止。而她大义灭亲，具有阶级斗争觉悟，光荣地入了团。她口才很好，相当能说、会说。报告做得极其精彩，博得了一阵又一阵热烈的掌声。市电台还为她的报告现场录了音。在晚上七点半以后的黄金收听时间专题广播，引起强烈反响。全校三年级以上的学生，听过报告后，遵照学校指示，人人写了一篇"心得体会"，贴在各个班的墙报上。"擦亮你的眼睛，也许阶级斗争就发生在你身边！提高你的警惕，也许阶级敌人正是你最熟悉最亲近的人。挨饿并不可怕。自然灾害总会过去，可怕的是麻痹了阶级斗争的思想，天天和阶级敌人相处在一起而不能识破他们的嘴脸！……"——那女中学生报告中的一段话，曾在作文课上被我们班的男女同学互相抄来抄去。还被学校请的一位书法家写在巨大的宣传牌上——它耸立在教学楼一入楼的正厅，非常醒目。任何人的目光想躲也躲不开……

我们的班主任自以为是地讲的这个"故事"，简直糟糕透了，其严重性在于使我们都不知道究竟应该将他看作一个什么人，不知今后究竟应该以怎样的态度对待他才是正确的态度，像大多数学生尊敬大多数班主任老师那么尊敬他吗？这从今天起显然已经是我们做不到的了。无须别人指出，我们自己也会认为是别扭的事了。我们即将是四年级的学生了。我们已经知道在某些方面怎样做是应该的，怎样做是不应该的了。我们所接受的感性或理性的知识、教育，已经使我们初步学会对某些人不怎样做了。那么歧视他？冷淡他？疏远他？从此以恶意的和生硬的态度对待他？为了证明我们思想的成熟和情感的立场性、原则性？……可他毕竟是我们的班主任啊！起码有一点我们清清楚楚地明白啊！那就是他希望他自己成为像李老师那样的一位具有责任感的好老师，希望我们的班级一直是模范班级，希望我们的教室门上一直挂着红旗而不是黑旗，希望把我们都教育成好学生……何况除非在他十分恼火的时候，他对我们又是那么和气，力争同我们建立起一种亲密的友好的平等关系。从这些方面讲，一个学生有点儿良心有点儿人味，就不应该不尊敬这样一位班主任老师哇……

他在课桌的行距之间踱着。一会儿走到左侧，一会儿走到右侧。他的目光注视在手中的书上，感情很投入地读着，读着……他仿佛体验到了那会儿的时光对于我们这些三年级的孩子是多么美好的时光。愉悦地甚至可以说是幸福地与我们共享美好…

然而望着他的我，心里却乱成了一团麻，根本没注意到听他读了些什么。

我敢肯定别的同学，全班同学，都和我一样。同一所学校教育不出两样的学生来。尽管同学们全和我一样，坐得端端正正，屏息敛气，目不转睛地望着他，我却清楚地知道，我自己心里当时在想些什么，他们心里也都在想些什么。我们又有什么办法呢？对于我们的班主任，我们并不愿意产生那样一些想法的呀！正如大人们所说——思想是不以人的意志为转移的啊！

下课铃终于响了。

我不由得轻轻舒了一口气。我望望周围的同学们，看出他们也是。

我甚至不知道他究竟读的是安徒生的哪一篇童话。暗想那大概是安徒生全部童话中最长的一篇。大概也是最不吸引人的一篇。他所读的最后的一段话久久在我耳畔回响——"她在屋顶上等待了一整天。她现在还在那儿等待着哩！而他呢，他在这个茫茫的世界里跑来跑去讲儿童故事；不过这些故事再也不像他讲的那个'柴火的故事'一样有趣……"

他合上书本说："完了。"

大家都默默从课桌里拉出书包。有的已不知何时将书包背在身上。

"咦，你们为什么一点儿反应也没有啊？"

"……"

"难道你们连这个故事也不喜欢听？"

"……"

"或者是我读得不好？"

"……"

"我不应该读，而应该自己预先背下来，再用自己的话讲给你们听？……"

"……"

他怔愣了。我们使他那么惊讶那么骇异。

"老师,下课铃已经打过了。"

"唔,我听到了。听到了……那么,放学吧!……"

于是同学们一个个悄没声儿地经过他身旁,一个个绷着一脸的严肃离开了教室,比参加一次特别审判的大法官们离开法庭时还严肃。

"刘丽芳……"他轻声叫住了班长。她不得不站住。她已从他身旁走过了。她迟疑地扭回头,似乎有几分不情愿地站住了。如果不是他,而是李老师,以这个刘丽芳一贯的性格,会立刻走到老师身边,不待老师开口,便礼貌地问:"老师,什么事?"有时,甚至会显出神秘的样子。即使老师单独留下她,没有什么只能向她一个人了解,只能和她一个人商量,只能信任她一个人,吩咐她一个人去做的事,她也要故意显出受宠若惊的贴身心腹的神秘的样子,借以炫耀自己在班主任老师心目中的特殊位置。而那一天她却矜持地紧抿着嘴唇不开口,只是默默地期待着,显出的倒是一种很不情愿的很不得已的样子。

"你留下一会儿,我有话和你谈。"

"老师,我……天都黑了,我一个回家害怕……"

"我不会和你谈很久。我送你回家。"

"我……我今天……头疼……"她的目光躲躲闪闪,不知该往哪儿瞧。

我们的老师,他此刻终于觉察到了什么。他看着那些没离开教室的同学,以为班长之所以找借口,是因为这些同学之中谁平时对她的猜忌。

"好吧,那么今天算了。你也回去吧!……"

我因等待慢腾腾的王小松,一直站在教室门外。我俩一块儿离开时,见老师孤孤零零地还一动不动地站在讲课桌旁,心事重重、若有所思。他怎么能想到我们这些小学三年级的孩子全都变得使他感到莫名其妙、古古怪怪、不可捉摸、无法理解的真正原因呢?

"你说他……究竟想达到什么目的?"路上,王小松冷不丁地从口中冒出这么一句话。

"谁呀?"我明知故问。他的话使我觉得,纠缠在他脑里的想法,比纠缠在我头里那些想法，要复杂得多也要严肃得多。他爸爸是一个区的区委书记。尽管他学习一般，但在分析小学三年级的孩子们所可能碰到的一切问题方面，是我们全班同学公认的一位小区委书记式的人物。许多时候班长刘丽芳和他相比，都要自愧弗如。连我们的李老师都曾当着不少同学的面用"太成熟了"这样的话评价过他。李老师不曾用这样的话评价过任何一个同学。据我们所知，别的班的老师也不曾用这样的话评价过别的班的任何一个同学。当然，李老师的评价中，包含有对他的批评意味儿。"成熟"而"太"，不就是有些过了的意思吗？但是他自己却不这么认为。他认为我们嫉妒他。

"还能是谁？冼老师呗！"

"你说他……究竟想达到什么呢？"

我可不愿意在背后议论自己的班主任老师的时候，用"目的"这样使无论大人或孩子听了都不免会神经过敏起来的话。"我吗……现在还难下结论。不过有一点我可以肯定地说，他大概和我们全国哪一个人都不一样……"他一脚将路上的一颗石子踢飞起来。"这……也许真的。他才是一个中国人不长时间嘛！""问题不在这儿。问题是，美帝国主义，能是那么幸福的国家吗？""他也没说美帝国主义好哇！他不是说过他自己从小生活得多么多么幸福，他自己的家有花园，有草坪，住的是一幢小楼……再说，他自己不也承认，他的家庭，是中产阶级吗？""中产阶级？你听说过'中产阶级'这个词吗？反正我没听说过！从来没听说过！你别想和我争，我什么分析水平？你争也争不过我。我只知道，除了无产阶级，就是资产阶级。除了人民大众，就是剥削人民大众的地主资本家。哪儿有什么中产阶级这种说法呀！……"

我被反驳得无言以答了。连刘丽芳在这些本与我们小学三年级的孩子们无关的问题方面，在这种情况之下，在他面前都要自愧弗如，别说我了！

"我们全中国人民都吃不饱肚子的这种年头，有一个出生在美国，曾经是美国人的资产阶级人物，在台湾读过大学，最后从香港秘密回到中国，成了我们的班主任老师，还不值得想一想吗？为什么偏偏赶在我们中国人挨饿的年头回来呢？不值得问个为什么？还在课堂上说美帝国主义的好话，说美国佬的好话。难道李老师没给我们讲过解放前'育婴堂'的罪恶？美国人披着神父、修女的外衣，拿我们中国的小孩做解剖实验，多坏呀！而他说他的教父是一位非常善良的美国人！是一位非常虔诚的神父！我爸爸的许多亲密战友，就是在抗美援朝的时候同美国鬼子作战牺牲的！我爸爸的脚，也是被美国鬼子的子弹打残废的！要不我爸爸不会转业的，说不定已经当上师长了！……"

他又一脚踢向半块砖。砖并不是在路面上，而是一半在地里。结果砖纹丝不动，他自己倒脚疼得叫起来，抬起膝盖，双手捧着那只脚，像单腿鸡似的，原地转着圈儿蹦跳不止。

我想笑。可他说出的话，使我想笑都笑不起来。

走到王小松家所住的那条街口，他最后一次站住，仿佛内心里进行了一路的矛盾冲突，头脑里经过了一路的深思熟虑似的，表情郑重地对冼老师做出了"终审判决"："不过，我认为，他是个好人，好老师。"注视我片刻，又说，"这是我个人的看法。"

我赶紧接着他的话说："那，咱俩……可都不要做对不起冼老师的事呀！"

"你把我看成什么人了？难道我想当第二个岳红红吗？老子才不呢！"

他觉得受了侮辱。

我向他伸出一根手指。

他也伸出一根手指，和我的手指勾在一起。

我们同时说："誓心，誓嘴，一百年，不后悔！"

我们都被对方所感动了。互相瞧着，彼此信任地笑了。

王小松的话起码说对了一半——冼老师的确是位好老师。在李老师制作的那些教学用具的基础上，他加以改进，使它们在课堂上更方便更能帮助我们思考了。并且自己又制作了一些教具和图表。在全校进行的一次算术竞赛中，我们班夺得了第一名，平均分数比最差的班级高二十多分！虽然小黑旗仍挂在教室门外，们会校师生，对我们班的同学都刮目相看了。

原先我们学校的党支部书记由校长兼任。几天后调来了一位党支部书记，是位四十多岁的瘦削的看去很有能力踌躇满志的女人。我和王小松都觉得从某些角度看她的时候，她像连环画《野火春风斗古城》中的金环——金环是地下党员，牺牲了。

有一天王小松对我说："怎么样，给她也来一个呀？"我明白他指的是什么，犹犹豫豫地回答："给没有的同学来一个行。她是党支部书记，校领导，不好吧？"他说："胆小鬼，怕什么啊！追究起来包在我身上还不行吗？"拍了拍胸脯，"我爸爸是区党委书记，管着她呢！能把我开除不成？"我摇头。"天知地知，你知我知，不传第三个同学，啊？"在起绰号方面，王小松顶服我。经不起他的鼓励和怂恿，我想了想说："那就叫她'烈士'吧！"王小松一拍腿："'烈士'？高，高！真有你的！"

也许由于我们班教室门外挂着黑旗；也许由于我们刚刚在全校同年级的算术比赛中夺得了第一名；也许由于我们冼老师是全校最年轻的一位老师，而且有着不寻常的经历，"烈士"对我们班发生了兴趣。有一天冼老师正给我们上算术课，"烈士"轻轻推开门，脚步无声无息地走入了教室。她微笑着问冼老师："可以吗？"

"当然，当然。您请随便坐……"她的突然光临使冼老师有些局促，脸红了。

"你别紧张，"她说，"我从你们班门外经过，忽然产生了一个念头，想听听你的课。你该怎么讲还怎么讲，就当没有我……"她说完，立即走到教室最后一排的座位，款款而坐。

下了课，她一句意见没发表，对全班同学笑笑，对冼老师笑笑，脚步无声无息地走了……

在开一次全校广播大会的时候，出乎我们班同学意外的，悬在黑板上方的广播喇叭箱中，传出了"烈士"表扬冼老师讲课讲得好的话语。我们望着广播喇叭箱，想象她当时一定是满面赞赏的表情。

她还说："我相信，这样的班级，黑旗一定不会长久挂在他们的教室门外！……"全班同学都激动得大鼓其掌。冼老师腼腼腆腆地望着我们，样子很严肃。但嘴角抿不住的微笑，将他脸上的严肃全破坏了。看得出他内心里比我们更加激动……以后，"烈士"经常到我们班来听课……而校长，一如既往，经常到我们班隔壁的三（四）班听课……再以后，"烈士"经常陪同区教育局的某些领导到我们班听课……而校长，也经常陪同区教育局的另外几位领导到三（四）班听课……

终于有一天，也是上午课间操之前，三（四）班受到了"烈士"的严厉批评——因为一名女同学偷了一名男同学削铅笔的小刀，那男同学狠狠扇了那女同学一记耳光，那女同学的妈妈找到学校里来了……

"烈士"批评三（四）班之严厉，绝不亚于校长那一次批评我们班。有过之而无不及……于是黑旗挂到了三（四）班教室门外……于是红旗归回到了我们班……那些日子"烈士"春风满面……那些日子校长不再到三（四）班听课了。当然，也就没有区教育局的什么领导需要他陪同了。他们来了，陪同的也是"烈士"。是到我们班听课。

那些日子，我们班的同学，都很替我们自己，也替冼老师感到光彩。并且，对三（四）班，都怀有一种幸灾乐祸的心理。就像他们当初对我们失去了红旗所怀有的心理一样……

那些日子，冼老师的脸上却阴云密布。因为三（四）班的老师，不和他说话了。见了他如同见了势不两立的仇敌一样……

那些日子，三（四）班的男同学，经常在我们冼老师背后骂他。暗藏于楼梯拐角，冲着他的背影喊声"显大眼"什么的……那些日子，我们班的男同学，经常因此在放学路上和三（四）班的男同学打架……

晚报竟发表了一篇一千多字的文章，报道我们班级由一个落后班怎样变成模范班。三百多字写的是我们冼老师。七百多字写的是"烈士"。写她领导有方，抓典型树模范眼光很准经验丰富……

市电台还将晚报此篇报道在"新闻节目"里广播了。一夜之间我们班全市扬名。我们回到家里，家长们向我们问长问短……于是"烈士"开始被别的学校请去做报告，介绍经验。我们问冼老师记者什么时候采访的他。他笑着摇摇头说："没有采访过我。真的没有……"我们都觉得他那笑很勉强，有几分苦涩。却不知因为什么。后来全校的同学之中流传着一种说法——"烈士"的姐夫是晚报的副主编。其实她并不打算在我们学校长待下去。只要我们班一评上区模范班级，就有可能继而评上市模范班级。她也就有可能直接调到一所市重点中学而不再是小学去当党支部书记……

"烈士"很为此生气，专门召开了一次全校会议，宣布一定要揪出谣言的制造者………校长表示极大的义愤，慷慨激昂地说："当然要揪，一揪到底！揪出来了，水落石出了，就能辨别究竟是不是谣言了……"一时间全校师生人心惶惶。但"烈士"却没有认真揪，也就并没有揪出谁来，也就谁也无法辨别究竟是不是谣言……接着全市掀起了一场人人捐献粮菜，支援灾区人民的运动，小学校的学生们也不例外。

"烈士"亲自到我们班进行了一次动员。她说我们班是全校的模范班级，在这一次捐献运动中，一定要比别的班多捐。说只要争得了这一次光荣，我们班评上区模范班级就毫无问题了，评上市模范班级也就指日可待了……

她给我们规定了一个非达到不可的数量。

冼老师又尊敬又感激地笑着将"烈士"送离了教室。教室门一关，他脸上的笑容随之消失。

他为难且内疚地问我们："都听明白了吗？"似乎那个非达到不可，而要达到又太超出客观能力的数量，不是"烈士"给我们规定的，而是他。

全体同学沉闷不语。达到那一数量自然是光荣的。争得那么一种光荣自然是我们所愿意所希望的。但我们很难做到，简直无法做到啊！

"老师，我……只能捐一棵冻白菜什么的。那还是我们家平时舍不得吃，要留着过年包饺子的！"终于，有一个同学鼓足勇气，小声这么说。

"老师，我爸爸在单位得捐，我妈妈在单位也得捐，我哥哥在中学还得捐，我姐姐也在咱们校，六年级的，又是班长，得带头多捐。我再捐……我……我回家怎么和爸爸妈妈开口哇？……"

一时七言八语，各说各自的困难，各述各家的苦衷。老师望望这个，瞧瞧那个，紧锁眉头，许久未开口。王小松忽然站起来说："老师，你别犯愁。我有一个想法——星期天你带我们到郊区去捡菜怎么样？那不就解决难题了吗？"

"捡菜？能捡到吗？"

"能！保证能！有的大人，一天能捡一袋子呢！"王小松说得很有把握。

老师沉吟着，思忖着，良久，同意地点点头，问："那么，哪些同学星期天愿意跟老师去捡菜？"全体同学都把手高高地举了起来。

"女同学放下手，一个也不许去！"他说得十分坚决。接着，点名挑选了十几名身体结实的男同学……

星期天，我们和他在火车站会合了。尽管他不许女生去，还是有不少女生来了。而男同学差不多全来了。个个夹着袋子，小铲子什么的，好像谁都能满载而归。他板起脸命令女生们回家去。她们哪儿肯听呢？结果，他率领着我们，和一批到郊区"捡"菜的市民，一块儿登上了一节闷罐车。郊区的田野，被一场大雪覆盖得严严实实。无数的"坟"包隆起。那是一时不能从地里运走，直接用土培在地里的各类蔬菜。无非是土豆、萝卜、甜菜疙瘩、卷心菜什么的。那便是饥饿的市民们到郊区进行"大扫荡"的目标。

那哪儿是"捡"菜啊！白茫茫一大片地好干净，连一片儿菜叶也没处捡呀！那纯粹就是抢菜。光天化日之下进行的公然掠夺……饥饿的市民们潮水一般奔向了田野，奔向了那些被大雪覆盖得严严实实的隆起"坟"包……

我们这些孩子，受到心理上情绪上的无形的煽动，一个个不甘示弱，齐发一声喊，也紧随市民们之后，扑向田野，扑向那些银色的"坟"包……

"同学们，同学们，这些不能动呀！咱们是来捡菜的！咱们不能这样！"老师在田野里奔来奔去，大声喊叫，企图制止我们。他怎么能制止得了我们呢？见了菜，我们变得像一群还从没啃过骨头的小狗见了带肉的骨头……

农民们从村里冲出来，手中操持着各种各样的"武器"。为了捍卫他们的劳动果实，凶猛地驱赶被饿红了眼的市民们。市民们依仗人多，奋不顾身，很勇敢。于是田野里各处展开了搏斗。农民们被彻底激怒，一个个下很心。混棒无情，劈头盖脸朝市民们打。有人头破血流了。有人倒地不动了……

我们被这种始料不及的"战斗场面"吓蒙了，骇然尖叫着，像一只只小兔子似的，在田野里窜来窜去……誓死捍卫劳动果实的意念，使农民们失夫了理智，竟也追打起我们这些小孩子来！"不许打他们！不许打他们！不许打我的学生们！……"老师像一只兔妈妈，也在田野里窜来窜去，顾此失彼，疲于奔命，竭尽全力保护我们不受伤害。"要打，你们打我！打我呀！我是老师！是我带他们来的！狗东西，你敢打我的学生！"他见王小松被一个青年农民抓住，拳脚交加，便咒骂着，不顾一切地朝对方扑去！那一时刻，他不再像兔妈妈了。像狮子、像豹子、像虎……

"老师带领学生来抢我们！还骂老子！打你就打你！"那青年农民和我们的老师立刻扭打成一团，在雪地上滚来滚去……我们怎么能袖手旁观不帮助我们的老师呢？那青年农民眼看自己要吃亏，一棍子朝老师头上打去。老师躺在地上不动了……市民们有的抢到了什么，主动撤离了"战场"，转移向另一"战场"。有的被棍棒从田野里驱赶走了。最后，只有我们的老师，仍躺在雪地上一动不动。他头上流出的血，染红了雪地……还有我们，他的学生们，围绕着他，或跪、或站、或伏在他身上，一个个哭得泪人儿似的，喊着，叫着："老师！老师！……""冼老师，你睁开眼睛呀！……"都以为他死了。男同学们边哭边咒骂，一个个摩拳擦掌，咬牙切齿，互相鼓动，都要冲入村中拼命……我们的哭喊声叫声，响彻田野。世界一时仿佛被我们哭得喊得叫得天昏地暗……一些农民见此情形，惶惶不安，也纷纷聚拢。一位老农，急急忙忙走过来，将我们的老师从地上扶起，靠在怀里。接着解开棉袄，从衬衣上撕下布条，替我们老师包扎头上的伤。他那破棉袄内，只穿一件旧衬衣，而且没有扣子，用衣角对系在身上。瘦瘪瘪的胸膛半袒露着。我，我们，都看到了一条条肋骨。这使我想到了那匹吞吃掉我五个鸡蛋的，城里拉泔水车的老马……

"唉，你们老师也是……这么冷的天，咋也带你们来……不怕别的，也得怕你们丢了，冻坏了呀！"老农埋怨着。

"我们不是来抢的……我们学校号召，向灾区捐粮菜……老师不带我们来捡，我们就完不成数量……"

老农抬头望着我们说："你们呀！往哪儿捐呀！我们这儿就是灾区！今年国家若不救济，村里非饿死几口子不可。"他将老师背了起来。农民们或领着我们或背起我们，将我们带往村里。那老农是村里的老支书。我们老师在他家里苏醒后仍喃喃地说："别打我的学生，别打他们。要打就打我……"老支书的老伴儿哭了："这是怎么说的，这是怎么说的……你放心吧，哪能打孩子们呢？逼俺们打，俺们也下不去手哇！"她盛了满满一碗掺菜的玉米面糊糊粥，看着我们老师喝光了。又从炕洞里扒出些烤熟的土豆分给我们吃……

农民们套上爬犁，将老师和我们送出村，一直送到铁路沿线的一个无名小站。为了向老师和我们表示他们的负疚，将我们的口袋中装满了冻菜。他们这样，我们反倒惭愧起来，纷纷拒绝带走那些冻菜。

最后还是老师说："收下吧，他们也是一番诚心诚意！"我们才不好意思地收下。结果我们班捐献的数量，竟超过了"烈士"给我们规定的非达到不可的数量。我们班在这件事上，又争得了全校第一。然而奇怪的是，全校师生往"义运"卡车上装菜的时候，却只见校长和教导主任，不见"烈士"的影子。按说，在这种时候，她也是应该亲临现场指挥的。即使不需要什么人指挥，她也不会失去一次指挥一切人的机会的。

校长和教导主任显得劳动热忱特别高涨，似乎有使不完的劲儿，汗气腾腾，连手套和皮帽子都戴不住了。冼老师头一直发晕，没参加劳动。教导主任走到我们班的菜堆前，指着问："这就是冼老师带领你们从郊区抢的菜？"

王小松反驳道："不是抢的！"

教导主任没好气地说："那就是偷的！偷就不觉得可耻了吗？"

我忍不住抢白了他一句："也不是偷的！是农民送给我们的！"

教导主任愠怒了："干什么？都想干什么？你们班的同学，现在一个个都变成了什么样子啊！……"

校长扯了教导主任一下，以一种平静得听来有几分做作的语调说："这个班啊，咱们应当总结的教训多着哪！深刻呀，一辈子不能忘啊！干活吧，先干活吧。同学们的眼睛还没被擦亮呢，现在别对他们太认真……"

校长说着，拎起一只袋子，一甩，很轻易地就甩到了卡车上。我们面面相觑，不是因为他的力气，而是因为他那番话……劳动结束，班长刘丽芳将大家召集在一起,通知说——接连放三天假。我们不禁欢呼。欢呼一阵之后。有的同学开始觉得疑惑了。

"全校都放三天假吗?"

"不……"

"只我们三年级?"

"不,只我们班……"

"为什么?"

"因为我们班捐的菜最多?"

"我也不知道……"

"那,谁告诉你的呀?"

"教导主任。"

"他也没这种权力哇。"

"当时校长站在他旁边……"

同学们都预感到,某件在大人们之间经常发生的事情,也是相当严重的事情,肯定的,已开始降临到我们班级了。首先会降临到我们的冼老师头上,继而会降临到我们头上。谁也休想摆脱它。谁也摆脱不了它。我们只有听凭摆布的份儿,别无主张,别无办法。可究竟是一件怎样的事呢?严重到什么程度呢?将把我们摆布到哪般田地呢?冼老师他也预感到了吗?

我们一个个心事重重地散去了……三天后,每个进入教室的同学,都注意到了——教室门外,挂的又是黑旗了。然而似乎谁也不感到奇怪。似乎谁也没注意到。

谁也没心情问什么,说什么。上课铃响过很久,才有一个陌生的男人走进教室。一个三十多岁,也许四十多岁,不太能一眼就判断出年龄的胖子。

他自信而又自负地踏上讲台,不苟言笑地说:"我是新调来的老师。我姓陶。唐朝有位大诗人叫陶渊明。我和他同姓。从今天起,我就是你们的班主任啦……"

一团雷火劈入教室,也不见得能使我们比那一时刻更震惊。

"我们的冼老师呢?"

"他嘛，当然不再教你们了！"

"为什么？"

"他没有资格教育我们伟大社会主义中国的接班人！"

"为什么？"

同学们一个接一个连珠炮似的发问。

"为什么，为什么！哪来这么多为什么？现在还不到告诉你们的时候！翻开课本！""陶渊明的陶"用黑板擦拍了一下讲课桌。王小松将自己的课桌拾起一角，猝然一松手，桌腿击地，发出很大的响声。"谁？站起来！"刹那间，男同学都用双手拍桌面，就好像齐拍一面大鼓似的。于是女同学们也开始效仿。五十多双脚同时跺地，五十多条嗓子高叫着："我们要见冼老师！""我们要见冼老师！""我们要见冼老师！"一个同学在高叫声中喊："咱们到教员室去，把冼老师请回来呀！"于是全体站起，涌出教室，奔向教员室。老师不在教员室。他的桌子也移了地方，从原来朝阳的一面墙那儿，挪到了一个照不见阳光的角落。并且，没有椅子，仿佛它的主人不再需要椅子。或者反过来说，它已不再需要它的主人。桌面当中，一块玻璃板下，压着一页白纸。纸上写着一行毛笔字——"向李老师学习，教好孩子们！"是冼老师的字。还有，王小松的那一小块豆饼——装在一个小玻璃盒里。再有，就是他没批改完的，我们的作业本。和李老师遗留给他的，也是遗留给我们的《安徒生童话集》和一本蓝绸封皮的厚厚的不知名的书。

我们站立在他的桌前，心中都十分明白他已离我们而去。我们一个个不禁肃然，不禁忧伤。

"冼老师呢？我们老师呢？"

"他到哪儿去了？"

"为什么？为什么不让我们和他见上一面，不让他和我们最后说几句话，你们就把他赶走了？"

我们激动地发问。不，那是一些企图伸张某种正义的孩子们的质问。我们咄咄逼人地瞪着教员室里的每一位老师，年长的和年轻的，男的和女的，我们一向尊敬的和我们不曾给予过尊敬的。在我们的瞪视之下，他们的目光躲躲闪闪，仿佛都做了亏心事，还想掩饰。

"你们太过分了！谁允许你们一窝蜂似的拥到教员室来的？"曾将我们冼老师视为仇敌的三（四）班的班主任，以一种又解恨又刻毒的语调说，"不是谁把他赶走了，是公安局把他带走了。因为他是美蒋特务！"

我们目瞪口呆……

一位戴眼镜的男老师，不失时机地表白："是啊是啊，不是我们把他赶走的。我们哪有权力把他赶走呢？……"端起杯子喝了一口水，又说，"当然，现在证据还不确凿。还只是嫌疑……至于证据嘛，有是有一些的。比如，他利用一次给你们讲故事的机会，在我们社会主义的神圣课堂上替帝国主义散布了些什么，难道你们不是最清楚的吗？这就需要同学们端正立场，提高觉悟，进行揭发啰！证据都是收集得来的嘛！又比如……"他从冼老师的桌上拿起了那本蓝绸封皮儿的厚厚的不知名的书，用另一只手轻轻拍了拍："你们知道这是什么吗？这是《圣经》！即使告诉你们这是《圣经》，你们还是不知道《圣经》是什么，对不对？它宣扬上帝主宰人类，这起码是迷信吧？这样的人怎么配当老师呢，啊？大家快回到教室去吧！你们每个同学倒是应该认真想一想，你们对他挺有感情，这究竟为什么？十万个为什么之中，这是首要的一个为什么啊！"

他一副循循善诱、诲人不倦的样子。他的话即使根本不能说服我们，也使我们感到他肯定是善意的，是有道理的，是对的。三（四）班的班主任又说："你们再不走，我可去请校长和教导主任了啊！"我们都怀着一种仿佛失落了什么，仿佛希望带走什么，却不知该带走什么，明知什么也带不走的心情，一个个垂头丧气地离开了教员室。经过三（四）班时，有同学将教室门上的红旗扯下来，倒挂在门上……后来，公安机关的人出现在我们这所区重点小学校里……再后来，他们找我们班的许多同学个别谈话……于是班级里首先进行了对于"帝国主义分子冼约翰"的揭发批判……于是全校进行……于是晚报、日报对于这一"阶级斗争的活生生的例子"连续发表了许多篇社论、评论。于是省市电台接连几天进行反复广播……晚报和市电台还作了公开的检讨……于是历史便记录下了这一当年的"重大阶级斗争事件"……于是我们的班主任冼老师从我们的小学生活中消失了……消失了的还有"烈士"……

王小松问我:"你估计她怎么样了?"

我想了想,回答他:"大概牺牲了吧!"

不久学校宣布,党支部书记仍由校长兼任。又有区教育局的领导到学校来视察了。每次来,校长都陪同他们到三(四)班听课……三(四)班被评上了区模范班级……校长的名字见了报,经常被请到别的学校去做报告——关于在小学校抓阶级斗争教育的报告……虽然我们人人都参加了揭发和批判,但我们十分憎恨我们之中第一个出卖冼老师的"奸细"。我,王小松和另外几个男生,一致认为"奸细"肯定是班长刘丽芳。有一天放学后,我们把她堵在一条胡同里,围住她,威胁她,恫吓她,逼她"招供"。王小松亮出小刀子,恶狠狠地说,如果她不从实招来,就一刀将她的鼻子削掉……

"不是我!你们怎么认为是我啊!真的不是我!我也不知道是谁呀!……"她恐惧地哭了。"你们看,你们看这个,难道会是我吗?……"她哭着从书包里掏出个铅笔盒,打开来,掀起贴在铅笔盒盖上的课程表的一角——我们看见一个极小极小的半身像,隐蔽在其下。那是我们的冼老师,从照片上剪下来的。我们班获得全校算术竞赛第一名后,他和前五名同学照了一个像。五名同学中也有刘丽芳……

我们纷纷掏出手绢替她擦脸上的眼泪。待她不哭了,我们一齐将她陪送到家门口……许多同学在以后的考试中故意答错题。刚及格甚至不及格也在所不惜。我们以此,也仅仅能以此,在当年,对大人们,尤其对教我们文化知识的大人们,以及他们的某种生活哲学,实行悲愤的报复。我们看见教室门上的黑旗,非但不再觉得耻辱,反而觉得快感。

王小松转学了……

刘丽芳调到别的班去了,不再是班长……

其后我们班三分之二的同学被分散插入别的班级,将许多别的班级的同学调到了我们班……我们的班级不存在了……那一年的冬季漫长而寒冷。第二年的冬季更寒冷,大地被冻得像浇铸了一层厚厚的水泥……年三十夜晚,母亲收拾穷家的时候,不知从什么地方翻出了一斤粮票,团成了一个纸弹弹儿的一斤粮票,一斤去年的粮票。"呀,呀,一斤粮票!……"母亲像发现了一颗上辈子人藏匿的珠宝。我提醒母亲:"妈,明天初一了!哪儿都关门放假,用不掉,春节一过,不就作废了吗!"母亲也说:"是啊是啊,怎么地,也不能作废了它呀!"母亲将它托在手掌心上,呆呆地瞧着,发起愁来。

当年,白白作废一斤粮票,不啻是一种罪过!

一斤粮票有时能救一条命!十斤粮票则足可令歹人起谋财害命之心。

母亲瞅瞅我,又瞅瞅已熟睡在炕上的弟弟妹妹们,下了一个很大的决心:"快把你弟弟妹妹们弄醒,妈妈给你两块钱,你带着弟弟妹妹们,无论如何也得将这一斤粮票用了!"

说罢,从兜里掏出两元钱塞在我手里。我说:"两元钱能买什么呀?买一斤粗粮细作的饼干还得三元多呢!"母亲瞪了我一眼:"谁叫你买饼干了?买几个烧饼,一人喝碗豆浆什么的,差不多够了!"反正不能作废了那一斤粮票——在这一点上,我和母亲毕竟是一致的。于是我弄醒弟弟妹妹们,告诉他们,我要带他们去"下馆子"。他们一听,一个个困意顿消,兴高采烈。

三十儿的夜晚竟是最黑暗的夜晚。城市死寂沉沉,没一点儿辞旧迎新的气氛。唾唾成冰,干冷干冷的。我们去到的小铺子和小饭馆都关门了。为用掉那一斤粮票,我带领弟弟妹妹,越走离家越远。"哥,我冷……""哥,我的手都冻僵了!"我不禁开始动摇地想——究竟值得不值得?"你们看,前边那不又是小饭馆吗?最后到那里去……也关门了就回家!……"

它居然没关门。里面只有一个顾客,背对着门,独占了一张桌子。一位老师傅,伏在柜台上,顾有耐性地望着那个人,分明的,只要那人起身离开,便会关门。

我和弟弟妹妹们刚一走进去,老师傅便挥挥手往外撵我们:"别进来了,别进来了,什么吃的都没有了,马上就关门了!"

我苦苦哀求他,无论凉的、热的,好歹让我们吃点儿什么都行,并向他出示了那一斤粮票。向他讲,为了那一斤粮票不作废,我们已经走得离家有多么远。

他瞧我们冻得一个个怪可怜的小模样，心软了，现给我们热了几杯豆浆和几个烧饼。

于是我和弟弟妹妹们在另一张桌旁坐了下去。

弟弟妹妹们一边喝着豆浆吃着烧饼，眼睛一边朝那个顾客的桌上瞥——五六盘菜，一盘饺子，还有半瓶酒。一个人能这么丰盛地吃上一顿，真让人嫉妒啊！这大概得花掉他整整一个月的工资吧？

那人也看了我们一眼，笑了笑。那一种笑似乎是一种倾诉，一种自白，含意很多。使人觉得他的心此时此刻正品味着孤独和凄凉。忽然妹妹一声说："哥，我也要吃饺子！"我说："明天是初一，明天你能吃上饺子。"妹妹说："今天是三十儿，我现在就要吃饺子！"我说："别胡闹！再胡闹我揍你！"妹妹便哭了。那人起身，同时端起他那盘饺子，走过来，轻轻放到了我们的桌上。"哎您……别这样……这怎么行！……"那人一言不发，接着将他桌上的几盘菜，都一一放到了我们的桌上。"吃吧，怎么不行呢？"他在我对面坐下，掏出烟吸，吸的是一盒价格最便宜的劣质烟。我一时发窘地不知如何是好地望着他。忽然我认出了他——"冼老师！……"他停止吸烟，注意地看了我一眼，立刻也认出了我——"是……你……"他夹着烟的手指，剧烈地抖起来。我不知究竟是我投入了他的怀里，还是他将我搂入了他的怀里。

我不知道。我哭了。泪如泉涌，想止也止不住。我说："老师，我想你，我们都想你呀……"我不知我究竟还说了些什么。我不知道……他一动不动地站立着，把我楼得很紧很紧。仿佛他搂抱住的，是他自己的一部分。仿佛他一放开我，他又是残缺不全的了。

"别哭，别哭，你弟弟妹妹都有点儿被你哭傻了呀……"终于他使我安静下来，和他面对面坐着。"这是我的学生！我当过老师！……"他指着我，对那正耐心地等着关门的老师傅说。说得很自豪，脸上顿时显现出某种光彩。

"学生？噢，好，好哇……"老师傅嗯啊地随口应酬着，心不在焉地望着我们。弟弟妹妹则开始毫不客气地吃他端过来的饺子和菜。他向我问起班级的情况。问起王小松，问起刘丽芳，问起红旗是否还属于我们班，问哪位老师继他之后当我们的班主任,问起周六的最后一堂课,我们新来的班主任是否仍给我们讲故事……我一点儿真实的情况也没告诉他。我用一句接一句的谎话回答他。听了我的许多谎话,他感到很欣慰。"老师,你告诉我你现在究竟在哪儿?干什么?我和王小松,刘丽芳,一定要去看你!"

"我……在郊区的一个小工厂……你们不能去看我。谁也不要去……我挺好的……"

他的脸很憔悴,头发很长,脸上还长了胡子。他的黑色的工作服棉袄很肮脏。左前胸那儿印着一个"改"字。这个字使我无须再问什么。某些工厂发给被监督劳改者的工作服,都印有那么一个字。

"她怎么样?"

"谁?"

"就是……学校的党支部书记……还是吗?"

我点了点头。

他低声说:"她是个好人。一位好领导。对不对?她关心过我,关心过咱们班,这一点我永远也不能忘……你……若有什么机会单独见到她,一定替我问她一声好……也要替我问同学们好。就说我感到对不起同学们,肯定给同学们造成了不愉快……"

我急忙说:"没有。老师,什么不愉快的事情也没有发生过,真的……"

他苦笑了。

他又说:"还记得吗?我曾跟你们讲过,人有两种生命形式……也许属于灵魂的那一种形式,是更好更自在的形式啊!……"

我又默默地点了点头,表示早已接受了他这一说法。其实我那时由于年龄小,对关于灵魂的问题,从未进行过任何思考。那一时刻,我才闻出,他口中酒气很重。他大概喝了不少酒。而他原先也是个反对吸烟反对喝酒的人……

"哥,我要撒尿,我憋不住了!……"一个弟弟叫我。我便带他到外边撒尿。回来时,老师不在了。弟弟妹妹们不但将豆浆和烧饼,也将几盘菜和一盘饺子一扫而光,期待着我带领他们回家。

"我老师呢？我老师呢？……"我向老师傅大声询问。

"你一出去，他跟着也出去了。这孩子，你又不曾让我替你看着他！快走吧，快走吧，我早该关门了！"

桌上遗留下了老师的空烟盒。我拿起它，觉得它是老师有意留给我的一件东西似的。我扇了弟弟一巴掌……

八一年，我重返我的母亲城，见到了我童年的朋友王小松。他的经历和我的经历没什么两样。小学时期我们共同经历了三年困难时期自不待言。中学时期我们都不可避免地被卷入"文化大革命"狂澜。所不同的是——我属于"红五类"而他属于"狗崽子"。我的父亲因为是工人阶级没挨过斗，他的父亲因为是"走资派"，被"打倒"被"解放"被"结合"再被"打倒"，郁闷成疾一病不起，一命呜呼。我去"兵团"而他没资格便只得去"插队"。我以"工农兵学员"的身份幸运地上过大学而他被视为"可教育好的子女"破例经贫下中农推选当过农村的小学老师……

返城后他发奋考上了"师专"。我们相见时他竟成了我们小学母校之校长。二十年后我们都已不再是孩子成了彻底的大人……叙谈中他问我："你还记得咱们洗老师吗？"

我说："记得啊！"

一问一答我们都回想起了当年，却并不怎么激动，感情淡泊得很。

他说："他平反了。"

我问："他如今在哪儿啊？"

他说："他早死了。学校里出了那件事后，也就是春节前吧，好像正是三十那一天，他把他积攒的钱差不多全花光，饱吃饱喝了一顿，吊死在一间破工棚里……直到过完春节，人们上班了才发现……"

蓦地，我的记忆倒退回了二十年前那一个寒冷的冬季，那一个黑暗的干冷干冷的三十儿夜，那一斤粮票，那一个小饭馆，那遗留在桌上的便宜而低劣的香烟的烟盒……

而我们叙谈于一家雅静的饭店，窗外正是盛夏季节树绿花红……

"谁……谁替他平反的？"

"我。我一当上咱小学母校的校长，我想做的第一件事就是——我王小松得为咱们冼老师平反啊!也巧了,上边转来一份公函,是从北京到省里到市里批转下来的——冼老师的老父母到中国来了一次,寻找他们的儿子,所以这件事儿倒也没太费周折。我还给他的父母写了一封信,说他一直是我校优秀教师先进人物。不幸于某年某月某日死于癌症……"

"你这不是欺骗吗?"

"那依你又该怎么办?告诉两位不远万里来寻找儿子的老人真相?我可没那么冷酷的心!你喝橙汁还是喝咖啡?……"

"橙汁吧!"

"你知道当年那个'奸细'是谁了吗?"

"不知道。你知道?"

"是乔东辉。"

"是他?……"那是我们班里被每一位老师和全体同学所公认的最最老成的一个同学。难怪他学习成绩一向平平毕业时却被保送到了一所重点中学。

"怎么会是他呢?……"我难以相信。

"不是他自己说的,我也不信。他不知扯上了一种什么关系,出国了。如今在美国混得还挺不错,拿到绿卡了。不会回来了!他临出国前,不知为什么,心血来潮,通知几位小学同学聚会,也通知了我。请大家撮了一顿。前几天还从美国给我写了一封信,向我要冼老师父母的地址,信上说异国他乡的,没个可依靠可信赖的人,有时也感到怪苦闷的。说如果老师的父母,念在他是他儿子的学生之份,能给予他某些关照,他的境况就会更好些……"

"你告诉他了?"

"我能吗?"

他笑了。

我也笑了。

我伸出一根手指,说:"你发誓,永远也别告诉他!"

像我们小时候一样,他也伸出了一根手指,勾住了我的手指:"誓心,誓嘴,一百年,不后悔!"

"你……小学校长，干得还可以吗？"

"没什么可以不可以的。我这人，胸无大志。我对学生规定的思想教育只有三条……"

"爱党，爱祖国，爱人民？"

"爱父母，爱老师，爱同学。一个人小的时候，连这些起码的方面都做不到，长大了准是个浑蛋！即使有才干，也准是个有才干的浑蛋！你说的那三爱，等他们上了中学以后，由他们的中学老师去教育好了！什么事，在中国，都有些怪。小学生，从小就得接受爱党的教育。上了中学，再教育他们也应该爱父母。上了大学，则教育他们如何懂礼貌'五讲四美'了！我他妈的才不这么倒着来呢！反正我也不巴望谁封我个'模范教育工作者'之类……"

我们叙谈了很久很久。分手时，我忽然产生一种天真幼稚的想法——再当一次小学生，就在我的小学母校。不久前我检查儿子的作业，在某一页发现这样的"秘密记载"："×××上课做小动作。××骂人。×××在学校吃零食。"

我严肃地问儿子；"这怎么回事儿？"

儿子回告："到评'小红花'的时候，汇报老师呗！他们评不上，我就更能评上啦！"儿子回答得也相当严肃。

我说："这样做不好。"将那页纸扯下来撕了。

儿子哇地哭了："他们还汇报过我呢！大家都得互相监督！……"

我费了半天口舌向儿子解释这样做为什么不好。然而我看出儿子并没有明白。为了儿子，和今天的孩子们，我写下这篇文字，算是作为父亲的某种责任。也算是对我的一位名叫"冼约翰"的小学老师的一篇悼文……